JESSE Q. SUTANTO

ALGUÉM POR QUEM LUTAR

São Paulo
2025

Grupo Editorial
UNIVERSO DOS LIVROS

Diretor-geral
Alessando Gerardi

Gerente editorial
Marcia Batista

Produção editorial
Letícia Nakamura
Raquel F. Abranches
Victoria Viana

Tradução
Marcia Men

Preparação
Barbara Waida

Revisão
Yonghui Qio
Paula Craveiro

Arte
Barbara Garoli
Renato Klisman

Ilustração da capa
Stephanie Singleton

Design da capa
Marci Senders

Diagramação
Nadine Christine

Dados Internacionais de Catalogação na Publicação (CIP)
Angélica Ilacqua CRB-8/7057

S966a

Sutanto, Jesse Q.

Alguém por quem lutar / Jesse Q. Sutanto ; tradução de Marcia Men.
-- São Paulo : Universo dos Livros, 2025.
288 p. (Meant to be ; vol 5)

ISBN 978-65-5609-833-3
Título original: *Worth fighting for*

1. Ficção infantojuvenil norte-americana I. Título II. Men, Marcia III. Série

25-3456 CDD 028.5

Universo dos Livros Editora Ltda.
Avenida Ordem e Progresso, 157 — 8º andar — Conj. 803
CEP 01141-030 — Barra Funda — São Paulo/SP
Telefone: (11) 3392-3336
www.universodoslivros.com.br
e-mail: editor@universodoslivros.com.br

Este livro é dedicado a meus avós, todos os quatro,
que suportaram uma dura viagem vindo da China
em busca de uma vida melhor.

É graças a meus avós paternos, Chen Be Lin e Ho Ji Nio,
e meus avós maternos, Ho Ching Yen e Ung Xien Ze,
que este livro foi possível.

CAPÍTULO UM

É uma verdade reconhecida universalmente que uma mulher trabalhando em finanças deve trabalhar duas vezes mais, se preocupar o dobro e dormir aproximadamente 50% menos do que seus colegas do sexo masculino. Mas, olhando para mim, você jamais saberia disso. Duvido até que meus colegas homens saibam.

Observo Josh, que está falando sem tomar fôlego uma vez sequer nos últimos cinco minutos, alheio ao fato de que talvez eu quisesse responder. Como um dos contratados mais recentes, ele é o mais júnior entre os analistas da firma e, no entanto, o jeito como fala comigo é tão condescendente que, se alguém olhasse de relance para nós, presumiria que ele é meu chefe. Josh é a epítome do *bróder financista*. Ele é tão... Não há outras palavras para isso: *bróder financista*.

Coloco meu copo com cuidado na mesa e respiro fundo, certificando-me de que meu tom de voz saia controlado quando eu, enfim, falo. Logo que comecei a trabalhar aqui, cinco anos atrás, cometi o erro de levantar a voz para um dos analistas, e levei anos para perder a reputação de "histérica". Esqueça o fato de que todo funcionário do sexo masculino aqui, em um momento ou outro, já gritou de fato com alguém sem sofrer nenhuma consequência. Eu pigarreio, torcendo para que isso baste como sinal para Josh parar de falar. Não basta.

— Muito bom — respondo por fim.

Na verdade, não é bom, não. É o mais contrário de bom que já vi. Mas esse é o negócio com esse trabalho, não é? Ele requer que eu use tantas máscaras... camadas e mais camadas de máscaras: bróder financista divertida que consegue ser de boas. Supervisora solidária que desafia os recrutas mais novos a se saírem melhor. Analista diligente e brilhante que não comete um único erro sequer.

Josh se recosta, um sorriso arrogante se espalhando pelo rosto, e coloca o tornozelo direito sobre o joelho esquerdo. Ele parece pronto para receber uma pilha de elogios.

Ao longo dos anos, a firma conseguiu contratar apenas duas analistas do sexo feminino, e Lisa se mudou para a Costa Leste no ano passado, nos deixando com Hayley, que acaba de sair de licença-maternidade. Tento não me apegar ao estresse de perder nossas duas analistas mulheres em um período tão curto, mas é difícil. Com Lisa e Hayley, eu podia simplesmente ir direto ao assunto. Mas, com pessoas como Josh, tenho que afagar seu ego e fazer minha crítica com a mesma quantidade de gentileza que uma mãe reservaria para seu bebê recém-nascido.

— Grande análise, Josh — comento.

O sorriso dele aumenta, e eu me pergunto pela enésima vez como é possível que tenha um diploma em finanças pela UCLA. O modelo de aquisição alavancada livre de dívidas e sem dinheiro em caixa que ele criou é, em teoria, possível, mas também tão otimista que chega a ser loucura. Se fosse Hayley ou Lisa apresentando essas projeções, os outros as teriam colocado para correr do escritório às gargalhadas. Olhos se revirariam e comentários seriam feitos sobre como mulheres vivem em mundos de fantasia onde os sonhos se realizam e os números magicamente batem.

— Eu me pergunto — continuo, no que espero ser um tom neutro — se as projeções da equipe administrativa não são, talvez, um tanto otimistas.

Às vezes, meus pesadelos são narrados com essa neutralidade. Eu odeio essa voz, odeio ter de usá-la com tanta frequência por aqui.

Os cantos da boca de Josh repuxam para baixo e ele se apruma.

— Ah, de forma alguma. Talvez você não tenha entendido a previsão financeira... só um minuto, deixa eu achar aqui o slide número sete... pronto, aqui. Isto é o que chamamos de regressão linear múltipla.

Cerro os dentes e me esforço ao máximo para ignorar a condescendência dele.

— Ah, eu entendi isso perfeitamente. Só que você parece ter se esquecido do aumento acentuado nos custos de produção, que reduziria a margem de lucro da companhia.

— Ah — diz Josh, no que ele deve pensar que é um tom astuto —, eu percebi isso. Tive uma conversa com a equipe administrativa e eles disseram que já estão discutindo para abrir uma fábrica em algum lugar do sudeste asiático para diminuir os custos de produção. Talvez na Indonésia.

Suspiro.

— Isso só abre todo um leque de outros problemas, como garantir que ela seja gerenciada de maneira ética, sem mencionar que todo país tem uma eficácia diferente. Vocês pesquisaram o quanto as fábricas na Indonésia são eficientes em comparação às daqui? Elas podem ser mais econômicas, mas se vamos ser sessenta por cento menos eficazes, então isso também precisa ser levado em consideração.

O sujeito abre a boca, parecendo prestes a continuar argumentando, mas eu levanto a mão.

— Olha, Josh, não estou dizendo que a sua análise quantitativa não seja boa. De fato, é ótima... — *Deus, quantas vezes mais eu preciso tranquilizá-lo?* — Mas ela deve ser sempre guiada por uma compreensão sólida do negócio subjacente. Acho que você poderia deixá-la ainda melhor criando mais cenários. Que sejam menos otimistas. Só para deixar sua análise mais completa.

— Com todo o respeito...

Contenho um suspiro interno. Sempre que um bróder financista diz *Com todo o respeito,* sei que o que quer dizer na verdade é: *Sua garotinha estúpida, deixe eu te contar todas as formas como você está enganada.* Hora de uma intervenção. Olho rapidamente por cima do ombro dele. Minha sala tem paredes de vidro, o que significa que posso encarar o lado de fora, diretamente nos olhos arregalados de Mushu. Boa e velha Mushu. Eu sempre posso contar com ela para encerrar reuniões que, do contrário, seriam infindáveis com analistas financeiros que acham que é seu dever divino explicar os conceitos básicos de finanças para mim, como se eu não tivesse me formado *summa cum laude,* com a mais alta honra, em Princeton com um diploma em finanças. Agora eu coço a ponta da sobrancelha: um sinal para Mushu entrar com algum motivo inventado.

É um desafio não sorrir quando ela se levanta de sua cadeira num salto, com seus movimentos exagerados de sempre, e irrompe em minha sala, sem fôlego.

— Mulan! — grita ela. — Você precisa vir, rápido! É uma emergência.

Josh dá meia-volta, boquiaberto.

— Com licença, estamos em uma reunião importante aqui!

— Tá, tudo bem, calma lá, você só está apresentando um pequeno modelo LBO para avaliação. Eu não chamaria isso de importante — dispara Mushu.

Eu me engasgo com meu *latte*. Tossindo, digo:

— Descul... — Eu consigo me segurar e não completar as desculpas, e troco em vez disso para: — Josh, obrigada por sua compreensão. Por favor, crie mais cenários como combinamos e eu os avaliarei assim que for possível.

Eu me levanto antes que ele tenha tempo de formular uma resposta.

Visivelmente confuso e irritado, Josh pega seu notebook e sai de minha sala a passos largos, dando uma olhada feia para Mushu ao passar pela mulher. Assim que a porta se fecha após sua saída, Mushu vem até mim e oferece o punho fechado.

— Bom trabalho, prima. Conseguiu não pedir desculpa para aquele cretino.

— Mushu, pela última vez, somos uma empresa de private equity*, não batemos os punhos para nos cumprimentar no escritório.

Mushu levanta os braços.

— Mals aí. Bate bumbum?

Ela empina o bumbum. Não consigo segurar a risada.

— Para com isso. Todo mundo pode te ver!

---

* Private equity é um tipo de investimento em empresas que não estão listadas na bolsa de valores, no qual fundos ou investidores compram participação nessas empresas para melhorar sua gestão, expandir operações e aumentar seu valor. (N.T.)

— Hã, é bom mesmo! Você sabe o tanto de esforço que estou dedicando a esses glúteos? Além do mais, qual é o sentido de trabalhar na empresa do meu titio se eu não me comportar mal?

Eu suspiro.

— Para você, é fácil dizer — resmungo.

Quando muito, descobri que trabalhar na empresa do meu pai lançou ainda mais obstáculos no meu caminho. Durante meus primeiros dois anos aqui, ninguém me levava a sério, nem mesmo Hayley e Lisa. Todos presumiam que tinha sido contratada por puro nepotismo, e até eu comecei a duvidar de mim mesma. Foram necessários anos me dedicando com todo o fervor ao negócio para me provar perante meus colegas, anos com semanas de trabalho de setenta horas, me certificando de ser sempre a primeira a chegar e a última a sair. Anos de autossacrifício, de garantir que estava preparada para todas as possibilidades, de meter o pé na rua em busca de investimentos em potencial. Há um motivo para eu não ter tido um relacionamento sério desde... bem, desde a faculdade, para ser sincera.

Mushu, por outro lado, seria a primeira a dizer a todos que ela é, de fato, contratada por nepotismo. Nem tenta esconder o fato; na verdade, assume por completo e sem remorso esse rótulo e, de alguma forma, isso dá certo. Todo mundo aceitou sua presença e ela sai impune por... não exatamente quebrar as regras, mas fazer as coisas do próprio jeito. Como invadir reuniões com emergências de faz de conta e se vestir como se trabalhasse na indústria da moda, em vez de na financeira. Enquanto meu guarda-roupas é composto de terninhos em vários tons de azul-marinho e cinza, não há como adivinhar o que Mushu vai aparecer vestindo no escritório. Uma vez, ela veio com um boá de penas, de verdade, e ninguém estranhou, ao menos não até minha prima bater com ele sem querer no olho de Kenny, o analista.

Mas a diferença crucial é que Mushu está aqui como assistente administrativa, enquanto eu estou a caminho de virar sócia. Ela não tem nada a provar, enquanto eu tenho tudo a provar — e a perder.

— Pela milionésima vez — diz minha prima —, eu gostaria de destacar que a Mulan Profissional não tem a menor graça.

— Quase certeza de que isso se aplica à maioria das pessoas.

— Não é verdade! Eu sou tão divertida no trabalho quanto fora dele.

Sorrio e chacoalho a cabeça. Detesto admitir, mas uma parte minha talvez tenha um pouco de inveja de Mushu. Desde que consigo me lembrar, Mushu sempre foi ela mesma. Não consigo nem imaginar como é ser fiel a si e não usar máscaras diferentes dependendo do ambiente ao redor.

— Tá, eu tô entediada — comenta agora. — Vamos almoçar. Tem um restaurante novo a dois quarteirões daqui...

— Mushu, são dez da manhã.

— E há quanto tempo você está no escritório?

— Desde as seis.

— Então você está aqui há quatro horas. Nosso horário deveria ser das nove às dezoito, logo, tecnicamente, já está na hora do seu almoço.

Estreito os olhos.

— Eu não te vi chegando aqui vinte minutos atrás?

— Estava trazendo o café para todos no escritório. Isso conta como trabalho — fala Mushu com uma piscadinha. — Vamos, eu sei que você está irritada porque está com fome.

— O quê? Como?

— Você está girando essa caneta sem parar e batendo tanto o pé que já poderia entrar para a minha aula de sapateado.

Eu solto a caneta que estava, de fato, rodopiando furiosamente.

— Você me pegou. Mas eu não estou com fome nenhuma. É essa aquisição da Wutai Gold. Está me estressando esse inferno.

A expressão no rosto de minha prima se suaviza.

— Ai, é verdade, essa está difícil.

A Wutai Gold é uma empresa familiar fabricante de uísque que meu pai, Zhou, está decidido a adquirir. O negócio é que eu analisei os números e não estou convencida de que isso seja um bom investimento.

— Você viu a propaganda mais recente deles? — pergunta Mushu, já sacando o celular.

— A pergunta mais correta seria: eu quero ver? — resmungo. Com um suspiro de resignação, olho para o telefone dela.

O comercial mostra uma rodovia atolada de carros, o trânsito parado. Enquanto todos os motoristas xingam dentro de seus veículos, impotentes, um homem caucasiano encardido e ridiculamente musculoso a cavalo passa com facilidade entre os carros. Uma voz masculina rouca anuncia: "Wutai Gold. A bebida para homens de verdade".

— Ai, meu deus — gemo.

— Não é tão ruim assim — fala Mushu. — O cara é um gostoso.

Dou uma olhada para ela.

— É só que... Aff. E por que é que tem um cavalo numa rodovia? Esse comercial não faz nenhum sentido e só prova o quanto eles estão distantes da realidade.

— Tá, eu menti. É bem ruim. Você sabe por que meu tio está tão ansioso para fazer essa aquisição?

— Até onde eu sei, ele se dava muito bem com os proprietários. Mas não é a cara dele se deixar levar por coisas assim. Eu tenho uma reunião com meu pai daqui a uma hora para discutir isso, e preciso me preparar. Pode pedir o almoço para mim?

Lanço um sorriso de desculpas para ela.

— Considere pedido. O que você faria sem mim?

— Provavelmente ficaria presa em uma reunião interminável com Josh.

— Verdade. — Mushu ri, saindo da sala.

Passo a hora seguinte estudando toda a minha pesquisa preliminar sobre a Wutai Gold, e no final estou ainda mais convencida de que essa aquisição é a pior ideia que papai já teve em anos. Não apenas a empresa está supervalorizada em 70 milhões de dólares, como ainda há outros fatores operando contra ela, como sua falta de presença nas redes sociais e, assim, a ausência de uma base de consumidores nas gerações mais novas. Não posso acreditar que Ba ainda quer seguir adiante com eles.

— Você dá conta, Mulan — sussurro a mim mesma enquanto sigo pelo corredor até a sala de Baba.

Entretanto, sei que estou longe de dar conta de alguma coisa. Antes de entrar, tiro um instante para ajustar minha atitude. Não posso simplesmente falar com Baba como Mulan Profissional, embora esta seja, é claro, uma das personas que tenho que usar. Não; com Baba, é ainda mais complicado do que ser apenas uma bróder financista.

Aos sessenta anos, meu pai é a imagem da saúde. Sua postura é ereta e confiante, e ele se comporta com a vitalidade de um homem muito mais jovem. Os únicos sinais de sua idade são o cabelo grisalho e as profundas marcas de expressão nos cantos dos olhos. Olhos que se enrugam exatamente da mesma maneira que os meus quando ele sorri, o que faz agora.

— Ah, Nu er.

Nu er é *filha* em mandarim, e Ba sempre diz isso com tanto amor que meu coração se espreme toda vez, embora uma parte de mim não consiga evitar se perguntar se ele me chama assim com frequência como lembrete de que não sou um filho. Deus do céu, odeio esses pensamentos intrusivos que surgem às vezes. Talvez mais do que às vezes.

— Oi, Baba.

Eu me acomodo no sofá de sua ampla sala. Baba vai até uma bandeja de drinques perto da janela e serve uma bebida para cada um.

— Um pouco cedo para começar com os drinques, não? — digo.

— Ah, mas temos tantos bons motivos para beber. — Ele traz os dois copos de líquido âmbar e coloca um na minha frente. — Número um, este é o melhor uísque que já tomei, e sei que você também é fã de uísque.

Estou para protestar quando meu pai levanta dois dedos.

— Número dois — continua ele —, posso ver pelo seu rosto que você entrou aqui pronta para uma batalha, e eu gosto de amolecer meus oponentes.

Eu rio.

— Baba, não sou sua oponente.

— Ah, você está correta. É uma figura ainda mais formidável do que um oponente. É minha filha.

Reviro os olhos, mas pego meu copo de qualquer maneira e faço um brinde com meu pai.

— Tudo bem, Baba, você venceu.

Ele sorri.

— Não conte para sua mãe sobre o uísque matinal.

— Desculpe, mas você sabe que sou cem por cento Time Mamãe.

Baba solta um suspiro dramático.

— Ah, o tormento de um pai sem filhos que o defendam.

Eis aí de novo, aquela pontada no coração. Será que ele fala sério quando diz essas coisas?

— Coitadinho de você — respondo, bem-humorada. Tomo um golinho do meu drinque, e tenho que admitir que meu pai tem razão: realmente é o melhor uísque que já provei, e já provei muitos ao longo dos anos. — Uau. Qual é esse?

Baba dá um sorriso astuto.

— Wutai Gold Reserve.

Solto um grunhido.

— Ba, você não vai me convencer só com o gosto dele. Os números da empresa estão uma bagunça.

Ele apenas toma outro gole.

— Beba, depois vamos conversar.

CAPÍTULO DOIS

Desde que me entendo por gente, Baba e eu sempre tivemos um vínculo especial. Quando era pequena e estava chateada ou com medo ou doente, eu chamava por Mama, querendo apenas relaxar no abraço dela e sentir suas mãos macias afagando minha testa quente. Até hoje, ainda sou muito próxima de Ma, ainda a vejo como fonte de conforto e amor.

Minha conexão com Baba, por outro lado, é diferente. Somos, em nossos cernes, a mesma pessoa: nosso senso de humor, o jeito como vemos o mundo e digerimos informação, e a maneira como interagimos com outras pessoas são tão parecidos que minha mãe com frequência nos descreve como duas partes da mesma alma. Ela sempre diz isso com um sorriso exasperado quando Baba e eu somos flagrados em conluio de novo, como na ocasião em que nós dois, cada um de uma vez, nos esgueiramos para a cozinha várias vezes antes do jantar para roubar fatias da barriga de porco assada e crocante que ela estava deixando descansar, até que só sobraram dois pedacinhos.

Contudo, nem nosso vínculo especial significa que Baba e eu concordamos em tudo. Infelizmente, Wutai Gold é uma dessas exceções.

— E o que me diz do fato de que a base de clientes deles está envelhecendo muito rápido? — questiono agora.

Percebo vagamente que já passei da metade de meu primeiro copo de uísque e posso sentir o líquido âmbar abrindo um buraco em meu estômago vazio. O café da manhã foi uma garrafa de suco verde que peguei da geladeira antes de sair de casa correndo, e isso faz mais de quatro horas. Preciso parar de bebericar, senão estarei altinha demais para essa conversa. Com algum esforço, deixo o copo de lado e me forço a focar na tela do tablet, onde abri uma lista de razões para não adquirir Wutai Gold.

— O produto é de uma qualidade tão elevada... — retruca Baba, inspirando fundo para sentir o odor de seu uísque. Um sorriso lento se espalha por seu rosto e ele balança a cabeça. — Ah, que perfume.

— Ba, foco — censuro, mas é inevitável sorrir também.

Meu pai tem o melhor sorriso em toda a Bay Area. Uma vez, quando eu estava de visita vindo da faculdade, ele recebeu uma multa por excesso de velocidade. Depois de um papo amistoso, o policial o deixou ir embora só com uma bronca e o seguinte comentário: "Esse sorriso vai tirar o senhor de qualquer problema, sempre!". Já me disseram que eu tenho um sorriso parecido, mas o meu não é nem de longe tão irresistível quanto o dele. Ele é basicamente o Papai Noel asiático.

— Mulan, é como eu sempre te falei: qualidade transparece. Este é um uísque de verdade, elaborado com amor. É apenas uma questão de colocar o produto no mercado. Assim que as pessoas o descobrirem, ele vai vender feito água.

— Na realidade, não é mais só uma questão de produto. Também é uma questão da presença dele no mercado. É por isso que comida tranqueira vende. O produto não é bom, todo mundo sabe disso... raios, as pessoas até chamam de tranqueira. O mais importante é a presença no mercado. E a Wutai Gold não tem isso, Ba.

Ele olha para mim, e eu poderia jurar que está tentando não sorrir. Seus olhos faíscam com uma afeição evidente.

— Você está certa: marketing é muito importante e, até agora, a Wutai Gold não gastou muito nisso. Faz parte da minha estratégia para aumentar o valor dela. Nós faremos uma reestruturação. Também temos especialistas dedicados no que diz respeito a publicidade e marketing, algo que a Wutai Gold não tem, então com certeza agregaremos valor nisso.

— Falando em valor, a empresa está supervalorizada.

— Pensei mesmo que você teria algo a dizer sobre o assunto.

— Os números deles são otimistas demais, e eu não consigo imaginar no que estão se baseando, porque as vendas vêm caindo constantemente.

— É — concorda meu pai —, eles pendem mais para o otimismo. Acredito que estão baseando os números no potencial da marca.

Solto um suspiro longo e frustrado.

— O uísque deles é delicioso mesmo, devo admitir. Mas tirando isso, não vejo potencial ali.

Será que estou sendo dura demais? Eu paro e analiso, repassando cada palavra que falei. É um hábito meu, me observar, me monitorar, garantir que não dei um passo errado e decepcionei meus pais.

— Ah, foi por isso que pedi para ter essa conversa. Você está certa. A qualidade do uísque, por si só, não basta para me convencer da empresa como um todo. O motivo real para eu acreditar tanto na Wutai Gold é o pessoal que a administra.

Reviro os olhos. É um ato infantil, eu sei, mas *afff*, fala sério!

— Ba, o fato de ser uma empresa comandada por uma família é um ponto contra, não a favor.

Meu pai apenas levanta uma sobrancelha e me dá uma olhada longa e cheia de significado.

Jogo as mãos para o ar.

— Tá, sei que você me contratou porque eu sou sua filha e...

— Ei — exclama Baba e, pela primeira vez, uma centelha de raiva se acende nos olhos dele. — Não, Mulan. Acha mesmo que te contratei porque você é minha filha?

Por um instante, nenhum de nós fala nada. Umedeço os lábios. Eles ficaram secos do nada.

— Bem, digo...

— Mulan, o fato de ser minha filha pesou *contra* você. Não queria que as pessoas pensassem que foi contratada por causa disso. E eu sabia que você receberia ofertas melhores em outros lugares.

Abro a boca, mas nenhuma palavra escapa.

— Eu te contratei a despeito de ser minha filha, não por causa disso. Eu te contratei porque você se formou entre as dez melhores da sua turma. Em Princeton, não podemos esquecer! Eu te contratei porque é a mente mais brilhante que já encontrei nas últimas décadas. Eu te contratei porque você se empenha. — A expressão dele se suaviza, quase entristecendo. — Sei que é a primeira no escritório toda manhã e a última a sair toda noite. Quando foi a última vez que você foi a um encontro?

— Ei! Eu tenho encontros.

Meu pai me dá uma olhada.

— Quando foi a última vez que um deles virou um relacionamento de fato?

— E é culpa minha que os homens que trabalham em finanças tenham egos tão frágeis? — disparo de volta.

Ele ri.

— Nós temos mesmo, não é? Não gosto de homens de finanças. Entendo que seu trabalho duro e seu sucesso fazem com que eles se sintam ameaçados.

Não tenho ideia do que responder. Baba sabe disso tudo?

— Eu sei o quanto você dá duro por esta empresa, Mulan. Não quero que pense, jamais, que foi contratada por ser da família.

Há um nó enorme em minha garganta que me impede de falar, então, no final, tudo o que faço é assentir.

— Já a Mushu, por outro lado... — diz Baba, bem-humorado.

Eu rio por entre as lágrimas não derramadas. Respiro fundo e me permito uma sacudida mental. Preciso me concentrar no assunto em questão.

— Obrigada, Ba. Sei que as únicas pessoas da família que você contratou foram Mushu e eu. Todos os outros funcionários não têm parentesco conosco. Mas a Wutai Gold é uma verdadeira empresa familiar. Quero dizer, todo mundo, desde a diretoria até os vendedores, todos são da família. É uma bagunça.

— Então teremos que demitir alguns deles, é verdade. Mas venho trocando e-mails com a pessoa à frente do negócio e eu acredito nele. Sua visão, sua paixão...

— Por que e-mails?

— Há uma beleza na escrita de mensagens de formato longo — explica Baba. — É uma arte que as mensagens de texto vêm matando aos poucos.

— Tá bem, Ba. Meu deus, como você é nerd!

Ele se anima, como se algo tivesse acabado de lhe ocorrer.

— Ele me lembra você, na verdade.

— E isso é uma coisa boa? — provoco.

— É a melhor coisa.

— Ah, Ba. — Estendo a mão e aperto a de meu pai. Em seguida, franzo o cenho. — Sua mão está gelada.

— Não tente mudar de assunto. Marquei uma reunião com os diretores da Wutai Gold para amanhã e gostaria que você comparecesse. Agora, pelo que Shang me contou, a família dele não gosta de lidar com mulheres, mas estou torcendo para que, depois que a conhecerem, eles se deem conta do quanto têm sido tolos.

— É claro.

Baba levanta um dedo.

— Tem um probleminha que não mencionei.

— Hum... o que é?

— A Foreman & Byrde também está querendo comprar a Wutai Gold.

— Ba... — Solto um grunhido. — Está falando sério? Isso vai virar um leilão? Você sabe que nós nunca entramos em leilões. Não somos grandes o bastante para competir com empresas como a Foreman & Byrde.

— Acha que não conheço nossas limitações com precisão? — resmunga ele. — Estou torcendo para que consigamos evitar uma situação de leilão nos adiantando à concorrência. Nós nos reunimos com eles, mostramos o valor que trazemos para o jogo, nos damos bem num nível pessoal... Com certeza eles verão que temos muito mais a oferecer do que a Foreman & Byrde.

— Eles vão simplesmente dar um lance maior do que o nosso, e pronto. Um desperdício do nosso tempo e da nossa energia. Você sempre me falou que tempo é dinheiro. E por que a Foreman & Byrde está tentando fazer essa mesma aquisição? Com certeza a Wutai Gold é pequena demais para eles.

Mesmo enquanto estou dizendo essas palavras, eu sei o porquê. A namoradinha de faculdade de Richard Foreman, que por acaso é minha mãe, o deixou por Baba. Mama e Baba acabaram se casando logo depois de se formarem, algo que o sujeito nunca conseguiu perdoar direito. Ao longo da última década, mais ou menos, eu assisti, impotente, enquanto Richard se empenhava para se intrometer em nossas aquisições, e agora superá-los se tornou não apenas uma questão de orgulho para Baba, mas também uma necessidade financeira.

— Você sabe o porquê — diz meu pai, dando de ombros.

— Não consigo acreditar que essa rixa toda é porque o homem não consegue superar a mamãe.

— É romântico, não? — fala ele. — E a sua mãe é especial. O tipo de mulher que só aparece uma vez na vida.

— Ai, credo. Vamos mudar de assunto, por favor, obrigada.

— Bem, algo me diz que as pessoas por trás da Wutai Gold não estão nisso apenas pelo dinheiro — comenta Baba.

Dou a ele um olhar inexpressivo.

—Ba, estamos literalmente na área de finanças. Tudo o que fazemos é por dinheiro. De fato, não deixe ninguém te ouvir dizendo que não se trata apenas de dinheiro; vão pensar que você está envelhecendo depressa, velhinho.

— Velhinho? — Meu pai ri. — Pois me deixe informá-la de que estou na flor da idade. Ainda consigo encostar nos dedos dos pés. Você consegue? Quando foi a última vez que se exercitou?

— Como você disse, sou a primeira a chegar e a última a sair. Quando acha que eu tenho tempo para me exercitar?

— Você precisa de mais equilíbrio entre trabalho e vida pessoal. Olhe só para mim, veja como eu sou flexível.

Para meu horror, meu pai grisalho está se levantando da cadeira e se dobrando para tocar nos dedos dos pés.

— Ba, as pessoas estão olhando!

— Que olhem! Vão ficar inspiradas a fazer mais alongamentos.

— Tá, você provou seu argumento. Você é basicamente uma faixa elástica humana, agora pode, por favor, parar com isso antes que se machuque?

— Rá, filha tolinha! Eu... *uuff!*

Seja lá o que ele pretendia falar, terminou em um grunhido de dor. Meu pai tenta se endireitar, mas oscila uns dois passos adiante em vez disso, ainda abaixado. Antes que meu cérebro possa registrar o que está acontecendo, Baba desabou no carpete luxuoso.

É como se o tempo parasse de se mover. Por uma fração de segundo, eu fico ali, congelada, sem entender o que acaba de acontecer. Minha mente questiona: *por que Baba está deitado no chão?* Em seguida, a realidade retorna com tudo, forte e rápida feito uma cachoeira rugindo, e eu me levanto num salto, as veias pegando fogo. Eu praticamente pulo em cima dele, virando-o para que fique deitado de costas. Baba está tão pálido, tão incrível e mortalmente pálido... Tremendo, pressiono um dedo na lateral de seu pescoço. Ainda há pulsação, mas parece muito fraca.

— Socorro — digo. As palavras saem fracas a princípio, trêmulas e irreais. Eu respiro fundo, depois grito bem alto: — Socorro!

Tenho a vaga noção de que há pessoas entrando correndo na sala de Baba. Alguém liga para a emergência, e registro a voz da pessoa anunciando alto para a operadora o endereço de nosso escritório. De repente, Mushu está na minha frente, agachada do outro lado do corpo de Baba. Ela dobra as mangas da camisa e começa a administrar os primeiros socorros, e eu penso, meio tonta: *uau, minha prima sabe primeiros socorros?* Enquanto isso, estou imprestável, paralisada ao lado de Baba, agarrando a mão dele. Sua mão fria, gelada. Eu deveria ter sabido que algo estava errado quando toquei a mão dele mais cedo e ela estava fria. *Isso é um sinal de que o coração não está funcionando direito para bombear sangue para as mãos, não é? Por que estou pensando coisas tão idiotas?*

Então paramédicos inundam o escritório. Eles nos pedem para abrir espaço. Não reajo com a rapidez necessária. Mushu tem que me puxar para longe, e quando sinto a mão de Baba escorregando da minha, eu grito:

— Não, espera...

Mas minha vista é bloqueada por um paramédico, e sei que não há nada que eu possa fazer para ajudar meu pai, exceto sair do caminho dos profissionais. Assisto, apoiando-me em Mushu, enquanto os paramédicos prendem uma máscara de oxigênio em Baba e o levam para fora do escritório, e quando me dizem que posso me juntar a eles na ambulância, quase choro de gratidão. Meu pai parece tão pequeno e indefeso na maca ao meu lado.

— Ba, tá tudo bem. Vai dar tudo certo, eu vou fechar com a Wutai Gold para você, pode contar comigo, eu prometo.

Ele pode mesmo? A última coisa que falo para Mushu antes de as portas se fecharem é:

— Ligue para a minha mãe!

CAPÍTULO TRÊS

Minha mãe é uma mulher *baixinha,* que faz coisas do tipo usar um broche delicado de libélula no suéter e cozinhar pelo menos três pratos diferentes para acompanhar o arroz em todo jantar. Em outras palavras: por fora, parece o tipo de pessoa que desmoronaria com a notícia de que seu marido há trinta anos sofreu um ataque cardíaco. Mas quando Ma chega no hospital, caminha com o peito estufado e um olhar determinado, como se estivesse pronta para lutar contra as leis do universo e vencer.

Eu me levanto num pulo quando a vejo.

— Ma! — Lágrimas sobem aos meus olhos.

— Seja forte por ela — murmura Mushu.

Certo. Minha prima está certa. Preciso me recompor e ser forte por minha mãe. A coitada da minha mã...

— Qual é o diagnóstico? — questiona Ma, enérgica. Suas palavras soam claras, sem o menor sinal de tremor.

— Tudo o que me disseram é que foi um ataque cardíaco — falo. — Ainda estão tratando dele.

Ma fecha os olhos e parece murchar de leve. Em seguida, respira fundo e olha para mim.

— Você está bem?

— Eu... — Para meu horror, soluços intensos, de sacudir o corpo, escapam de mim. Lá se vai a ideia de ser forte por Mama. Escondo o rosto com as mãos e sinto os braços de Ma me envolverem.

— Pronto, pronto — diz minha mãe.

— Estou com tanto medo de perder ele — soluço no ombro dela.

— Não vai acontecer — garante Ma.

Ela diz isso com tanta certeza que é de se acreditar que tenha a habilidade de manipular a sorte e o destino.

— Sorte e destino? — repete minha mãe com uma risada curta, e percebo que falei em voz alta. — Sorte e destino são minhas cadelinhas, não sabia?

— Ma! — Eu rio entre soluços.

Ma encaixa meu rosto entre as duas mãos, enxugando minhas lágrimas com os polegares.

— Ah, docinho. Não se preocupe, tudo vai dar certo.

Por mais que queira acreditar nela, não sou mais uma criancinha, e isso não é apenas um pesadelo que Mama pode afastar com abraços e palavras ternas.

— Você não tem como ter certeza disso, Ma.

— Ah, mas eu tenho certeza, sim. Ainda não tive a oportunidade de falar com ele. Seu pai não vai partir antes disso. Temos negócios pendentes.

— Negócios pendentes? — pergunto, fungando.

— Ele não guardou as coisas que estavam na lava-louças ontem à noite — responde minha mãe, simplesmente.

Eu rio de novo, e então mais lágrimas surgem e abraço Mama apertado. Ela parece tão pequenina em meus braços. Quando foi que meus pais ficaram velhos? Quando foi que eu fiquei maior do que os dois? Posso sentir um leve tremor quando Mama respira fundo, e sei que ela está se esforçando pra caramba para manter a compostura. Está sendo forte para eu poder ter o luxo de desmoronar, e eu queria ter podido fazer isso por ela. Mas não, voltei a ser uma criancinha assim que vi minha mãe. A culpa me domina. Uma emoção muito familiar.

Até meus oito anos, implorava a meus pais por uma irmãzinha. Os dois sorriam com tristeza e me respondiam que não queriam mais filhos, que eu era uma criança tão perfeita que eles não podiam pedir por mais nada. Eu acreditava neles, até titia Dongmei e titio Bao virem passar um tempo com a gente enquanto estavam de visita vindo da China. Certa noite, eu estava indo ao banheiro quando ouvi minha tia dizer para Mama: "Que pena você ter precisado fazer aquela operação horrível por causa da Mulan. E ela nem é um menino!". Mais tarde, descobri que, após ter me dado à luz, Ma contraiu uma infecção no útero e precisou removê-lo. Mas, aos oito anos, tudo com que me importei foram as palavras: *E ela nem é um menino!*

Culpa e vergonha se tornaram minhas melhores amigas naquele instante. Não apenas eu tinha arrancado qualquer chance de Ma engravidar de novo, como nem nasci menino. Assim, resolvi ser a segunda melhor opção: me tornar o filho que meus pais merecem.

Quando nos soltamos, Mushu vem em nossa direção.

— Oi, titia. — Ela envolve minha mãe em um abraço apertado antes de lhe entregar um copo de chá fumegante. — Não parece em nada com o que você geralmente recebe da sua amiga Vera, mas pelo menos está quente.

— Obrigada, Mushu — agradece Ma, dando tapinhas na bochecha de minha prima antes de se acomodar em uma cadeira. Depois gesticula para que Mushu e eu nos juntemos a ela. — Me contem tudo o que aconteceu.

Eu me esforço para explicar como Baba estava tentando tocar os dedos do pé, e Ma solta um som que está entre uma risada e um grunhido.

— E antes de ele resolver exibir o quanto ainda é flexível, o que vocês dois estavam discutindo? — pergunta ela.

Eu suspiro.

— A Wutai Gold, sabe, aquela empresa de uísque da qual ele está atrás há algum tempo?

— Ah, sim. Seu pai me falou bastante sobre eles.

Embora Ma nunca tenha trabalhado um dia sequer no setor financeiro — ela é engenheira de software —, Ba sempre afirmou que sua esposa tem os melhores instintos com que já se deparou, e ele com frequência discute questões da firma com ela.

— É, bem, eu estava falando para o meu pai que os números não eram muito bons, e ele me respondeu que via potencial neles. — Faço uma pausa. — O que você acha deles?

Assim como Baba faria se estivesse no meu lugar, me vejo desesperada para saber o que Ma acha.

Minha mãe franze os lábios enquanto pondera a pergunta.

— Bem, entendo por que seu pai gosta deles.

— Sério? Por quê? Eles são uma bagunça enorme. Baba contou para você que é uma empresa totalmente administrada em família, né?

— Ah, sim, essa parte não é ideal, mas ele se deu muito bem com alguns dos membros dela. Disse que o faziam pensar nele mesmo quando mais novo.

Sei que é estúpido, mas não consigo deixar de sentir uma pontada de ciúmes com isso. Lembrar Ba dele mesmo quando mais novo? Desculpe, mas essa deveria ser eu.

Ma pega minha mão e aperta com gentileza.

— Mulan, sei que você não acha a Wutai Gold grande coisa, mas seu pai... eu não o vejo feliz assim sobre uma potencial aquisição há muito tempo. Talvez, quando os médicos terminarem, você poderia dizer que vai fechar o contrato.

— Ou talvez ele devesse pegar leve e não ficar obcecado com aquisições — resmungo.

— Eu concordo. Está na hora de seu pai dar um passo atrás e deixar você assumir o comando.

— Ah. — Eu não esperava por isso. A ansiedade atravessa meu peito ao pensar em "assumir o comando". Claro, essa sempre foi minha ambição, mas só pensava nisso de forma muito vaga, distante.

— E acho que fechar esse contrato por sua conta dará a ele a tranquilidade de que precisa para fazer exatamente isso — prossegue Ma.

Cerro os dentes.

— Ou eu poderia só, sei lá, mostrar para ele que é uma ideia terrível.

Minha mãe olha para mim, séria.

— Existe um motivo para seu pai ter conseguido construir uma firma tão bem-sucedida do nada, a despeito de gente como Richard Foreman se empenhando ao máximo para derrubá-lo a todo momento, e você faria bem em se lembrar disso, Mulan. Você não sabe de tudo. Faça sua diligência prévia, e faça-a com a mente aberta. Não decepcione Baba.

Abaixo a cabeça, sentindo que ouvi um sermão.

— Desculpe — diz Ma, levantando meu queixo com um dedo. — Não pretendia ser tão ríspida com você. A ideia de algo acontecer a seu pai...

Nesse momento, as portas do centro cirúrgico se abrem e a cirurgiã sai. Nós nos levantamos, agarradas uma à outra.

— Sra. Hua? — chama a mulher, puxando a máscara para baixo.

Ma assente com a cabeça.

— Como ele está?

— Estável — responde a cirurgiã.

Parece que meus membros viraram gelatina.

— Graças a Deus.

— Mas o sr. Hua teve mesmo um ataque cardíaco e precisamos realizar uma angioplastia de emergência, então a recuperação vai demorar um pouco. E ele precisa realmente pegar leve daqui por diante. Nada de estresse, de verdade. — Embora a cirurgiã não pareça ter mais de quarenta anos, seu semblante é tão severo que todas nós anuímos feito crianças levando uma bronca. — O sr. Hua será levado para o quarto daqui a pouco. Vocês poderão visitá-lo então, mas só por um tempinho. Ele precisa repousar.

— Obrigada, doutora — digo, e me viro para dar um grande abraço em Ma e Mushu.

Baba parece tão dolorosamente pequeno e pálido que tenho que beliscar para me impedir de soluçar quando, enfim, posso falar com ele.

— Ba.

Meu pai desvia o olhar de Ma e, embora o sorriso esteja cansado, seus olhos estão tão brilhantes e faiscantes como sempre foram quando ele me observa.

— Oi, Bochechinhas.

Bochechinhas é um apelido que Ba me deu quando eu era uma criancinha e que pegou assim que eu gritei: "Não sou bochechuda e esse é um apelido idiota!".

— Oi, velhinho. — Eu me posto perto dele e afago seu braço. — Como está?

— Ah, sabe como é, um dia bem tranquilo. Comi um bagel, tive um ataque cardíaco, mas pelo que entendi estou para receber um pouco de gelatina, então, no geral, diria que as coisas estão melhorando.

— Ba — falo com um grunhido.

— Devo dizer, titio — comenta Mushu —, para alguém que acaba de fazer uma cirurgia do coração, você está parecendo bem animadinho.

— E bonitão, espero?

— Ah, sim, um arraso.

Percebo o olhar que Ma está me lançando e pigarreio. Preciso tranquilizá-lo depressa, antes que a enfermeira nos expulse do quarto.

— Ei, Ba, então, precisamos que você pegue leve enquanto se recupera. Então, por favor, não se preocupe com o trabalho.

Ele faz uma careta.

— A reunião com a Wutai Gold amanhã...

— Eu cuido disso — respondo logo. — Não se preocupe.

Ma anui de leve para mim e levanta as sobrancelhas, uma indicação clara de que devo continuar.

— Farei a diligência prévia com eles, e relaxe, Ba, farei tudo com a mente aberta. Sei o quanto essa aquisição significa para você. Prometo que não deixarei minha própria implicância atrapalhar.

— Não, não...

Seja lá o que meu pai está prestes a dizer, é interrompido pela chegada da enfermeira, que anuncia:

— Olááá! Hora de o senhor descansar, sr. Hua. Estamos sob ordens estritas da doutora para minimizar o estresse, então todos para fora, por favor, obrigada.

Apesar de seu tom ser amistoso, também fica claro que não haverá discussão sobre ficar mais alguns minutos.

Na correria, tudo o que posso fazer é dar um beijo rápido na testa de Ba antes de ser conduzida para fora do quarto. Todas nós ficamos de pé no corredor por um segundo, um tanto aturdidas com a velocidade com que fomos expulsas.

— Eu estava na torcida para conseguir um pouco mais de informações sobre a Wutai Gold com ele antes de pedirem para sairmos — reclamo. Diante da expressão no rosto de Ma, acrescento: — Eu sei, eu sei, nada de papos profissionais.

— É só vasculhar os e-mails dele ou algo assim — sugere Mushu.

Minha mãe encolhe os ombros.

— Não é má ideia. Acho que seu pai não se incomodaria, ainda mais com a reunião amanhã. A senha é nosso aniversário de casamento, mais minha data de nascimento.

— Own, titia Li, essa é a coisa mais romântica que eu já ouvi — fala Mushu. — Mas também é a senha mais fraca. Datas comemorativas e aniversários são as primeiras coisas que um hacker tentaria para invadir a sua conta. Vocês precisam muito de uma aula de segurança cibernética.

Mama sorri, maliciosa.

— Ah, mas não são as datas reais, é a data mais a outra data.

Mushu a encara, confusa, até eu explicar:

— Você literalmente tem que somar as duas, então acaba parecendo uma combinação aleatória de números.

— Caramba, titia Li, isso é coisa de nerd nerdíssimo. Adorei — elogia minha prima.

— A família que pratica matemática unida permanece unida — declara minha mãe.

— Não, Ma, isso ainda não funciona. Pare de tentar fazer esse ditado pegar.

— Nunca diga nunca. — Ela faz uma pausa, então acrescenta: — Se um ditado tão besta como "nunca diga nunca" pode pegar, o meu definitivamente também pode. Mas, enfim, é melhor eu ir para casa e preparar uma mochila aqui para o hospital.

— Vai passar a noite aqui, Ma?

— Seu pai e eu não passamos uma única noite longe um do outro desde que nos casamos, trinta anos atrás, e não vai ser agora que vamos começar.

Com isso, ela me dá um beijo e abraça Mushu antes de partir.

— Own — faz minha prima de novo. — Seus pais são tão fofos. Eles realmente nunca passaram uma única noite separados desde que se casaram? Mas e, tipo, viagens a trabalho e coisas assim?

— Quando um dos dois tem que fazer uma viagem a trabalho, eles fazem uma chamada antes de irem dormir para poder pegar no sono com o som da respiração do outro. Os dois recebiam umas contas de telefone bem altas antes que o WhatsApp e o FaceTime e tudo isso aparecesse. Então, em teoria, eles passaram algumas noites fisicamente separados, mas sempre dormiram juntos.

— Ai, meu Deeeus — exclama Mushu, levando as mãos ao peito. — Isso é a coisa mais romântica de que já ouvi falar. Bom, romântica e também meio codependente, mas de um jeito fofinho.

Sorrio, melancólica. Meus pais devem ser duas das pessoas mais apaixonadas que já conheci. Amo que sejam assim, mas esse fato também estabeleceu um padrão inalcançável para meus interesses românticos. Mesmo na faculdade, sempre que eu saía para um encontro, era inevitável comparar nossas interações com as de meus pais. *Nossos papos são tão espirituosos quanto os de meu pai e minha mãe? O jeito como ele me olha é tão emocionado quanto meu pai olhando para minha mãe?* Um milhão e meio de pequenos testes que nem sequer percebo que estou impondo ao pobre coitado até o momento que meu inconsciente diz: *Nah, ele foi reprovado.* Deve ser um dos muitos motivos pelos quais não tenho um relacionamento sério há séculos. Isso e o fato de um ex meu ter me dito certa vez: "Você é tão forte e independente que não tem lugar para mim na sua vida". O que não é totalmente mentira.

— Certo — digo, inspirando fundo para tentar me trazer de volta ao momento presente. — Temos que focar. Amanhã é a grande reunião com a Wutai Gold e eu prometi a meu pai que vou fechar esse contrato.

— E toda aquela história que você falou sobre... — Mushu agita as mãos em um gesto vago. — As coisas financeirísticas, sabe?

— "Coisas financeirísticas"? — Eu arqueio uma sobrancelha para ela. — Mushu, há quanto tempo você trabalha na firma?

— Tempo suficiente para saber que a maioria dos termos financeiros são uma bobajada que parece sofisticada, inventada por vocês para parecer que sabem do que estão falando.

— Tá, você tem certa razão.

— Engraçado, eu comecei na empresa assim que saí da faculdade porque simplesmente não tinha nenhuma outra oferta ou perspectiva, e não sabia o que raios estava fazendo...

— Você falou isso tudo durante a entrevista?

— Falei, sim — confirma Mushu, sem hesitar. — E o seu pai respondeu: "Bom, você é a minha sobrinha preferida, então sempre haverá um lugar para você aqui".

— Ele falou isso mesmo?

— Tá, foi mais tipo... — Minha prima faz uma expressão severa e aperta a ponte do nariz. — "Mushu, nunca diga isso em uma entrevista de emprego real. E você sabe que sempre pode trabalhar aqui se precisar de um emprego, mas me prometa que vai usar esse tempo para descobrir o que realmente quer fazer da vida." Seu pai é um amor de pessoa.

Tento ignorar o jeito doloroso como meu coração se aperta ao ouvir isso.

— Ele é. Tá, de volta para a Wutai Gold. Ainda acho que as projeções deles pendem para o otimismo, sim...

— Porque você é uma pessimista inveterada? — sugere Mushu, prestativa.

Espremo os olhos para ela.

— Porque eu sigo os números. Mas devo ao Ba...

— Não ser tão pessimista?

— Dar uma oportunidade justa a eles — disparo. — Então vou para essa reunião amanhã, e você vai me ajudar a me preparar para ela.

— Só tem um problema — intervém minha prima.

— Não me importa que obstáculos terei que vencer para fazer isso, Mushu, eu vou conseguir.

— Por mim tudo bem, é só que, veja bem, tenho ajudado seu pai com a correspondência e tal, e...

— O quê?

Ela dá de ombros.

— Acho que esse pessoal não vai querer tratar com você.

Leva um instante para absorver essas palavras.

— Não entendi. Por que não?

— Hã... eles soam meio, tipo, muito... hum, qual é a palavra que eu estou procurando? ...tradicionais.

— Tradicionais — repito.

— Sabe como é, mais conservadores, assim...

— Então está dizendo que não vão querer tratar comigo porque sou uma mulher?

— Bem, não exatamente, mas... bem, sim.

Sorrio.

— Ah, Mushu. Mushu, Mushu, Mushu.

Minha prima olha para mim como se eu finalmente tivesse perdido o juízo.

— Mushu, eu sou uma vice-presidente em uma firma de private equity.

— Estou ciente disso — diz ela, cautelosa.

— Todos os dias, durante os últimos cinco anos, tive que lidar com bróders financistas em todas as suas formas humanas e semi-humanas. Analistas que acham que são gênios autênticos. E alguns até são, veja bem. Sócios que pensam que estão destinados a se tornar bilionários, se ao menos recebessem a oportunidade certa. Babacas acostumados a agir como valentões e não aceitar não como resposta para chegar aonde desejam estar na vida. E cada um desses homens acha que é o presente de Deus para as mulheres.

— É, basicamente, é isso aí — concorda minha prima.

— E, mesmo assim, eu não só permaneci nessa indústria dominada por homens como me destaquei nela — declaro com uma pequena mesura.

— Isso aí, mana! — Mushu aplaude.

— Portanto, o fato de a família da Wutai Gold ser machista não me abala. Na verdade, eu teria ficado surpresa se você tivesse me dito que não eram machistas.

— Certo. Só que eles também falaram que não poderiam confiar em mais ninguém além de, hã... seu pai.

A ansiedade se apodera de meu peito, ameaçando fechar as garras em torno da minha garganta e espremer, mas eu resisto. Não, não posso me dar ao luxo de desmoronar agora. Não quando acabo de prometer a meu pai que conseguiria esse contrato. A lembrança do rosto triste e cheio de rugas de minha mãe vem à tona, e fecho as mãos em punhos, determinada.

— Não vou recuar. Não posso me dar ao luxo de cancelar a reunião de amanhã. A Foreman & Byrde vai se intrometer e arrebatá-los se não agirmos depressa. Eles já estão competindo por essa aquisição. O estresse disso destruiria Ba.

— Aff, aqueles esquisitões — resmunga Mushu.

— Vamos lá, vamos voltar para o escritório.

— Para invadir o e-mail do seu pai?

— E conta como invasão se eu sei a senha dele?

Horas depois, o sol já mergulhou muito além das colinas de São Francisco, e estou me perguntando se é aqui que eu desisto, no final das contas. Sozinha na sala de meu pai, esfrego os olhos cansados e repasso os e-mails com a Wutai Gold. A maioria da correspondência foi com Shang, que é o CEO interino da empresa, e as mensagens são muito... tenho dificuldade de descrevê-las sem ser rude com Baba. Não tem outra maneira de descrevê-las: elas são muito coisa de bróder. Estas aqui, por exemplo.

De: Hua Zhou
Para: Li Shang
Assunto: Re: Wutai Gold & Facai Capital
Shang,

Acho maravilhoso que sua destilaria de uísque esteja localizada no rancho da sua família. Em Yunnan, minha província, minha família tem uma grande fazenda que soa muito parecida com o rancho da sua família aqui. Nós tínhamos todo tipo de animais e cultivávamos a maioria de nossas plantações. Minhas lembranças mais queridas são de cortar lenha e conduzir gado. Eu sabia montar a cavalo antes de aprender a andar, e os porcos e as cabras eram meus amigos quando eu era criança. Um dia em breve espero visitar o rancho de vocês. Talvez pudéssemos até disputar uma corrida a cavalo, que tal?

Cordialmente,

Zhou

De: Li Shang

Para: Hua Zhou

Assunto: Re: Wutai Gold & Facai Capital

Zhou,

Olha, eu nunca recuso um desafio. Corrida a cavalo, com certeza.

Minha família está muito ansiosa para se reunir com você na quarta-feira. Cá entre nós, são muito tradicionais, como você já deve ter adivinhado. Eles têm a forte convicção de que seja lá quem terminar comprando a empresa precisa entender o que nossa marca representa: força, coragem e perseverança. Eu realmente gostei muito da nossa troca de lembranças e espero que nossa reunião corra bem.

Nos vemos por lá,

Shang

— Força, coragem e perseverança — repito. Minha testa bate na mesa e eu fico ali em silêncio por um tempo, saboreando a quietude do escritório.

Ouço o som de passos entrando na sala.

— Humm... Terminamos por hoje? — pergunta Mushu, colocando sacolas de comida sobre a mesa.

Olho para ela sem levantar a cabeça.

— O patriarcado é tão cansativo.

— É, dá pra dizer que sim. — Minha prima começa a tirar as coisas das sacolas, enchendo a sala com os odores deliciosos e gordurosos de carne apimentada e arroz frito à Yangchow. Ela empurra os recipientes para mim. — Coma. Seu cérebro precisa de comida.

— Eu perdi o apetite.

Além de Baba estar no hospital neste momento, as imagens dele crescendo em uma fazenda me machucam por alguma razão estranha. Por tudo que me é mais sagrado, não consigo imaginá-lo conduzindo gado ou tirando leite de vacas ou seja lá o que mais se faz em uma fazenda. E aqui está ele, contando a um total desconhecido que aprendeu a cavalgar antes de aprender a andar? Como é que é? Quem é esse homem e o que aconteceu com ele? O pai com quem cresci carrega um paninho de microfibra para limpar os óculos a cada trinta minutos e toma dois anti-histamínicos diferentes para sua alergia a pólen. Ele assiste a *Amor às Cegas* e exclama "Minha nossa!" quando os participantes inevitavelmente se magoam em frente às câmeras. É um nerd de matemática que joga Xbox e chora com jogos como *The Last of Us*. Eu me sinto traída, de alguma forma, por descobrir que há todo um outro lado dele sobre o qual não sei nada.

Sem mencionar o fato de que esse tal Shang praticamente declarou que sua família só vai tratar com um homem. O que eu falei para Mushu mais cedo sobre ter experiência no que diz respeito a lidar com bróders financistas é verdade. Mas nunca esperei que meu pai fosse estabelecer uma conexão tão pessoal com um. *Talvez Baba tenha mentido para mim todos esses anos quando me dizia que estava feliz por ter uma filha em vez de um filho...* A ideia apunhala meu coração, fazendo meus olhos se encherem d'água. Historicamente, famílias chinesas são famosas por preferirem meninos a meninas. Não foi minha própria titia que disse isso para minha mãe? Sempre me considerei sortuda por meus pais serem tão não tradicionais, mas talvez fosse tudo mentira. *Será que esse tempo todo Baba desejou em segredo ter um filho?*

Essa ideia me dá um estalo. Não vim interpretando papéis diferentes minha vida toda? Esse tempo inteiro, venho tentando cumprir o papel de um filho *e* de uma filha para meus pais, para compensar por ser uma garota. No escritório, desempenhei ainda outro papel. Minha vida não é nada além de uma série de papéis. O que custa acrescentar mais um?

— Presumo que tenha lido todos os e-mails deles? — comenta minha prima. Sua boca está cheia de arroz frito, então levo um instante para entender o que ela acabou de falar.

— Li.

— Você leu os e-mails que basicamente dizem que eles não querem lidar com ninguém além do seu pai?

— Eu li os e-mails que dizem que eles não querem lidar com ninguém além de Hua Zhou — confirmo.

Mushu franze a testa, mastigando devagar antes de engolir. No silêncio absoluto da sala, o barulho de sua garganta se movimentando é dolorosamente audível.

— Não sei bem o que você quer dizer.

— Meu pai nunca se referiu a si mesmo como "ele".

— Hã...

— Nunca mencionou a própria idade, nunca mencionou a filha ou a esposa nem qualquer outro detalhe que o identificasse, tirando seu nome. Zhou poderia ser o nome de uma garota.

— Mulan... — fala Mushu num tom de aviso.

— Mushu — respondo, com um sorriso meigo.

— Não — declara minha prima.

— Sim.

— Não.

— E você vai me ajudar.

— Não! — reclama Mushu.

Apanho meus palitinhos e sorrio.

— Você ama a ideia e sabe disso. Nós vamos salvar esse contrato, você e eu.

E, embora eu não diga isso em voz alta para ela, sei que lá no fundo há uma partezinha de mim que queima com raiva e frustração e um anseio feroz de provar de uma vez por todas que eu, Hua Mulan, sou uma descendente mais dedicada e mais diligente do que qualquer filho homem poderia ser.

CAPÍTULO QUATRO

Como vice-presidente de uma firma de private equity, já perdi a conta de a quantas reuniões e ligações de apresentação eu compareci. A maioria acontece no nosso escritório e é composta por um analista, um diretor se for uma empresa altamente desejável, e eu — assim como, no caso de uma empresa que está sendo muito cortejada por outras firmas, por Baba em pessoa.

A conferência com a Wutai Gold claramente se encaixa nessa última categoria, e seria a primeira vez que eu conduziria uma reunião tão importante sem meu pai presente. Não apenas isso, mas tive que dizer a Brian, o analista que preparou o arquivo da Wutai Gold, para que não comparecesse, porque não faço ideia de como reagiria se eu lhe pedisse para me chamar de Zhou. Se eu tivesse que chutar, ele não aceitaria numa boa. Brian é o tipo de cara que acha que pegar mais de um sachê de açúcar no Starbucks é roubar, então deve ser melhor deixá-lo de fora desse caos. A única pessoa que terei ao meu lado na sala de reuniões terá que ser Mushu...

Uma decisão que estou repensando e re-repensando conforme a hora se aproxima e minha prima se agita em torno de mim, passando mais e mais maquiagem no meu rosto. Eu me encolho quando ela caminha ameaçadoramente até mim, carregando o que parece ser um aparelho de tortura industrial.

— Para de se mexer, você vai acabar com queimaduras de segundo grau — dispara Mushu.

Eu me debato, espantando-a.

— Ou talvez um aparelho capaz de causar queimaduras de segundo grau não devesse ser usado na minha cara, que tal?

— Isso aqui é um lançamento — declara Mushu. — É um curvador de cílios aquecido que tem efeito por 24 horas. — Ela olha de relance para o instrumento, que começou a soltar fumaça. — Ou queima tudo.

— Junto com as minhas córneas — falo. — Você não vai chegar nem perto de mim com isso aí. Desligue e afaste-se dessa arma antes que você bote fogo no prédio inteiro.

— Eu vi no TikTok — resmunga minha prima, mas me ouve e guarda a máquina. — Tudo bem, pronta para ver a nova e fabulosa versão de você mesma como chefona?

Com certa hesitação, assinto com a cabeça. Ela me agarra pelos ombros e me faz dar meia-volta para encarar o espelho do banheiro. Meu queixo cai. Acho que ouço Mushu exclamando "Tcharan!" ao longe.

Não é que a maquiagem esteja ruim. Mas é que é tão...

— O que você acha?

Busco freneticamente as palavras certas.

— É bem... A maquiagem é bem Cruella de Vil — respondo enfim, fitando com desespero minhas sobrancelhas hiperarqueadas e superescurecidas e meus lábios vermelho-sangue.

— É, mas a versão da Emma Stone da Cruella, não a versão incompreendida — comenta Mushu, feliz.

— *Ceeeeerto.* E essas ombreiras são bem... volumosas, né?

Cutuco a da esquerda, que é tão alta que quase roça o lóbulo da minha orelha.

— Isso aí. Eu estava tentando chegar num visual Margaret Thatcher.

— Era isso o que você estava mirando com meu penteado também? — pergunto, minha voz saindo fraca.

— Não, o penteado foi inspirado na Adele, mas você emana mesmo uma vibe mais matrona, acho que é por isso que ele acabou mais parecido com Margaret Thatcher. Mas combina com o terninho, né?

Encaro minha prima, horrorizada. Por que raios fui confiar em Mushu quando ela disse que sabia exatamente qual seria o visual perfeito para eu fingir ser uma sócia executiva? O impulso de gritar *Por quê, meu deus, por quê?* é quase esmagador.

— Não posso entrar lá assim.

— Por que não? Você parece alguém que as pessoas deveriam temer.

— Exatamente — afirmo com sinceridade, piscando diante do meu reflexo chocante.

A expressão no rosto de Mushu se suaviza.

— Eu entendo, é bem diferente do seu estilo chato do dia a dia, mas confie em mim, essa é a cara de uma chefona muito foda.

Pela milionésima vez, agradeço à minha sorte o fato de meu pai ter decidido não colocar nossas caras no site da empresa. Houve um incidente desagradável dois anos atrás envolvendo um ex ciumento que rastreou um dos associados da empresa, e depois disso Baba retirou todas as nossas fotos do site e, em vez disso, apenas listou nossos nomes e e-mails de trabalho na página SOBRE NÓS. Biografias propriamente ditas são dadas apenas a indivíduos de confiança, que demonstraram sério interesse em se tornarem clientes. Assim, o pessoal da Wutai Gold não sabe se deveria esperar um homem de meia-idade ou uma mulher jovem. Eles me veriam e presumiriam que "Hua Zhou" tinha essa aparência o tempo todo.

Cutuco meu cabelo, hesitante. Depois de todo o laquê que Mushu descarregou, está mais para capacete de titânio do que para cabelo. Quando viro o pescoço, ele segue uma fração de segundo depois, como uma bola de algodão doce repousando sobre minha cabeça. Uma bola de algodão doce metálico.

Fique calma, penso. *Respire fundo, devagar. Inspire e prenda por dois segundos. Agora grite... não. Agora expire. Isso. Bom. Nada a ver, mas isso é o que os atiradores de elite fazem antes de puxar o gatilho contra os alvos.*

Ótimo, agora estou pensando em atiradores de elite e morte, o que não é um mau agouro, de forma alguma. Olho meu relógio. Só mais quinze minutos até o horário marcado para o pessoal da Wutai Gold chegar. Eu me forço a respirar fundo de novo. Dou conta disso. E Mushu deve ter razão; provavelmente esse é o estilo de chefonas muito fodas. Não tenho como saber, porque nunca lidei com uma chefona muito foda, apenas com bróders financistas mimados e chorões. Empino o queixo e assumo o que espero ser uma postura forte.

— Prontinho, é isso — comemora minha prima. — Abrace o seu bróder financista interior. Regra número um, seu único amor verdadeiro é seu tônus muscular. Quando estiver em dúvida, flexione os bíceps. Regra número dois, nunca peça desculpas, mesmo quando estiver muito enganada sobre alguma coisa. Regra número três...

Eu rio.

— Tá bom, já entendi! Deus do céu, é assustador o quanto você é boa nisso. Certo, lembre-se, você não é uma assistente administrativa, é...

— Uma associada, eu sei.

Enquanto assinto outra vez, Mushu acrescenta:

— O que é que um associado faz, mesmo?

Não vou gritar, não vou gritar, não vou gritar...

De alguma forma, entredentes, eu consigo soltar:

— Só pareça profissional.

— Entendido, chefa. — Mushu presta continência e marcha para a porta. Ela a abre com um floreio. — A senhora primeiro.

— Não exagere — sibilo baixinho.

Mantendo o olhar firme no chão, ando depressa para a sala de conferências. Não fica muito longe do banheiro, mas o caminho até lá parece eterno. Posso praticamente sentir meus colegas me encarando, os olhos se arregalando e os queixos batendo no chão. Não, ninguém vai conseguir apagar isso da memória. Por sorte, ninguém ousa dizer nada para mim, embora eu capte o som de Josh sufocando uma risada. Eu deveria rebaixá-lo de analista para... hum, algo ainda menos descolado do que analista.

Assim que entro na sala de conferências, a primeira coisa que faço é fechar as persianas para nos dar algo próximo de privacidade.

— Deixe que eu faço isso — diz Mushu. — Isso não é um trabalho para uma sócia executiva.

Um calor cobre meu rosto. Ela tem razão. Nenhum sócio executivo se rebaixaria a fechar as persianas por conta própria. Deus do céu, eu sou péssima nisso. Como é que vou convencer alguém a pensar que sou Baba?

Mushu puxa a cadeira maior, na cabeceira da mesa, e gesticula para o assento.

— Sente-se, chefa. Eu cuido de tudo. Na verdade, vou sair por um segundinho e dizer para um dos estagiários fazer alguns *lattes* para nós.

Eu me acomodo, abaixando o corpo aos poucos na cadeira de Baba. Parece grande demais para mim de alguma forma, e eu me imagino uma criancinha brincando no assento de meu pai, os pés balançando no ar. *Pare com isso*, me censuro. Não sou Mulan. Sou Zhou. Sou a fundadora e sócia executiva da Facai Capital, uma empresa de private equity de médio porte. Como sócia executiva, fico muito confortável... hã... fazendo coisas de executiva, como administrar pessoas e fechar acordos de 500 milhões de dólares. Fecho os olhos e respiro fundo, imaginando meu peito inflando com oxigênio e me estufando para preencher o espaço. Apesar da minha descrença, a técnica está funcionando. Eu me visualizo ocupando o lugar de meu pai, gerenciando a empresa com uma desenvoltura natural, dizendo a Josh onde ele pode ir tomar.

A porta se abre e, sem me mover, ainda encarnando Baba, pergunto em minha voz mais "eu sou a chefe por aqui":

— Trouxe meu café?

Sem hesitação, uma voz rica e aveludada responde:

— Como você gosta do seu café?

Meus olhos se abrem rapidamente. Tudo para. Meu coração para, minha respiração para, e eu tenho praticamente certeza de que, lá no fundo das minhas veias, as plaquetas do meu sangue trombam, parando também. Porque o homem de pé na porta é a criatura mais linda que eu já vi. Sua figura é alta e imponente, e o rosto com certeza é esculpido no mais puro mármore. O cabelo pretíssimo está preso em um coque, chamando a atenção para as maçãs do rosto e os maxilares incrivelmente definidos. Sobrancelhas espessas e escuras chamam a atenção para seus olhos, que têm o tom do chocolate mais amargo. Olhos nos quais eu eu poderia mesmo me perder. Algo que eu demoro para me dar conta de que é o que estou fazendo.

O homem pigarreia e eu volto à realidade com uma vergonha ardente. Droga, dois segundos em meu novo papel como chefa e já estou pisando na bola. Controle-se, mulher! E, embora eu saiba que estou sendo irracional, fico irritada com esse cara por ter me flagrado. Como ele ousa ser tão deslumbrante? Deve ser o novo estagiário de que Mushu estava falando agorinha. Deus do céu, nós deveríamos ter colocado minha prima como encarregada da contratação de novos estagiários há mais tempo.

Levantando o queixo de forma imponente, respondo:

— Eu gostaria de um *latte*, sem açúcar. E traga alguns para os outros também.

A boca dele se curva um pouco e ele diz:

— Quantos a senhora gostaria?

O cara realmente me chamou de senhora? Uau, acho que Mushu estava certa sobre a roupa e a maquiagem, no final das contas.

— Oito. Você sabe como funciona a máquina de espresso, não? — Eu me contenho. Baba sempre me falou que microgerenciamento é o sinal de um líder incompetente. — Quer saber? Se vire. Eu acredito em você.

Prontinho. Isso é algo que Baba sempre diz para os funcionários. *Eu acredito em você.*

— Fico feliz que a senhora acredite em mim. Vou buscar os *lattes.*

Enquanto a porta se fecha atrás dele, eu me recosto na cadeira, satisfeita. Pronto. Não foi tão ruim assim. Mal recuperei o fôlego quando a porta se abre outra vez e Mushu entra, acompanhada por um rapazinho de óculos que parece mal ter saído do ensino médio. Os dois carregam bandejas cheias de *lattes* fumegantes e pratos de pãezinhos.

— Aqui — cantarola minha prima. Pousando as bandejas na mesa, ela percebe minha expressão. — Que foi?

— Hã... Este é o novo estagiário?

— Isso. Apresente-se para a chefa, Gerald.

— Oi, eu sou o Gerald.

Meu olhar bate e volta entre os dois. Em seguida, saio da cadeira em um pulo e agarro o braço de Mushu, puxando-a para o lado. Ignorando os protestos dela, questiono com urgência:

— Mushu, Gerald é o único estagiário aqui?

— Não, nós contratamos três. Não gostou do rapaz? A gente pode se livrar dele.

A expressão de Gerald murcha.

— Não — falo, apressada. — Você está fazendo um ótimo trabalho, Gerald. Continue assim.

Ele sorri e volta a distribuir os *lattes*.

Eu me viro para Mushu.

— Os outros dois estagiários... por acaso um deles é bem alto e, hã, meio que... lindo de morrer?

As sobrancelhas de Mushu se franzem.

— Hum... Bom, os outros dois são mulheres porque, sabe, a gente está tentando contratar mais mulheres e coisa e tal. Mas acho que daria para descrever Wanda como "linda de morrer". Ela faz pilates.

— Ah, não — murmuro. Nesse instante, a porta se abre outra vez.

— Ah, sim — fala Mushu.

Ali, de pé na porta, parecendo tão perigosamente deslumbrante como antes, está o desconhecido. E para meu horror, está carregando uma bandeja de *lattes* cheios de espuma. Por baixo do terno feito sob medida, os músculos de seus bíceps se retesam enquanto ele abaixa a bandeja até a mesa.

— Fresquinhos, como a senhora pediu — anuncia.

O homem abre um sorriso severo que não chega aos olhos, e covinhas fundas aparecem em suas bochechas.

Ainda por cima ele ousa ter covinhas?! Sinto vontade de gritar com ele.

— Mas eu já trouxe os *lattes* — fala Gerald baixinho.

Mushu, os olhos ainda colados no recém-chegado e a boca semiaberta, levanta a mão e a coloca no rosto do estagiário, empurrando-o com gentileza para o lado enquanto sussurra:

— Shh, Gerald.

Em seguida, ela engole em seco e caminha de braços abertos para o homem.

— Olá! Você deve ser o Shang, eu dei uma olhada no seu Insta. Tão bom finalmente te conhecer ao vivo!

Ela envolve o homem em um abraço apertado.

Ai, meu Deus, isso não pode estar acontecendo.

— Hã — diz ele, dando tapinhas hesitantes nas costas de Mushu. — Obrigado?

Com óbvia relutância, minha prima o solta e se afasta, ainda o admirando descaradamente. Virando-se para mim, ela comenta:

— Mu... digo, Zhou, este é o Shang.

Ai, Deus, é claro que é ele. É claro que esse homem lindo de tirar alguém do sério, que eu confundi com um estagiário, é o Shang. Luto contra o impulso de enfiar a cara entre as mãos e chorar. Por outro lado, Shang parece tão desconcertado quanto eu.

— Desculpe — diz ele —, você é Zhou? Hua Zhou?

Assinto com a cabeça, invocando um sorriso encantador que me parece mais uma careta vacilante em meu rosto.

— Isso, eu mesma. Hua Zhou, em carne e osso.

O homem olha mais uma vez, porém antes que possa dizer outra palavra, ouço uma batida na porta e o recepcionista enfia a cabeça na sala e informa:

— Os outros acionistas da Wutai Gold e seus cônjuges chegaram.

CAPÍTULO CINCO

Ajeito meu terninho ridículo, fingindo não sentir o olhar curioso de Shang abrindo um buraco na minha testa. Em poucos instantes, a família dele preenche a sala de conferências. Eu me coloco ao lado da porta, a boca apertada em um sorriso fino, e me lembro de dar um aperto de mão firme em cada um deles conforme vão entrando.

— Bem-vindos — falo, e noto como os titios e as titias e os primos de Shang mal olham para mim. Mesmo enquanto apertam minha mão, seus olhos vagam por cima do meu ombro, provavelmente procurando por Zhou na sala. Eu digo a mim mesma para me aprumar.

A família é um grupo intimidante. Há três titios, quatro titias e, tirando Shang, quatro primos presentes, e a maioria deles está vestida em um estilo que só posso descrever como "riqueza geracional". Não há nada excessivamente ostentoso e, no entanto, o luxo é evidente nos trajes, nos penteados e até na maquiagem das mulheres.

Um dos titios pergunta:

— E onde está o sr. Hua?

Lá vamos nós. Rezando para que minha voz soe calma, afirmo:

— É srta. Hua, na verdade.

As conversas pausam. Olhos se voltam para mim. Posso praticamente ouvir respirações parando de súbito. Consigo forçar a boca a formar um sorriso.

— Olá, bem-vindos à Facai Capital. Estou muito feliz em finalmente conhecê-los depois de toda a correspondência que troquei com Shang por e-mail. Eu me chamo Hua Zhou, uma das sócias desta empresa.

O silêncio se estende por alguns segundos dolorosos, até que alguém responde:

— Estamos felizes por estar aqui.

Quem falou foi uma mulher de meia-idade com um sorriso bondoso. Eu me vejo retribuindo a simpatia antes que me dê conta.

— Obrigada, srta....?

— Ah, pode me chamar de titia Jiayi. Sou a mãe de Shang e também acionista da empresa.

— Titia Jiayi — repito. — Muito prazer em conhecê-la. Por favor, sentem-se — acrescento para todos.

— Peguem um *latte* — pede Shang para os parentes. — Eu que fiz.

Ele faz questão de não olhar na minha direção. Preciso reunir toda a minha força de vontade para não abrir um buraco no chão e desaparecer ali dentro. Como é que eu poderia confundi-lo com um estagiário? Ele não tinha como ter menos cara de estagiário. *Foco. Deixe todo esse negócio do Shang para lá. Você não pode se dar ao luxo de perder de vista o propósito real desta reunião.*

Certo.

Preciso lembrar que estou no controle. Essas pessoas estão aqui porque esperam vender sua empresa para mim.

De alguma forma, embora minhas pernas pareçam gelatina, consigo caminhar de volta para a cabeceira da mesa sem tropeçar. Sento-me na cadeira. Dobro as mãos e as coloco sobre a mesa. Isso é algo que um sócio executivo faria? Cogito desdobrá-las, mas opto por deixá-las como estão. Abro a boca, pronta para cumprimentá-los, mas alguém me interrompe:

— Deve ter ocorrido algum engano. Será que poderíamos conversar com o homem no comando desta empresa?

Quem falou foi um sujeito que parece estar chegando aos trinta anos. Ele usa um terno azul-marinho, o cabelo penteado para trás e um enorme Rolex de ouro reluzindo no punho esquerdo. O homem mais velho à esquerda, que presumo ser seu pai com base nas semelhanças entre os rostos dos dois, usa um Rolex ainda maior.

Sorrio por dentro. Estava me sentindo incerta sobre como me comportar feito Baba se comportaria em uma reunião de aquisição, mas machismo casual no ambiente de trabalho? Ah, com isso eu sei lidar. Venho enfrentando isso desde o ensino médio, quando minhas colegas e eu com frequência éramos minoria numérica diante dos meninos em nossas aulas de STEM (ciências, tecnologia, engenharia e matemática). E não existe nada tão detestável quanto garotos nerds que se veem sendo superados em cálculo por suas contrapartes femininas. Quase posso ouvir o clique quando a máscara se encaixa no lugar. Não sou Mulan neste momento. *Sou Zhou, sócia executiva desta empresa. Bróder financista à moda antiga.*

Quando falo, minha voz sai alta, límpida e calma.

— E você é?

— James Li — responde o sujeito. Ele indica o homem mais velho com o Rolex. — E este é meu pai, Hong.

— James, sr. Hong, prazer em conhecê-los — digo no mesmo tom de voz, calmo mas firme. — A pessoa no comando deste lugar sou eu, e não vejo a hora de trabalharmos juntos.

Sem lhes dar uma chance para protestar, continuo:

— E agora, vamos começar?

Baba tem inúmeras táticas para conduzir conversas de negócios na direção que ele quer, e faz isso com tanta perfeição que a maioria das pessoas não percebe que está sendo guiada.

Minha prima estala os dedos para Gerald e o estagiário se move às pressas, entregando a todos um livreto que preparamos exatamente para esta reunião. Enquanto isso, a própria Mushu liga a grande TV atrás de minha cadeira e deixa nossa apresentação no ponto.

Eu sei que o trabalho está impecável: quando estava ascendendo a hierarquia como associada, uma das várias tarefas de que fiquei encarregada era criar apresentações sofisticadas para acionistas, completas, com modelos financeiros e análises dos empreendimentos que estávamos tentando adquirir. Auxiliei Baba em várias reuniões para levantar fundos para novas aquisições, e sei muito bem o que as pessoas querem ouvir e sou capaz de prever as perguntas que elas poderão fazer.

Porém, o que não sinto há muito tempo é a hostilidade que sinto agora da maioria da família Li. Enquanto os conduzo por minha análise e minhas previsões, as ondas de antipatia vindo dessas pessoas são tão palpáveis que quase consigo sentir o cheiro, como um fedor pungente que todos fingem não perceber.

Qual é o problema deles, raios? Claro, podem ter sido pegos de surpresa pelo fato de que "Zhou" é, na verdade, uma mulher jovem, mas, no fim das contas, negócios são negócios. Será que essas pessoas são tão machistas que não conseguem enxergar o que está bem diante de seus olhos, que ao me oferecer para comprar o negócio deles eu estou, na verdade, salvando sua empresa?

Ainda assim, eu persisto, apresentando slide após slide para mostrar por que a Facai Capital é a melhor casa para a Wutai Gold. Olho cada um deles nos olhos enquanto falo, e fico surpresa em descobrir que as únicas pessoas que não estão me encarando furiosas são Shang e titia Jiayi, então acabo direcionando a maior parte da apresentação para os dois. Bem, não diria que Shang está olhando para mim de um jeito exatamente amigável, mas pelo menos ele parece estar prestando genuína atenção à apresentação. Quando eu termino, Mushu bate palmas com entusiasmo. Gerald a acompanha.

— Uhuu, trabalho incrível, chefa! — elogia minha prima. Em seguida, sentindo o clima gélido na sala, ela logo para de bater palmas e cutuca o estagiário, que enfia as mãos nos bolsos como se tivesse sido flagrado fazendo algo de errado.

— Obrigado — fala Shang. Seu tom é curto, neutro.

Afasto o olhar de seu lindo rosto de granito.

— Esta foi a melhor apresentação que já vi — comenta titia Jiayi, calorosamente.

Hong solta uma risada abafada.

— Ah, é? E quantas apresentações de análise financeira e projeções você já acompanhou, Jiayi?

As bochechas da mulher ficam rosadas e ela abaixa a cabeça, os lábios franzidos.

— Minha mãe já leu mais sobre teoria de finanças do que você imagina, titio Hong — responde Shang.

— Ler *Pai rico, pai pobre* não conta como estudar teoria de finanças. Sem querer ofender, titia Jiayi — fala James.

Mas que babaca.

Um músculo pulsa visivelmente na lateral do maxilar de Shang enquanto ele se debruça adiante, prestes a dizer alguma coisa, mas sua mãe coloca a mão no braço dele e eu percebo a conexão invisível entre os dois. Shang se recosta no assento, respirando fundo antes de passar sua atenção para mim.

— Minha mãe está certa. Esta foi uma apresentação impressionante, obrigado — declara, e apesar de as palavras saírem um pouco rígidas, também há uma relutante admiração no rosto dele.

Um calor gostoso se espalha pelo meu corpo, relaxando os músculos. Eu consegui. Consegui levar a apresentação até o fim.

— Mas não podemos vender a empresa para vocês — afirma James.

— Por que não? — pergunto, de rosto ainda impassível. É a única forma que aprendi a lidar com a misoginia na indústria financeira. Manter a calma e parecer inofensiva, e pedir para que a pessoa se explique até inevitavelmente se expor.

James ri, e não é uma risada boa, é mais uma zombaria.

— Olha, é óbvio que você não sabe o que nossa marca representa.

— Bem, eu pesquisei bastante sobre a história da Wutai Gold antes de abordar Shang para uma potencial oportunidade de investimento, mas talvez você possa me explicar o que a marca representa.

O sujeito olha para mim com uma expressão incrédula, como se não pudesse acreditar no quanto eu estou sendo lerda.

— É uma empresa de uísque.

Assinto com a cabeça, dando um sorriso cheio de expectativa.

— Sim, estou ciente disso.

— E somos conhecidos como a bebida preferida do homem másculo.

— Ah, sim, é claro.

— E quando nossos consumidores descobrirem que vendemos a empresa para uma mulher... — Ele encolhe os ombros e levanta as mãos. — Tenho certeza de que você consegue ver por que isso seria um problema.

E aí está. Mais cedo ou mais tarde, as pessoas se entregam. Procuro lá no fundo de mim mesma, encontro outra máscara e dou a James a expressão mais meiga de que sou capaz.

— Hum, não, ainda não vejo o problema. O que vejo é o valor que nossa empresa pode agregar à sua, um negócio que, lamento apontar, tem uma margem de lucro que vem encolhendo a cada trimestre. Segundo minhas projeções, vocês estarão no vermelho no terceiro trimestre do ano que vem.

A expressão de James passa de arrogante a zangada.

— Como é? Você não pode dizer isso.

Deus do céu, se ao menos eu pudesse falar: *Você precisa frequentar mais dessas reuniões, porque as pessoas já disseram coisa bem pior*. Em vez disso, me volto para Shang e pergunta:

— Você discorda de mim?

— Não, não discordo — responde ele. — É uma análise justa.

— Isso é um disparate — retruca o titio Hong. — Viemos aqui esperando nos reunir com um homem que estava interessado em comprar nosso empreendimento porque via valor nele, não alguém que chega aqui nos dizendo que vamos mal das pernas!

— Desc... — começo, me contendo a tempo quando me lembro das regras de Mushu para ser um bróder financista. Com algum esforço, engulo o pedido de desculpas. — Não quis ofender. Mas espero que os números deixem claro o que podemos ofe...

Outro titio fala por cima de mim:

— Você é jovem demais para ser Zhou, minha cara garotinha.

— Titio Jing... — alerta Shang.

Mas o homem o ignora e continua falando.

— Shang contou que você cresceu em uma fazenda na China!

Opa, lá vamos nós. Enquanto estivermos discutindo números, estou no meu território; entretanto, agora estou prestes a me aventurar em um assunto do qual não sei quase nada. Tento encarnar meu Baba interior de novo.

— Cresci, sim. Eu me mudei para cá quando era adolescente.

Todos eles olham para mim em dúvida. Titio Hong brande seu telefone e exclama:

— Ahá! Aqui você diz: "Em Yunnan, minha província, minha família tem uma grande fazenda que soa muito parecida com o rancho da sua família aqui. Nós tínhamos todo tipo de animais e cultivávamos a maioria de nossas plantações. Minhas lembranças mais queridas são de cortar lenha e conduzir gado. Eu sabia montar a cavalo antes de aprender a andar, e os porcos e as cabras eram meus amigos quando eu era criança. Um dia em breve espero visitar o rancho de vocês. Talvez pudéssemos até disputar uma corrida a cavalo, que tal?".

Mantenho a expressão tranquila a duras penas.

— Sim — admito por fim —, eu tenho saudade da vida simples.

Isso me dá vontade de rir. Baba realmente comenta com frequência que tem saudade *da vida simples,* mas nunca pensei em perguntar exatamente a que tipo de vida estava se referindo.

— Você diz que conduziu gado na China — dispara titio Hong.

— Hã, sim, de fato, essa é uma das várias coisas que eu tinha que fazer lá.

— Você fala bastante sobre matar o porco do ano novo com os outros aldeões — acrescenta titio Jing.

Eca. Como é que é? A ideia de meu pai, gentil, de óculos, matando um animal é algo perturbador.

— S-Sim, pois é, fazemos isso todo ano.

— A matança do porco do ano novo é sempre feita pelos homens do vilarejo — retruca titio Hong —, enquanto as mulheres se ocupam limpando e preparando as carnes.

O silêncio paira no ar por quase um segundo antes que meus instintos entrem em ação. Empino o queixo e sorrio.

— Vocês têm razão, é claro. Mas a minha família sempre me criou para desafiar papéis e expectativas de gênero tradicionais, e é por isso que estou sentada aqui diante de vocês como uma das sócias executivas mais jovens e bem-sucedidas desta empresa. — A incerteza e a hesitação somem e eu sigo no ataque. — Tive que trabalhar duas vezes mais para me provar no meu vilarejo, e tive que fazer o mesmo aqui na indústria financeira, e posso provar que, uma vez que adquirirmos a sua empresa, trabalharemos dia e noite para garantir que ela se transforme na enorme história de sucesso que merece ser.

— Ela já é uma enorme história de sucesso — devolve James.

Eu o encaro com um sorriso calculado e polido.

— Bem, eu adoraria repassar os números com você para mostrar o quanto estão perdendo e o que podemos realizar juntos.

— Ah! — exclama uma das titias. — Sinto amor no ar! Não vejo uma aliança...

O sangue se esvai de meu rosto. De jeito nenhum eu a ouvi direito. Com certeza isso não pode estar acontecendo em uma reunião de negócios, pelo amor de Deus.

— Hã...

— Quantos anos você tem, Zhou? — pergunta a mulher.

— Hã, vinte e oito? — Só depois me questiono por que minha resposta saiu como pergunta.

— Ah, uma boa diferença de idade. O James aqui tem trinta anos. Ele é galo, o que significa que você é dragão, ótima combinação.

— Hã, hum...

O que diabos eu posso responder? Nem ouso olhar para o homem. Esqueça minhas bochechas, meu rosto inteiro parece queimar de constrangimento.

— Tsc — resmunga uma das outras titias. — Que bobagem. Ela combina melhor com Ryan, ele é rato, os dois se complementam perfeitamente.

Um jovem, que deve ser o Ryan em questão, inclina a cabeça para trás e geme:

— De novo, não, Ma.

— Ele nem foi para uma faculdade conceituada — fala a mãe de James. — Acho que Zhou pode conseguir coisa melhor do que isso, não pode, querida? Meu James aqui estudou na Brown.

A mãe de Ryan está com o peito inflado, duas vezes maior que o normal, mas antes que eu possa proferir o que, sem dúvida, será uma resposta ácida, titio Jing pede:

— Jamie, não interrompa a reunião com a sua fofoca de mulher.

Estou queimando com mais vergonha ainda por ter testemunhado titio Jing censurar a esposa em público desse jeito tão horrível e machista. Mas a titia, provavelmente acostumada com o marido sendo brusco com ela, não parece ligar. Dando de ombros, ela conclui:

— Depois conversamos mais sobre encontrar um bom par para você.

— Ela tem mesmo credenciais impressionantes — comenta um dos primos, e todos seguem o olhar dele para a tela da TV, que agora exibe uma foto minha em tamanho grande.

Junto dela está minha biografia, detalhando como me formei com honras em Princeton e destacando as maiores aquisições que liderei desde que entrei para a Facai Capital, cada uma delas um investimento superior a 100 milhões de dólares. Olho de esguelha para minha prima, que dá uma piscadela em resposta. Boa e velha Mushu. Sempre posso contar com ela para me ajudar, não importa o quanto a situação seja ridícula. Quando éramos pequenas, nós duas sempre fomos "carne e unha". Nenhuma das duas tinha irmãs ou irmãos, então nos tornamos irmãs uma para a outra, de certa forma, e quando eu fui para Princeton, Mushu escolheu ir para Rutgers, o que significa que passamos vários finais de semana aprontando na cidade de Nova York. Eu me concentro agora na força que a proximidade dela me empresta. Eu consigo, eu consigo levar essa reunião até o fim.

— Um currículo muito impressionante — concorda titia Jiayi.

— É, você daria uma ótima nora — opina titia Jamie.

— Hã, obrigada — digo —, mas vamos voltar aos números. Ah, sim, estávamos aqui. Este é o mapa financeiro da sua empresa, que inclui o histórico e a estrutura de capital. Como podem ver, aqui estão as coisas que podemos fazer para cortar custos...

— Nada de cortar custos — rebate titio Hong de imediato.

Shang pigarreia.

— Ah, o que meu titio quer dizer é que hesitamos em tomar medidas de corte de custos porque não queremos que a qualidade de nosso produto caia. A Wutai Gold é uma companhia de uísque de pequeno porte quando comparada ao que há no mercado, e a vantagem que temos sobre nossa concorrência é a reputação de nossa qualidade.

— Concordo completamente — falo. — O que eu estava dizendo é que há coisas que podemos fazer para cortar custos, mas a estratégia que proponho é focar em expandir o mercado.

— Que ridículo — corta James. — Como é que se expande um mercado? Isso aqui não é um conto de fadas em que você pode criar mais clientes por um passe de mágica.

— Que tal você deixar ela terminar de falar? — retruca Shang.

— Fico feliz que tenha perguntado — digo para James, o Zé Ruela. — Existem algumas maneiras de fazer isso. Uma delas é aumentar a distribuição, nos voltando para mercados externos. A China, por exemplo, tem uma base de fãs de uísque em crescimento, e o mercado de lá não está nem de longe tão saturado quanto o dos Estados Unidos ou o do Reino Unido. Outro mercado potencial é o Sudeste Asiático, em especial a Indonésia. Este será...

— ... em breve o quarto maior mercado no mundo — completa Shang ao mesmo tempo que eu.

Há uma pausa em que nós dois nos encaramos. Aff, por que ele tinha que ser tão lindo? Aqueles olhos castanho-escuros dele parecem intensos e profundos feito chocolate, e quando ele fala outra vez, fico distraída por um momento com o formato de seus lábios e o quanto parecem absolutamente beijáveis. Shang fala, com uma admiração a contragosto:

— Bom saber que você se mantém atualizada sobre o mercado global.

Isso é elogio ou condescendência? Não consigo distinguir direito.

— Distribuir globalmente? — repete James, os olhos tão arregalados que parecem prestes a cair das órbitas. — Isso é...

— Isso é o que sempre discutimos fazer, mas nunca nos aventuramos — interrompe Shang.

— Porque já estamos perdendo dinheiro! — dispara James.

— Bem, a Facai Capital tem excelentes conexões no setor de importação e exportação. Muitos de nossos parceiros são exportadores de mercadorias de luxo, portanto, é claro que fecharíamos os acordos mais favoráveis para as empresas em que investimos.

Deus do céu, espero que isso tenha soado tão tranquilizador quanto pareceu na minha mente.

Os membros da família Li se viram uns para os outros e explodem em uma discussão acalorada sobre os prós e os contras do mercado global. Eu os estudo enquanto eles debatem. Esta é, até o momento, uma das reuniões mais desconcertantes de que já participei. Em geral, quando uma empresa chega a ponto de se reunir cara a cara comigo e com Baba, é porque já concluíram que vender seria a melhor decisão para eles. Agora, porém, a única coisa que está clara é que os acionistas da Wutai Gold estão imensamente divididos em suas posições. É óbvio que James é contra a venda, embora eu tenha a sensação de que ele não entende o negócio tanto quanto gostaria que pensássemos. Titio Hong, o pai dele, e alguns dos outros titios e titias parecem estar do lado de James. Os outros três primos, Ryan, Thomas e Christopher, parecem indecisos, e o único que parece estar de fato aberto à ideia da venda é Shang.

Além disso, em toda diretoria sempre tem que haver um líder claro. Pelos e-mails de Baba, eu teria imaginado que seria Shang, mas, agora que me encontrei com todos em pessoa, fica muito menos nítido quem está no comando. Por instinto, sinto que Shang talvez seja a pessoa que mais bota a mão na massa na empresa: a pessoa que conhece os pormenores dela. Mas os outros, como James e titio Hong, parecem ter muito a dizer sobre a companhia, o que torna quase impossível deduzir para quem eu deveria dirigir minhas perguntas ou sugestões.

É por isso que odeio empresas administradas por famílias. O que também levanta a questão: se Baba pudesse ter comparecido a essa reunião, será que ele a terminaria ainda tão decidido a seguir em frente como estava antes?

Depois de alguns minutos, sentindo que a discussão estava andando em círculos, eu digo:

— Exportar os produtos é apenas um de vários meios de ampliar o mercado. É uma opção que podemos explorar mais no futuro. Mas também há coisas que podemos fazer dentro do mercado nacional.

Shang sustenta meu olhar, a expressão indecifrável, e eu tento ignorar o jeito como minhas entranhas se reviram diante disso.

— Notei que, atualmente, o mercado de vocês é muito, muito limitado. Nichado, por assim dizer. Seu público é composto somente por homens mais velhos, na faixa etária entre 55 e 75 anos.

— Os homens de verdade — grunhe titio Hong.

— Claro — digo. — Mas esse mercado, infelizmente, está encolhendo depressa.

— Eles estão morrendo — comenta Mushu, bem-humorada. Cabeças se viram para a encarar, e ela dá de ombros e diz: — O que foi? Só estou falando a verdade. Estão velhos.

— Hum, Mushu tem razão — concordo. — Não que estejam todos morrendo, claro, mas... hã... estão envelhecendo, e conforme as pessoas envelhecem, não bebem com a mesma robustez que costumavam beber, então... Essa é a razão principal pela qual as vendas estão caindo.

— E como você vai resolver isso? — pergunta James.

— Bom, aqui na Facai Capital, temos uma vasta gama de empresas nas quais investimos. Muitas delas são especialistas em marketing e publicidade, têm um extenso alcance nas redes sociais...

— Redes sociais! — exclama titio Hong com irritação.

Eu fraquejo.

— Ah, sim... Facebook, YouTube...

— Rá! — bufa titio Jing.

— Deixei passar alguma coisa? — pergunto.

Shang pigarreia.

— Nossa família é muito tradicional. A G-1, a geração de meus titios, acha que deveríamos nos ater apenas à propaganda convencional. Revistas, outdoors, e assim por diante.

Por um segundo, tudo o que consigo fazer é encará-lo sem entender.

— Posso perguntar por quê?

— Nossa marca é um uísque de luxo, edição limitada — explica titio Hong, com óbvio orgulho. — Não apelamos às massas alardeando nosso produto nas redes sociais.

As palavras *redes sociais* são ditas com mais acidez do que já ouvi vindo de qualquer pessoa. Os outros titios e titias assentem, concordando.

Começo a entender por que as vendas deles, tão cheias de potencial nos primeiros anos da empresa, começaram a cair. Compreendo agora por que tudo o mais no negócio deles estagnou. Também sei exatamente do que precisam para se revitalizar. O que não consigo enxergar, e isso me frustra, é um jeito de explicar minhas ideias sem fazer com que se ofendam. Porque parece nesse momento que me encontro em um campo minado, e estou completamente despreparada para isso porque todas as companhias com as quais já tive esse tipo de reunião estavam ansiosas para vender, enquanto que, por algum motivo estranho, eu preciso conquistar essas pessoas.

Então, enquanto tento decifrar qual deve ser meu próximo passo, James declara:

— Acho que vender para vocês não é o passo certo para nós.

Sinto um aperto no peito. Uma onda de puro choque me assola. Não me sinto tão em desvantagem assim desde que meus pais, muito bem-intencionados, me matricularam para jogar futebol. Não. Não posso perder, não quando meu pai está no hospital, agarrando-se à esperança de que vou fechar esse contrato para nós, para a nossa companhia, para o nosso legado. Eu assisto com desespero crescente enquanto titio Hong anui e se endireita, pronto para deixar a sala, e as palavras saem da minha boca sem consultar meu cérebro.

— Entendo completamente o que a sua companhia representa. A Wutai Gold é o uísque do cavalheiro, e não existe outro igual no mercado — ouço-me dizendo. — Não queremos diluir a marca. Vamos provar para o público que a Wutai Gold segue tão masculina como sempre. Que o que ela representa é força e... — Minha mente se atrapalha atrás da palavra certa. O que Baba faria? *Você não é a Mulan agora, você é Zhou. Pense como Zhou! — Audácia.*

Todos me encaram, olhos fixos.

— Audácia? — repete James, uma sobrancelha arqueada como se estivesse prestes a dizer algo depreciativo.

— Significa ousadia — explico, ao mesmo tempo que Shang.

Mais uma vez, há uma pausa momentânea enquanto nossos olhares se encontram. Impressão minha ou há uma leve cor nas bochechas dele? *Pare de ler a minha mente*, tenho vontade de disparar.

— Eu sei o que significa — resmunga James.

— Eu gosto disso — diz Shang, rompendo o contato visual comigo. — Essa palavra pega.

— É, mas sem querer ofender — prossegue James, em um tom claramente querendo ofender —, você simplesmente não é o tipo de pessoa que tínhamos em mente para administrar os negócios da nossa família.

Shang se debruça, abrindo a boca, mas a mãe coloca a mão em seu braço.

— Quer dizer uma mulher? — pergunto, certificando-me de aparentar uma indiferença total diante dessa situação.

A despeito de tudo, a despeito de saber que estou acima disso, que passei anos lidando com chauvinistas exatamente iguais a James, um azedume se revira em minhas entranhas. Baba passou décadas de sua vida labutando, construindo essa empresa do zero, e ficou dolorosamente claro que ele está entusiasmado sobre a aquisição da Wutai Gold. E embora suas razões possam ser um mistério para mim, de forma alguma vou decepcioná-lo.

— Não se preocupe, vou lhes provar que posso ser tão máscula quanto vocês.

James solta um fungado de zombaria, e então seu sorriso de escárnio desaparece quando ele vê a seriedade em minhas feições.

— E como, exatamente, você vai provar isso?

— Meu currículo deveria bas...

Porém, mesmo enquanto respondo, posso ver a expressão de vitória se espalhando no rosto dele.

E então Shang sugere, com toda a calma, sem levantar a cabeça:

— E se nós a convidarmos para o rancho? Não deveríamos tomar nenhuma decisão antes que Zhou possa ir de fato até a destilaria e analisar tudo por si mesma.

Todos o encaram e ele, enfim, ergue a cabeça para olhar para mim. Depois arqueia uma sobrancelha.

— Você me disse que é uma fazendeira melhor do que eu.

Disse?, tenho vontade de soltar. *Baba, o que foi que você fez?*

— É uma ótima ideia. Um rancho não é um lugar para qualquer um — concorda Mushu. — Ainda mais para mulheres frouxas, criadas na cidade.

Oras bolas. Eu não sou frouxa — qualquer um que me conheça sabe bem disso —, mas definitivamente fui criada na cidade.

— Mushu — tento sussurrar sem atrair a atenção de mais ninguém, mas é inútil. Minha prima entrou no embalo e, quando isso acontece, não há como fazê-la parar.

— Tudo bem então, está combinado! Nós iremos com vocês para o rancho, onde Zhou vai mostrar que não é uma garota da cidade, chorona e cheia de frescura, e sim um sujeito macho que está pronto para dar um mata-leão no mundo e forçá-lo a dar à sua empresa o sucesso que ela merece — gaba-se ela.

Ai, Deus. O que minha prima acaba de dizer é tão machista que eu nem sei por onde começar. Mas, de algum jeito, está funcionando. A família Li parece aturdida a princípio, mas agora mais da metade está assentindo. O que está havendo?

James debocha outra vez, mas antes que possa dizer uma palavra sequer, titio Hong declara:

— Tudo bem. Já iríamos mesmo para lá daqui a um dia para a viagem anual da família, então você poderá ir com a gente.

Olho para ele, boquiaberta, até meus sentidos voltarem ao lugar e eu fechar a boca. Por acaso não acabei de receber um sinal verde para uma visita ao rancho e destilaria da família Li, ou recebi? Consigo soltar um:

— Ótimo, obrigada pela oportunidade. Estou muito animada para ir para lá.

Eu realmente estou animada para ir? Credo, não. Ainda assim, parece o tipo de coisa que se diria numa hora dessas. Enquanto todos apertam as mãos e saem da sala de conferências, eu fito Mushu, que sorri e me dá uma piscadinha. No que foi que minha prima bem-intencionada me meteu?

CAPÍTULO SEIS

— O que foi que você fez? — reclamo para Mushu pela décima sexta vez.

De trás da cortina do provador, a voz dela responde:

— Salvei a aquisição para você. De nada. Como ficou essa calça jeans?

— Igual a uma calça jeans normal? Ainda não entendo direito por que eu precisava de uma nova quando tenho, tipo, umas dez perfeitamente boas em casa.

— Mulan, Mulan, Mulan.

E então, sem se dar ao trabalho de perguntar nada, Mushu escancara a cortina dramaticamente.

— Ei! — Eu corro para cobrir a parte despida de cima.

Minha prima solta uma exclamação, os olhos fixos na minha calça.

— Ah, Mulan, ficou maravilhosa! Vira de costas.

— Sai daqui — disparo.

Ignorando-me por completo, Mushu cutuca meu quadril e diz:

— Olha só como essas calças estilo country caem nos seus quadris sem espremer a cintura. Que modelo é esse? ME DERRUBA, CAUBÓI?

Aperto a ponte do nariz enquanto minha prima encontra a etiqueta presa na parte de trás da calça.

— Esse não pode ser o nome real de um modelo de calça jeans.

— Ah — faz Mushu, espremendo os olhos para a etiqueta. — Não, é a coleção DIVERSÃO SUPREMA, NÃO MEXA COM ESSA VAQUEIRA.

— Esses nomes só podem ser inventados — resmungo.

— Bem, são, sim. É exatamente assim que os nomes surgem. Olha só, quando um publicitário se apaixona por um produto, eles se juntam e fazem uma campanha de propagandas com todo tipo de nomes engraçadinhos — fala Mushu, bem devagar.

Eu reviro os olhos, mas é inevitável sorrir.

— Cala a boca. Você sabe o que eu quis dizer.

— Segundo esta etiqueta, a calça DIVERSÃO SUPREMA, NÃO MEXA COM ESSA VAQUEIRA é desenhada para fazer seu traseiro se destacar enquanto a costura superfina na parte interna das pernas impede que suas coxas assem enquanto você cavalga.

Minha prima sorri e sobe e desce as sobrancelhas.

— Eca, que nojo, para com isso, eu nem estava pensando nele!

As sobrancelhas de Mushu se franzem.

— Ele quem? É óbvio que eu estava pensando em quando você cavalgar um cavalo. De quem achou que eu estava falando?

Um calor sobe às minhas bochechas e eu evito o olhar dela enquanto imagens inoportunas de Shang cruzam minha mente traiçoeira.

— Hã, ninguém. Só, sabe como é, em geral. Não seja uma pervertida.

Mushu estreita os olhos.

— Acho que não sou eu quem está sendo pervertida aqui. — Um sorriso lento e horrível se espalha pelo rosto dela. — *Aaah.*

— Para com isso, você parece o Coringa!

— Acho que nós sabemos quem anda na sua cabeça — cantarola Mushu.

— Não tem ninguém na minha cabeça!

Mushu junta as duas mãos e as aperta contra o rosto.

— Ah, Shang! — trina ela. — Por favor, me pegue com esses seus braços de granito e me carregue para além do pôr do sol!

— Você é uma adolescente tarada, por acaso? — disparo, mas não consigo conter uma risadinha quando minha prima finge desmaiar, toda dramática. Além do mais, tecnicamente, Mushu não está errada; eu não consegui tirar Shang da cabeça desde a reunião desastrosa ontem.

Depois da reunião, fui visitar Baba no hospital. Ele estava dormindo, então conversei com Mama e contei o quanto a conversa tinha ido mal e como agora teríamos que ir para o rancho e a destilaria da Wutai Gold para provar minha "macheza".

Mama riu tanto que precisou se agarrar aos meus braços para não cair no chão.

— Ai, Mulan — soltou ela. — Só Mushu poderia ter arrancado esse resultado da reunião.

— O que é que eu faço, Ma? — perguntei, com o desamparo de uma criança de colo.

Enquanto minha mãe enxugava as lágrimas de riso, respondeu:

— Bem, agora você vai colher o que plantou.

— Mas eu não plantei nada! Foi a Mushu.

— E quem escolheu ir para a reunião fingindo ser uma sócia executiva, com a sua prima como associada? — falou Mama, ignorando meu grunhido. — Você vai para esse rancho mostrar para eles quem é o mais macho.

— Odiei, obrigada — resmunguei por trás das mãos.

— Você consegue, filha.

Agora, porém, com minha calcinha de vó espremida pela justíssima calça DIVERSÃO SUPREMA, NÃO MEXA COM ESSA VAQUEIRA, a única coisa de que tenho certeza é que a calcinha está entrando onde não deve.

— Essas calças country são uma maravilha — comenta Mushu. — Você está uma vaqueira mesmo, no melhor sentido possível.

A contragosto, tenho que concordar. A calça jeans inegavelmente me cai bem, deixando os quadris mais arredondados e as pernas mais longas. E, conforme o prometido, a costura é lisa, deixando o tecido confortável contra minha pele. Tudo o que preciso é sumir com as calcinhas de vó e esse vai ser o jeans mais confortável que já usei. Como é que eu nunca pensei em comprar uma calça country para mim?

— Tá bom — respondo. — Vamos pagar.

— Hã, você não achou que já tínhamos terminado, né? — retruca Mushu.

Eu a encaro com cada vez mais receio.

— Hum, meio que achei, na verdade.

— Mulan, Mulan, Mulan — diz Mushu de novo, agora com um suspiro exagerado. — Estamos só começando.

— Estamos?

— Ah, sim. Não viríamos esse caminho todo de carro até a Coiote Selvagem só para comprar uma calça. Estamos aqui para um LOOK completo. Estamos aqui para te transformar de bróder financista chata em vaqueira *yankee*.

Depois disso, não há como conter minha prima. Enquanto eu fico ali de pé indefesa no provador, ela pendura mais e mais peças sobre mim. Primeiro, um sutiã *push-up* tão agressivo que posso jurar que meus seios são empurrados para debaixo do meu queixo, seguido por uma camisa xadrez justíssima. Apesar de ter manga longa e mal mostrar pele, ela é tão justa que não deixa nada para a imaginação. Eu abraço meu corpo, sentindo-me estranhamente nua no espelho.

— Céus, olha a levantada que esse sutiã te dá — observa Mushu. — Vou pegar um desses para mim e usar naquele banquete das Mulheres Empreendedoras que vai acontecer daqui a umas duas semanas.

— Ah! Você arrumou um convite? — pergunto. Minha prima vem falando desse banquete há quase seis meses.

— Ainda não, mas conheço alguns dos organizadores e andei dando indiretas para me colocarem na lista, então deve chegar qualquer dia desses — explica Mushu.

Embora ela diga isso de seu jeito irreverente de sempre, sinto um toque de insegurança por trás da máscara confiante. Eu sei o quanto Mushu adoraria comparecer a um banquete para mulheres empreendedoras.

Ela se dá uma sacudida e concentra a atenção em mim de novo.

— Mas, enfim, você está incrível.

— Tem certeza? A camisa é tão justa que eu mal consigo erguer os braços.

— Movimentar os braços é algo supervalorizado — retruca ela.

Eu tento levantar os braços e chego até a cintura antes que o tecido ameace rasgar. Olho feio para Mushu.

— Ah, tá bom, eu pego uma camisa um tamanho maior. Mas ela não vai destacar tanto seus peitos.

— Sabe de uma coisa? Essa é uma troca que eu estou disposta a aceitar — aviso.

No final, o número maior ainda é bem justo, mas pelo menos consigo me movimentar livremente nele.

— Era mesmo para ficar colado nas minhas curvas assim?

Estremeço ao pensar em andar por aí numa roupa tão provocante. Estou acostumada a terninhos puritanos azul-marinho e cinza-escuro, peças projetadas para fazer bróders financistas me levarem a sério, não me verem como algo vagamente atraente. Esta camisa e esta calça jeans estão, com certeza, bem longe das minhas roupas habituais de trabalho. E então Mushu acrescenta um lenço vermelho-vivo em volta do meu pescoço e joga uma jaqueta jeans azul-clara sobre meus ombros e eu solto um suspiro de alívio pela cobertura extra que a jaqueta me dá.

— Estou ridícula — comento, fitando meu reflexo.

— Só porque o visual ainda não está completo.

Com isso, ela solta algo pesado sobre minha cabeça.

É um chapéu de caubói, porque é claro que é. Tem um tom casca de ovo e uma pena marrom espetada do lado esquerdo, e tenho quase certeza de que não dá para eu sair em público vestida desse jeito.

— Eu... eu não posso...

— Espera, espera! — grita Mushu. — Ainda não está pronto.

— Não?

— Certo, preparada para a *pièce de résistance*?

— Não — respondo com sinceridade.

Em resposta, minha prima brande um par de botas de caubói chocantemente ornamentadas.

— Essas são botas de caubói da melhor qualidade. Feitas de couro de novilho, são supermacias por dentro, mas tão fortes que resistem a qualquer coisa que o Velho Oeste possa jogar no seu caminho, incluindo rochas rolando por cima dos seus pés e mordidas de cobra. Presumindo que a cobra esteja do lado de fora da bota, digo. Se estiver dentro... — Mushu ri, dando tapas nas minhas costas. — Bem, você tem que checar para ver se não tem cobra dentro toda manhã, tá bem?

Engulo em seco.

— Cobras?

Ela olha para mim, séria.

— Mulan, você está prestes a enfrentar a natureza selvagem. É claro que haverá cobras. E não me espantaria se escorpiões também. Assim como mobelhas.

— O que é uma mobelha? — disparo.

— Sabe que eu não tenho certeza? Um pássaro selvagem seria meu palpite, mas poderia ser algum tipo de raposa também... Vai saber. Pergunte ao Google. Agora, calce essas botas.

Quase num transe, eu faço o que Mushu pediu, enfiando os pés dentro dos sapatos.

— Eu... Eu não sei, não. Parecem meio duras.

— É porque são mesmo. Mordidas de cobra, lembra? Mas enfim, você vai amaciar essas botas rapidinho. — Ela se afasta, me olhando de cima a baixo. — Você parece uma vaqueira de verdade.

Olho para o espelho, boquiaberta. Quem é essa garota me encarando de volta?

— Por que o meu reflexo é de alguém que eu não conheço?

— Mulher, pare de ser tão dramática. Você tá pronta para sair montada em um baio.

— Eu nem sei o que é um baio. É um boi selvagem?

— Ai, minha nossa. — Mushu dá um tapa na própria testa. — Precisamos trabalhar muito para te deixar pronta para essa viagem, né?

— Deus do céu, isso não vai funcionar — lamento, tirando o chapéu de caubói e virando de frente para minha prima. — Ninguém vai acreditar que cresci numa fazenda ou num rancho ou seja lá onde foi que meu pai supostamente cresceu. E qual é a diferença entre as duas coisas, afinal?

Como resposta, Mushu coloca as mãos nos meus ombros e me vira para o espelho.

— Vai funcionar, sim. Sabe como eu sei disso? Porque você é o ser humano mais determinado que já conheci. Para ser sincera, é irritante.

— Obrigada, prima.

— Não, mas sério, sabe como é crescer ao seu lado? A frase favorita da minha mãe é: "Por que você não pode ser mais como a Mulan?".

Eu puxo o ar bruscamente.

— Ai, Mushu, sinto muito.

— Não sinta, não é culpa sua ser tão motivada. Digo, seus outros primos e eu reclamamos de você pelas costas? Sim, sem parar.

— Você precisa melhorar seu discurso motivacional.

Ela dá uma risada sarcástica.

— O que eu quero dizer é, embora fosse muito estressante para mim e talvez tenha contribuído para minha acne na adolescência, no fim das contas, fico feliz por ter você como prima. Porque você me mostrou como trabalhar com mais afinco e mirar mais alto. Meu Deus, sem você como prima eu provavelmente não teria, sei lá, nem me formado no ensino médio. Estou falando sério — acrescenta ela quando abro a boca para protestar. — Eu estava tão perdida no ensino médio. Não sabia o que queria fazer, ainda não sei, para falar a verdade. Mas você me inspirava muito, porque você sempre soube. Nunca vacilou. Desde que éramos pequenas, você já dizia, tipo, "eu vou trabalhar com finanças". Dá para imaginar o quanto isso era arrogante? Você só tinha oito anos. Eu nem sabia o que era finanças. Pensei que tivesse algo a ver com ler a sorte das pessoas ou coisa assim.

Eu rio.

— É mais ou menos como ler a sorte, sim.

— Hã... é, tem razão. Mas enfim, você sabe o que eu quero dizer. Você me inspira, prima. E vai inspirar esse pessoal também.

Olho para o espelho, em dúvida.

— A única coisa que eu vou inspirar com essa cara são risos.

— Ou admiração. E sejamos sinceras, quem é que você quer enganar? Aposto que fez seu dever de casa, não fez?

Mordo o lábio e evito os olhos de Mushu.

— Não sei do que você está falando.

— Quantas horas de leitura você já fez sobre ranchos e destilarias desde que descobriu que iria nessa viagem?

— Só a quantidade apropriada de horas.

— Se for qualquer coisa acima de uma hora, não é apropriado — declara Mushu, bem-humorada. — E que recursos você usou? A Wikipédia?

Não respondo.

— Ótimo. Conhecendo você, passou pelo menos cinco horas pesquisando todos os detalhes técnicos sobre ranchos e destilarias na Wikipédia.

— Não foi só lá — resmungo.

— Deus do céu, sua nerd — fala Mushu. — Mas é por isso que eu te amo, prima.

Cutuco ela com o ombro.

— Não te mereço.

— Não merece, mesmo. E ainda assim, cá estou eu.

— Essa coisa toda de "Mostre para eles que você também pode ser máscula" não te incomoda, não?

— Não.

Olho de esguelha para ela.

— Nem um pouquinho?

— Não é isso o que você tem feito esse tempo todo na firma? Então você não parece com você mesma. Sabe do que mais? Eu nem sei mais como é sua aparência real. Sempre te vejo no escritório usando terninhos e falando como uma bróder financista. Ou, quando está com seus pais, você vira a filha chinesa perfeita e se porta de outro jeito. Você até ri de outro jeito. Está acostumada a interpretar todos esses papéis, o que é mais um?

Um nó se forma em minha garganta.

— Credo, Mushu — gracejo, tentando esconder o quanto as palavras dela me afetam. — Desde quando você ficou tão perceptiva?

— Ah, faça-me o favor, eu sempre fui perceptiva. Sou uma observadora da vida. Além disso, eu literalmente te ouvi soltar um arroto maior do que o do Brian na copa terça-feira.

— Isso foi porque nós estávamos... Tínhamos pegado uns sanduíches gigantes para o almoço e estávamos...

Minha voz vai sumindo quando me lembro o que eu e os outros analistas estávamos fazendo.

— E vocês estavam competindo para ver quem conseguia comer o sanduíche mais depressa — completa Mushu. — Nunca ouvi falar de um jeito mais bróder de passar o almoço.

Suspiro e olho para meus pés.

— Encare os fatos: você passou metade da vida tentando se encaixar no mundo das finanças, e ele é dominado por bróders. Os piores bróders, na verdade.

— Os analistas quantitativos na área de fundos hedge não são tão ruins assim — murmuro.

— Eles são os menos piores do bando, mas adivinha só? Não trabalhamos com eles.

— É o único jeito de eu ser levada a sério.

Não me sinto tão miserável, tão vendida, há muito tempo.

— Eu sei — fala Mushu, a voz de súbito ficando mais gentil. — Não estou contando isso como ponto contra você. Posso não ser uma associada ou uma analista, mas sei como é ter que trabalhar num mundo masculino. Odeio que não possamos só ser nós mesmas para esses bróders nos levarem a sério. É um triste fato, e você está fazendo tudo certo. E é por isso que eu sei que você consegue fazer isso também, consegue convencer os Li de que é macho o bastante para levar o uísque idiota deles até o topo.

— Se você diz. Mas... — Massageio minhas têmporas. — Eu nem tenho um plano além de "Feche o negócio". Digo, o que vai acontecer se fecharmos o negócio? Não tenho um plano de longo prazo preparado. Vamos manter essa farsa mesmo depois de adquirirmos a empresa?

— Um passo de cada vez — responde Mushu num tom tranquilizador. — Primeiro de tudo, você não é a pessoa que normalmente intervém e administra as empresas que vocês adquirem. Você contrata outra pessoa para essa operação, certo?

Assinto com a cabeça.

— Nossa, Mushu, então você presta mesmo atenção em toda essa "baboseira financeira", no final das contas.

— Eu tenho camadas escondidas tão lá no fundo que você nem imagina — fala Mushu. — Então, você vai adquirir a companhia, vai encontrar a pessoa certa para ajudar a consertar seja lá o que não estiver funcionando por lá, e vai se reunir com essa gente, o quê, duas vezes por ano? Ou talvez todo trimestre para avaliar o desempenho deles? É viável, não é?

Parece viável, mas nada disso me dá uma sensação boa. Por que não previ o quanto tudo isso me pareceria asqueroso?

— Acho que é.

— Eu sei que é.

De alguma forma, apesar da palestrinha motivacional de minha prima ser a mais confusa em toda a história, ela está fazendo efeito. Eu fito o espelho e assisto a meu rosto passar da incerteza para a determinação, as sobrancelhas se assentando, baixas, e a boca se retesando, severa. Mushu tem razão. Um passo de cada vez. O mais importante aqui é não perder a empresa que Baba estava tão empolgado para adquirir. Tenho anos de experiência lutando para ser aceita em uma indústria dominada por homens. Essa viagem não vai ser nada comparada a tudo o mais que já tive que passar para chegar aonde estou na vida. Então vou ter que conduzir algumas vacas, talvez, hã... dar de comer para algumas galinhas, ou seja lá o que se faz em um rancho. Não me formei entre os dez melhores da minha turma? Não impressionei meu professor de Princeton com minha tese sobre modelos da teoria dos jogos e como lançar luz sobre a determinação de ofertas financeiras? Não superei meus colegas, muitos dos quais eram eruditos com QI acima de 140 e títulos como Campeão Mundial de Xadrez ou Campeão Mundial de Matemática? Eu sou Hua Mulan, filha de Hua Zhou e Hua Li, e os Li fariam bem em não me subestimar.

CAPÍTULO SETE

Quando terminamos de fazer compras, Mushu já tinha me convencido a levar tantas coisas para a viagem que eu sei que minha mala estará quase explodindo.

Para piorar minha apreensão, quando Mushu vem me buscar para irmos até o ponto de encontro na casa de titio Hong, ela dá uma olhada para minha bagagem gigantesca e diz:

— Minha nossa, prima, o que é que você botou aí dentro? Um cavalo inteiro?

— Não me faça te dar uma suspensão — disparo, fazendo-a rir.

É preciso nós duas para arrastar a mala para dentro do bagageiro.

A casa de titio Hong é um palacete em Atherton com uma entrada longa e sinuosa ladeada por árvores exuberantes. O cascalho estala sob os pneus enquanto Mushu guia o carro pela entradinha, e fico cada vez mais intimidada conforme chegamos ao fim do caminho e nos vemos encarando a mansão enorme. Os Li já estão reunidos na frente, conversando e carregando suas bagagens para vários veículos — é uma mistura de carros esportivos e até um trailer monstruoso e chamativo que levará a família até o rancho e a destilaria.

Mushu estaciona e, respirando fundo uma última vez, eu saio. Lá vamos nós.

As conversas pausam no meio das frases quando desembarcamos, e tenho que me lembrar de não encolher os ombros enquanto vários olhos se demoram sobre nós. Ai, meu Deus, eu sabia. Eu sabia que não devia ter dado ouvidos a minha prima sobre essa roupa ridícula!

É uma cena tirada diretamente dos meus pesadelos: nem um sequer dos Li está vestido a caráter. Claro, alguns deles estão com botas de caubói, mas parecem botas de trabalho mesmo, empoeiradas e resistentes e nem um pouco ornamentadas como as minhas. Uns dois estão, de fato, de camisa xadrez, mas nenhuma tão justa quanto a minha. Parecem roupas nas quais dá para se mover com liberdade. E ninguém, nem uma única pessoa, está de chapéu de caubói. Alguns estão de boné, muitas das mulheres estão com viseiras incrivelmente grandes, mas não há um único chapéu de caubói à vista.

E aí vejo Shang conversando com a mãe e meu coração para. Ele está tão bonito que dá vontade de pular em cima dele e cometer barbaridades. Tem aquele rosto, para começar, que é tão lindo que eu poderia admirar até morrer. Quer dizer, sério, aqueles olhos intensos sob as sobrancelhas espessas, e aquele coque super sexy, que me faz pensar como será o cabelo dele solto... Eu tenho olhos, viu? Ele está com um suéter cinza com as mangas levantadas até os cotovelos, expondo os antebraços musculosos. E o tecido é tão macio que exibe o formato de seu peitoral, que é... ai, meu Deus, eu estou babando?

Como se sentisse minha atenção, Shang levanta a cabeça e se vira. Nossos olhares se encontram e, naquela fração de segundo, os olhos dele se arregalam quando ele se dá conta de meus trajes ridículos. Seus lábios se partem, como se tivesse esquecido de sua compostura apenas por um instante, e não há nada de que eu gostaria mais do que acreditar que ele está tão encantado por mim quanto eu por ele. Mas então, bruscamente, Shang desvia o olhar, como se minha roupa não o tivesse impressionado nem um pouco. Bom, não que eu esperasse impressioná-lo, mas ainda assim.

Tiro o chapéu de caubói, mentalmente xingando Mushu. E a mim mesma, por ter dado ouvidos a ela.

— Dia, mocinhas! — grita James, gingando em nossa direção.

Não acredito que o cara acaba de nos chamar de *mocinhas*. Por fora, porém, eu sorrio e digo:

— Olá, rapazinho.

Atrás de James, Shang tosse e cobre a boca com o punho. Será que está escondendo um sorriso? Ah, não é possível.

James se recupera rapidamente.

— Estão prontas para a vida rústica na natureza selvagem?

— Ah, sim, totalmente — respondo, no tom mais convincente que consigo transmitir. — Mal posso esperar para... hã... tosar ovelhas e... hã... pegar mobelhas selvagens.

Shang tosse de novo, e eu arqueio as sobrancelhas para ele.

— Desculpe, você queria dizer alguma coisa?

— Não, de forma alguma. Hã, você parece bem... rancheira.

— Obrigada — diz Mushu com um orgulho indisfarçável. — Fazemos questão de nos adequar a toda situação em que nos encontramos.

James olha com lascívia para a camisa xadrez justa de Mushu, e eu agradeço aos céus pela jaqueta jeans, que agora puxo disfarçadamente mais junto ao corpo. Noto Shang lançando um olhar raivoso para o primo enquanto o outro continua cobiçando Mushu, que, por sua vez, não parece incomodada com isso.

— Então temos o trailer principal, que é onde a maioria da G-1 vai — fala James. — Eu vou dirigir a Sedutora, é claro.

— Desculpe, Sedutora? — Já sei que vou me arrepender de ter perguntado.

— O carro dele — murmura Shang.

Ao mesmo tempo, James explica:

— Minha Lambo.

— Ah.

— Vocês estão convidadas para se juntar a mim e à Sedutora, é claro — continua ele, com o que provavelmente imagina ser um sorriso charmoso. — As damas a adoram.

— Hã... — Posso sentir a careta tomando conta do meu rosto, mas não consigo me empenhar o bastante para impedir. — Muito gentil de sua parte...

Shang, que ainda está assistindo a tudo, comenta baixinho:

— Tem espaço de sobra no meu carro.

De algum jeito, embora a ideia de ficar presa dentro do carro de James seja aterradora, pensar em estar no carro de Shang faz minha garganta se fechar.

— É, tá, parece ótimo — fala Mushu. Ela se vira para James. — Desculpe, mas nenhuma mulher vai entrar em um carro chamado Sedutora. Vamos lá, prima.

E sem esperar por uma resposta, Mushu sai pisando duro na direção em que os carros estão estacionados.

Olho de relance para Shang e, para minha consternação, ele me analisa com um olhar de expectativa.

— Parece ótimo — repito.

A expressão dele fica um pouco mais calorosa.

— Admiro como sua prima simplesmente presumiu que vai adivinhar qual carro é o meu — diz Shang, estendendo a mão.

Olho para a mão dele sem me mover. Em seguida, engolindo em seco, ofereço a minha. A palma dele é larga, a pele um tanto áspera, com calos, mas é quente e firme e reconfortante. O calor dele flui pelo meu braço, aquecendo o corpo todo.

— Hum — fala Shang. — Eu pretendia ajudar com a sua mala...

— Ah! — A vergonha explode dentro de mim como uma supernova. O raio de constrangimento é tão intenso que parece que deveria ter aberto uma cratera funda no chão para eu poder me enterrar nela. Recuo um passo, esfregando a mão na calça jeans, como se o toque dele tivesse me queimado, e balbuciando: — Ah, certo! Bem, não precisa disso! Eu mesma posso levar minha bagagem.

— Tá bem, vamos lá.

Andamos até a fila de carros, onde a maioria da família Li está reunida, conversando e colocando malas em seus vários veículos. James corre de lá para cá, contando para quem quiser ouvir que ele encerou Sedutora só para essa viagem. Mushu está recostada em um Volvo.

— Só tem um probleminha — diz ela quando Shang e eu chegamos perto o bastante para ouvi-la.

— Pois não? — pergunta Shang.

— Parece que não tem espeço nenhum no banco de trás do seu carro.

— Como é que você sabia que esse era o meu? — pergunta Shang.

Mushu desliza o olhar deliberadamente para o veículo antes de comentar:

— Este carro, assim como seu dono, tem cara de paizão.

Shang ri e responde:

— Tá bom. Mas o que você quer dizer com não tem espaço no banco de trás? Tem... Ah.

O banco traseiro está cheio de bolsas e malas empilhadas uma por cima da outra, além de um cooler imenso ocupando todo o espaço restante.

— Ficamos sem espaço no trailer — explica uma das titias. — Você não se incomoda, não é, Shang?

— Talvez eu tenha sugerido isso a elas — fala Mushu, prestativa.

Ele suspira.

— Você não pensou em sugerir que colocassem as coisas dentro da Sedutora?

— James foi esperto o bastante para deixá-la trancada — informa minha prima. — Senão, sim, ele estaria lotado até a tampa com porco assado chinês e *wontons* congelados.

— Espertinho — fala Shang.

— Então — continua Mushu —, eu vou viajar com as titias. Todas querem me casar com os filhos, pelo visto.

Franzo a testa.

— Também vou no trailer.

— Não — retruca Mushu. — Vá com Shang. Não tem mais espaço para você no trailer.

— Como é? — questiono, mas ela já está se afastando, acenando displicentemente para trás.

— Te vejo lá, prima!

Eu a observo se afastar. Aos poucos, me dou conta de que estarei no carro com Shang. Sozinha. Em uma viagem de cinco horas. Engulo em seco e, embora estejamos ao ar livre e haja uma brisa agradável ao nosso redor, o movimento sai dolorosamente audível.

— Hum...

— Pode colocar aqui — instrui Shang, abrindo o bagageiro.

— Hã, obrigada.

Puxo minha mala para perto do carro e me esforço para levantá-la.

— Deixe que eu ajudo.

— Não — disparo.

Preciso mostrar que sou mais do que capaz de lidar com essa viagem toda, quanto mais uma mala estúpida. Uma mala estúpida, enorme, lotada. *Normalmente eu viajo com pouca coisa,* quero reclamar. Eu dobro os joelhos, os quadríceps se retesando enquanto pego a mala com mãos trêmulas, e a levanto. Depois de muitos grunhidos nada atraentes, de alguma maneira consigo tirá-la do chão e apoiá-la na beira do bagageiro. Porém, enquanto a coloco para dentro, ouço um rasgo.

— Ah, não!

Shang faz uma careta.

— Parece que ela enroscou em alguma coisa. — Ele estende o braço e levanta a mala com facilidade com uma só mão. — O tecido rasgou um pouco.

— Tudo bem! — respondo, tentando não deixar minha expressão desanimar diante da ideia de minha preciosa Samsonite toda rasgada.

Talvez eu devesse ter aceitado a ajuda dele. Mas não, todo o motivo dessa viagem é mostrar o quanto eu posso ser macho, e não provei isso levantando uma mala na qual poderia encaixar meu corpo inteiro? Eu abro a porta do passageiro e me acomodo no assento. *Esta é uma viagem a trabalho,* lembro a mim mesma. *E daí se você está em um carro com o homem mais lindo que já viu? Você é profissional, e esta viagem significa tudo para o seu pai. Comporte-se e traga, hum, honra? Não. Participação acionária? É. Traga participação acionária para a firma.*

E então Shang entra também e, assim que as portas se fecham, sua proximidade é desconcertante. Posso sentir cada molécula de ar rodopiando entre nós, posso ouvir o som de sua respiração, o farfalhar de suas roupas quando ele estende a mão para o cinto de segurança. Shang ocupa o espaço de um jeito impossível de ignorar, preenchendo todos os meus sentidos. Quando ele enfim liga o motor, o som de um podcast inunda o veículo e meus ombros relaxam um pouco. Ruído ambiente, isso é bom. Assim Shang não poderá ouvir os pensamentos esquisitos e neuróticos disparando pela minha mente. Tento não reparar no modo como ele gira o volante com uma das mãos enquanto a outra está — *ai!* — atrás do meu apoio de cabeça enquanto dá ré para sair da vaga. Ele com certeza vai me pegar dando olhadelas para seu antebraço. Por que dirigir com uma mão só é tão sexy?

O negócio é que eu não sei bem por que fico tão nervosa perto de Shang. Sim, ele é absurdamente lindo, mas vários outros homens também são; estamos na Califórnia, afinal, um estado cheio de avocados, *matcha lattes* e caras gostosos. Talvez seja porque há tanta coisa dependendo de eu impressionar Shang e sua família, de eu acertar o tom com eles. É, deve ser isso. Quando se trata de relacionamentos românticos e ex-namorados, nunca tive que me esforçar para impressionar nem eles, nem seus parentes, simplesmente porque nunca me importei muito com nenhum cara. Com Shang, porém, a questão é o contrato, é formar e preservar conexões — *guanxi* — e isso é muito mais importante do que qualquer relacionamento romântico.

Eu me forço a focar no momento presente. A narração vinda do aparelho de som prende minha atenção.

— Que podcast é esse?

Shang me dá uma olhada rápida.

— Não é um podcast. É um audiolivro.

Ele aperta um botão e a voz para.

— Um... *audiolivro*?

A palavra é tão estranha para mim que sai da minha boca como uma língua estrangeira.

— É, sabe, tipo um livro, mas em formato de áudio?

— Eu sei o que é um audiolivro, eu só... nunca encontrei uma pessoa de verdade que ouvisse.

— Isso é porque você é uma bróder financista.

Meu queixo cai, fingindo irritação.

— Não sou uma bróder financista!

— Ah, é? — Shang me encara com ceticismo. — Qual foi a última viagem que você fez?

— Fui esquiar em Aspen.

Uma daquelas sobrancelhas escuras e espessas se arqueia.

— Tá — admito. — Talvez isso seja um tanto bróder financista da minha parte. Mas só porque foi uma viagem da empresa.

— O fato de você ir em viagens da empresa praticamente grita bróder financista.

— Eu faço tai chi! Isso é, tipo, o completo oposto do bróder financista.

Shang me olha de soslaio enquanto entra na estrada principal.

— Tá, minha mãe faz tai chi e ela me obriga a fazer também quando vou comer na casa deles uma vez por semana.

Shang bufa.

— Você não é muito melhor — resmungo. — Você é um... bróder do uísque? Isso existe?

— Ah, sim, com certeza existe. E eu gostaria de dizer que não sou um bróder do uísque, mas vou deixar a decisão por sua conta.

Pondero isso por algum tempo, um sorriso aos poucos surgindo em minha boca.

— Tá, vejamos. Que audiolivro você está ouvindo? Me deixe adivinhar: *Como ser o homem mais macho que já existiu nesse mundo macho*?

— Sabe, acho que James está de fato ouvindo esse aí.

— O seu primo só deve ouvir podcasts sobre como ser um bom macho alfa.

— Tá, você deve estar certa. Mas, enfim, estou ouvindo um romance, não um livro de não ficção.

— Um romance? — repito, estreitando os olhos.

— Um romance é uma obra de ficção, com geralmente entre 70 e 90 mil palavras. Tem um enredo, que consiste num conflito que o protagonista está tentando resolver.

— Certo, espertinho — respondo, ranzinza. — Obrigada por bancar o macho palestrinha para me explicar o que é um romance. O que eu faria sem a sua sabedoria?

— Ouviria podcasts sobre como ser um bom macho alfa, provavelmente — sugere Shang.

Há uma breve pausa; em seguida, em uníssono, ambos caímos na risada. Que surpresa rir com Shang. Ele pareceu tão reservado esse tempo todo que eu não tinha certeza se sequer sabia como rir, mas, agora que está rindo, me dou conta do quanto esse som é delicioso, jovial e grave, com um leve tom de surpresa que me faz querer fazê-lo rir várias e várias vezes.

— O livro se chama *The Water Outlaws*, da S. L. Huang. É uma releitura com troca de gêneros dos personagens de *A margem da água*, uma das maiores obras da literatura chinesa. Só que em vez dos monges tradicionais, ele segue um grupo de mulheres criminosas, ou que se alega serem criminosas, enquanto elas tentam levar uma vida pacífica como monjas. Mas não são muito boas nisso, em especial porque os homens ficam tentando matá-las apenas por existir — explica ele, bem-humorado.

— Uau, eu nunca teria imaginado — respondo, e não há nenhum sinal de sarcasmo em minha voz.

Olho de relance para Shang e, de verdade, não consigo entender esse homem que obviamente é um macho alfa sexista, com base em sua família e toda a sua persona com o uísque, mas que também lê um livro sobre monjas.

A essa altura, estamos prestes a pegar a rodovia. James encosta ao nosso lado, sorrindo com a língua para fora. Ele acena, depois acelera a Sedutora, fazendo o motor rugir, antes de disparar na nossa frente. Shang balança a cabeça, suspirando.

— Eu odeio aquela coisa — comenta.

— Não fale assim do seu primo.

Shang ri de novo. Os cantos de seus olhos se enrugam de um jeito adorável, e tenho que fazer um esforço consciente para desviar meu rosto. Eu me censuro mentalmente. *Estou aqui para fazer meu trabalho. Estou aqui como Zhou, não como Mulan.* Há um milhão de motivos pelos quais não deveria me sentir atraída por esse homem, e um dos maiores é o fato de que seria bastante antiético, considerando-se que minha empresa está tentando adquirir a dele. A duras penas, me visualizo colocando a máscara de trabalho de volta no lugar.

Certo, hora de desvendar um pouco dos negócios da família.

— Então, me conta: o que fez você decidir se reunir com meu p... meu pessoal?

Por alguns momentos, Shang parece perdido em pensamentos. Ele ajusta as mãos no volante e entra na rodovia antes de respirar fundo.

— Bem, como você apontou na reunião, nossas vendas estão caindo, e eu pensei que talvez, se pudéssemos vender para uma firma, isso revitalizaria nossos números.

— Vocês tentaram melhorá-los sozinhos?

— Sim... — Shang faz uma pausa, franzindo os lábios enquanto pensa a respeito. — O negócio é que é meio difícil impor grandes mudanças. Talvez por ser uma empresa familiar, ou talvez porque nos acostumamos a fazer as coisas de certa maneira, mas, seja como for, sinto que estamos meio que estagnados. Foi por isso que pensei que, bem, uma opinião externa poderia ajudar.

— Não é incomum. Na verdade, eu diria que a maioria dos negócios que adquirimos tem um problema similar de estagnação, seja da administração ou da produção. O que quer que seja, tenho certeza de que nossa firma dispõe do conhecimento necessário para dar um jeito nas coisas.

— Ótimo — fala Shang. — Bom, eu gosto de mudanças. Mas talvez você vá ter certo trabalho para convencer o resto.

— É, foi o que percebi. Como é trabalhar para a própria família?

É a minha imaginação ou Shang passou a segurar o volante com um pouco mais de força?

— É complicado — responde por fim.

Espero para ver se ele vai dizer mais alguma coisa, mas os segundos se arrastam e fica claro que esse assunto acabou ali. Depois de um tempo, ele estende a mão e clica na tela de controle.

— Vou colocar desde o começo outra vez.

Ele aperta o play e o audiolivro começa.

The Water Outlaws é tão fascinante quanto Shang prometeu e, enquanto ouço a épica lenda das mulheres na China antiga que, por má sorte ou más decisões, se veem buscando refúgio em Liangshan, minha curiosidade se aprofunda. Consigo vê-lo lendo suspenses policiais com algum ex-viciado grisalho e fumante inveterado como protagonista. Mas aqui está ele, ouvindo o que deve ser a história mais feminista que escuto em anos.

Eu me dou uma chacoalhada de leve, tentando me concentrar na tarefa à frente. Essa aquisição depende de eu chegar ao âmago da família Li. E Shang, sendo o CEO, é quem mais devo conquistar. Mas o jeito como ele se fechou quando lhe perguntei sobre a empresa da família me diz que há muita coisa por baixo da superfície, feito minas terrestres que preciso ficar de olho para evitar.

Pela próxima hora mais ou menos, viajamos em silêncio, perdidos na exuberante narração do audiolivro. É fácil mergulhar por completo na rica tapeçaria que Huang teceu, e quando o celular de Shang toca, dou um pulo de surpresa no banco. Ele atende, e a voz de sua mãe sai do alto-falante.

— Queremos parar para almoçar — diz ela.

— Tá bom, Ma. Na próxima saída?

— Isso. Vamos para o Little Chang's.

— Vejo você lá.

Shang desliga o audiolivro e começa a trocar de faixa.

— O que está achando até agora?

Olho para ele, piscando, muda. Levo um segundo para sair da história de Lin Chong e suas irmãs de guerra — linda, porém de partir o coração.

— Brutal — é tudo o que consigo dizer.

— É, é bem pesada, desculpe.

— Não, eu acho ótimo. Vou comprar um exemplar para o meu pai, na verdade. Vou colocar para ele ouvir no ho... — Eu me contenho a tempo. Ai, meu Deus, não acredito que quase deixei isso escapar. Qual é o meu problema? — Em casa — completo bem depressa.

— Legal. Vocês são próximos?

— Somos, sim. Sou próxima dele e da minha mãe, mas puxei ao meu pai, então ele e eu sempre tivemos um entendimento diferente.

O canto da boca de Shang se contrai em um sorrisinho.

— Parece minha mãe e eu.

— Você é um filhinho da mamãe? — provoco.

— Ah, totalmente — responde ele, sem pudor. — Meu pai faleceu quando eu tinha dez anos, então somos só nos dois desde então.

— Sinto muito.

— Foi há muito tempo. Minha mãe é a única filha da família...

— Então seus titios e suas titias são do lado materno da família?

— É. Sou o que eles chamam de "sobrinho de fora".

Eu me encolho. Na cultura chinesa, uma criança do lado paterno é chamada de "criança de dentro", significando que é "mais próxima" da família. E uma do lado materno é chamada de "criança de fora", porque tradicionalmente, quando as mulheres se casam, são consideradas como pertencendo à família do marido. Meus pais não se comportam assim, mas é um lembrete gritante de que, fora dos meus familiares de primeiro grau, muitos ainda mantêm essa tradição.

— Eles te tratam muito diferente?

Shang dá de ombros.

— Meh. Você vai ver, acho.

— Como é que te elegeram como CEO?

— Por falta de opções — responde ele com um sorriso pesaroso. — Nenhum dos meus primos está interessado em administrar a empresa. James estudou economia e é nosso diretor de marketing, Christopher supervisiona a distribuição, Ryan está na contabilidade... Eu sou o único que realmente queria supervisionar tudo.

— Isso parece bem complicado.

— E pode ser. Falando em família, pronta para almoçar com eles?

— Sim, estou faminta.

Shang confere o retrovisor enquanto dá seta para pegar a saída.

— Quero dizer, está pronta para lidar com a minha família? Eu sei que eles podem ser osso duro de roer.

— Sei lá, tirando James, todo o resto parece bacana. Mas me dê dicas.

— Tá bom. Então, o mais velho é o titio Hong. O pai do James. Você precisa tratá-lo com o maior respeito.

— Isso eu já sabia — digo.

Idade é uma forma de hierarquia na cultura chinesa, e todo ano, durante o jantar de reunião do Ano Novo Lunar, sei que devo sempre desejar Feliz Ano Novo primeiro para minha titia mais velha, antes mesmo do meu próprio pai, já que ele é o segundo mais velho da família, antes de poder dizer o mesmo para o terceiro titio, o quarto titio, e assim por diante.

— A esposa dele é a titia Chuang. Meu segundo titio é o titio Jing, sua esposa é a titia Jamie, e os filhos deles são Christopher e Ryan.

— Todos os seus primos são homens?

Shang faz uma careta.

— Não. Tenho três primas, mas elas não tiveram permissão de se envolver nos negócios. Estão todas na Costa Leste.

De algum jeito, consigo manter o rosto neutro. Não sou de julgar as famílias dos outros — Deus sabe que a minha está longe de ser perfeita —, mas tudo o que estou aprendendo sobre a de Shang soa tão machista que é difícil entender por que Baba desejaria trabalhar com eles.

— O terceiro titio é o titio Xiaotian, e sua esposa é a titia Lulu. O filho deles é o Thomas e suas filhas, as que eu mencionei, são Holly, Portia e Candice.

— Nossa, três filhas — comento.

— É, eles estavam tentando mais um menino antes de desistirem.

Não sei dizer no que ele está pensando com base nessa declaração. É tão merda esse conceito de tentar um menino, como se as meninas que receberam pelo caminho não passassem de um fardo que precisam descartar. Não é surpresa nenhuma, então, o fato de as irmãs terem saído de casa e fugido para a Costa Leste, o mais distante que puderam. É inevitável sentir minha animosidade para com a família de Shang respingar um pouco nele também. Eu mesma tenho muito ressentimento sobre essa questão. Mais uma vez, lembro do comentário de minha titia para minha mãe. *Ela nem é um menino!* Dou uma sacudida mental em mim mesma. Não cabe a mim julgar a intimidade deles. Estou aqui apenas para julgar o negócio. Puramente números, relembro. Nada mais.

— Minha mãe é a caçula. Ela se chama Jiayi.

Assinto com a cabeça. Embora esteja curiosa para saber mais, também me sinto exausta com tanta informação e, verdade seja dita, estou com medo de aprender ainda mais do que já sei.

Quando chegamos ao Little Chang's, o carro de corrida ultrabarulhento de James já está estacionado ao lado do BMW de Thomas.

O trailer enorme contendo os outros parentes chega enquanto estamos saindo do carro.

Titias e titios desembarcam e imediatamente começam a fazer alongamentos agressivos.

— Wah, essa viagem foi longa — diz titia Chuang, dobrando-se com as pernas bem separadas e grunhindo até encostar no topo dos sapatos. Ela levanta a cabeça e olha feio para os primos. — Ei, vocês todos, melhor se alongarem também! Senão vão ficar com dor nas costas depois.

— Ma — choraminga James —, dá pra não fazer isso no estacionamento?

Titia Lulu, que está no meio de um alongamento, lança um olhar fulminante para ele.

— James, você quer que a sua mãe tenha dor nas costas?

— Deixa pra lá — resmunga ele.

Eu fico de lado e observo enquanto Shang vai até a sua mãe, passando um braço em torno de seus ombros e conversando baixinho com ela. Toda a postura dele muda quando os dois interagem, se suavizando. Para minha surpresa, a mãe de Shang olha de relance para mim e sorri, como se o filho tivesse acabado de dizer algo gentil sobre a minha pessoa. Em seguida, ela lhe dá tapinhas no braço e gesticula para que também se alongue. Parecendo angustiado, Shang obedece, e eu contenho um sorriso enquanto ele faz alguns alongamentos. Quando estico o pescoço, não fico surpresa ao ver que Mushu está atrás dele, as mãos na cintura, fazendo alongamentos primeiro com um pé, depois o outro.

— Ei, Zhou! — minha prima me chama. — Vamos lá! Você não quer ficar com as costas travadas, quer?

Com um suspiro de derrota, faço como mandam e me alongo profundamente. Afinal, como Baba sempre me falou, quando se está fazendo a diligência prévia para uma empresa que estamos querendo comprar, é bom se colocar no lugar da diretoria.

CAPÍTULO OITO

O proprietário do Little Chang's se chama, na verdade, Gary Lin. Como a mãe de Shang explica pacientemente, Gary achou que Little Gary's ou Little Lin's não cairiam tão bem como nome de restaurante, e assim ele escolheu Chang's. Tenho que concordar. Gary, que parece conhecer bem a família Lin, os recebe com carinho, muitos tapinhas nos braços e nos ombros e várias exclamações em voz alta sobre quem ganhou ou perdeu peso, cabelo e rugas. Ele grita alegremente para nós irmos para a "mesa de sempre" e o numeroso grupo abre caminho até uma enorme mesa redonda no centro do salão.

Para minha consternação, me sentam entre James e a mãe dele, titia Chuang. Disparo um olhar de pânico para Mushu e ela dá de ombros com uma expressão de *Fazer o quê, não é?*. Fácil para ela ficar calma; minha prima deu a sorte de ficar sentada perto da mãe de Shang e de Thomas, cujo olhar não saiu do celular.

— Agora, Zhou, quantos anos você disse que tem, mesmo? — pergunta a titia Chuang.

— Ah, hã, vinte e oito.

— Ai, querida, você tá ficando tão velha! — exclama titia Chuang.

— Hã... obrigada?

— Vinte e oito não é velha, Chuangling — fala titia Jiayi. Ela me dá um sorriso encorajador. — Ora, eu só fui ter Shang quando já estava com trinta.

— É, e olha só no que isso deu. Um filho só — retruca titia Chuang.

O sorriso de titia Jiayi desaparece. Meu estômago dá um nó. Ela estava apenas tentando fazer eu me sentir melhor, e levou uma patada por isso. Eu me empenho para encontrar algo a dizer que desvie a atenção da mãe de Shang.

— Ah, bem, eu não planejo ter filhos tão já, então...

Titia Chuang retorna a atenção para mim.

— Não? Por que não? Está ocupada demais trabalhando? Aiya, esse é o problema com a sua geração agora. Vocês, crianças, são egoístas demais, só pensam em si mesmos, não na família.

— *Mamããããe* — grunhe James. — A gente precisa mesmo?

— Você também está ficando velho, James — dispara titia Chuang. — Que tal parar de enrolar e encontrar uma boa garota, como Zhou, para se aquietar?

Eu me engasgo com meu *oolong*.

— Hã...

Pelo canto do olho, flagro Shang me vigiando com outra expressão indecifrável. Com aquelas sobrancelhas grossas dele, sempre parece levemente zangado.

Titia Lulu, mãe de Thomas, interpõe:

— Ah, sim, Zhou! Conta pra gente, qual é o seu tipo ideal? Talvez alguém como meu filho? Bem educado — acrescenta, com um olhar penetrante para James —, adora cozinhar, não é, Thomas?

Ela cutuca violentamente o rapaz com o cotovelo.

Ele levanta a cabeça do celular.

— Claro — responde, e abaixa a cabeça de novo.

O que meu pai diria nessa situação? É claro, a resposta é que ele nem estaria nessa situação para começo de conversa, já que é homem. Ainda assim, faço o melhor que posso para encarnar meu Baba interior.

— Fico muito lisonjeada por sua preocupação. Obrigada. Vou levar seus comentários em consideração.

Pronto, essa foi uma resposta muito Zhou. As titias sorriem, parecendo mais calmas por enquanto.

Felizmente, a comida chega nesse momento, apesar de, até onde sei, ninguém ter feito nenhum pedido. A família Li deve ter parado no restaurante de Gary vezes o suficiente para ele saber exatamente do que gostam, e logo a mesa está nitidamente rangendo sob o peso de vários pratos chineses, todos fumegantes. Tem carne de boi cozida em um molho Szechuan apimentado de fazer adormecer a língua, uma bandeja com uma pilha alta de pãezinhos recheados com porco assado ao mel, dois peixes fritos inteiros cobertos com molho agridoce, uma grande panela de sopa de costela de porco e abóbora-d'água, um prato de salada apimentada de frango e pepino, e uma panela gigantesca de arroz. Todo mundo grita "Chi fan!", que se traduz diretamente para *comam arroz*, mas significa *sirvam-se*, e é o que fazemos.

Fui criada bem o bastante para saber que é costume servir os mais velhos antes de fazer o próprio prato. Como estou sentada ao lado de titia Chuang, eu a sirvo primeiro, colocando porções generosas do peixe e da salada de frango no prato dela.

— Aiya, não se incomode — censura a mulher em uma voz alegre, claramente desfrutando da minha atenção.

Shang também pega uma colher e tira uma porção de tofu refogado para a mãe, mas titio Hong berra:

— Que tipo de homem serve a comida?

Diante de seu tom cortante, faz-se um silêncio momentâneo em volta da mesa. Shang parece prestes a protestar, mas sua mãe coloca a mão no braço dele e ele abaixa a colher, olhando para seu prato.

— Shang é um filho diligente — explica titia Jiayi com um sorriso de desculpas.

Os outros titios, titias e primos retomam logo a conversa, como se para encobrir o clima constrangedor. Volto minha atenção para titio Hong, que agradece apenas com um grunhido enquanto o sirvo. Uma olhada pela mesa me diz que a única outra pessoa servindo os mais velhos é Mushu. Ela se move tão depressa quanto uma garçonete do Chipotle, tascando colheradas de comida no prato de todo mundo enquanto anuncia:

— Não se levante, titia, eu pego para você! Aí está! Nem pense em se levantar, titio, quer o peixe? Vai receber o peixe, e aqui está um pãozinho de carne de porco bem grandão pra você.

Os titios e as titias parecem impressionados por essa demonstração de respeito, todos sorrindo e assentindo com a cabeça. Titia Chuang dá um olhar penetrante para James.

— Está vendo, filho? Está vendo o valor de ter uma boa esposa?

Eu reprimo a careta que ameaça tomar conta do meu rosto. Quando eu era pequena, sempre me ensinaram a servir os mais velhos nas refeições, algo que me empenhei para lembrar trabalhando na Facai Capital; nós sempre servimos os convidados primeiro. Nunca pensei nisso como algo que uma esposa dedicada faria, mas agora parece óbvio e, de repente, estou cheia de ressentimento. Será que meus pais pretendiam instilar essa prática machista em mim? Eu queria poder parar; no entanto, isso está tão entranhado em mim que não suporto ver o prato de ninguém ainda vazio, e então continuo servindo todos até estarem com uma pilha alta de comida antes de servir a mim mesma os restos da refeição. E, claro, titio Hong e os demais Li concordam que esse é um serviço de mulher. Não consigo me lembrar da última vez que tive que fazer alguma coisa puramente por causa de meu sexo. Quando enfim espeto um pedaço de peixe com meus palitinhos, já perdi a maior parte do apetite.

Não posso deixar de notar que Shang está comendo sem pudor, papeando e rindo com os outros, e ao vê-lo sou lembrada outra vez de que estou aqui para desempenhar um papel. Quanto facilidade Shang tem de ignorar aquele momento desconfortável há pouco! Agora parece completamente à vontade, recostado e deixando Mushu e eu servirmos a comida. É diferente do cara que estava ouvindo uma história feminista na privacidade de seu carro, porque na frente da família ele interpreta um papel diferente, assim como eu. *O que Baba faria?* Bem, já que ele estaria tentando deixar os Li à vontade, serviria a comida, independentemente de seu gênero. Então, desempenhei bem meu papel como Zhou. Está tudo certo, tudo nos conformes. Droga, estou tão fora dos eixos por causa desse novo papel que preciso interpretar, e também por causa dessa atração movida a hormônios que sinto por Shang... Preciso mesmo me recompor.

Na metade da refeição, faço um sinal para Mushu para ir ao banheiro. Assim que estamos fora do alcance dos ouvidos do grupo principal, eu a puxo para perto.

— Troca comigo — digo.

Minha prima me encara.

— Hã... não, obrigada? Minhas roupas são todas cuidadosamente selecionadas para formar um visual coeso com meu cabelo e minha maquiagem. Sem querer ofender, mas não acho que você sustente esse visual.

— Como é que isso pode não ser ofensivo? — Meneio a cabeça. — Enfim, deixe isso para lá. Não estava falando de trocar de roupas, falava de trocar de lugar comigo, assim você vai no carro com Shang e eu vou no trailer.

— Ah! — Mushu franze o cenho. — Por quê? Pensei que estava te fazendo um favor te deixando sozinha com aquele gostosão.

Ela estica o pescoço, olhando cobiçosamente para Shang lá longe.

— Digo, rapaaaaz... Olha aquele corpão, fala sério!

— Mushu, foco!

Eu agarro os ombros dela e lhe dou uma sacudida de leve. Como explico para minha prima que sinto essa atração incrível por Shang e preciso colocar distância entre nós dois para me concentrar no que vim fazer aqui?

— Eu só... acho que seria bom para mim ter uma chance de conversar com as titias e os titios. Tentar formar uma impressão do negócio a partir deles — digo, enfim.

— Parece uma boa — concorda Mushu.

Graças aos céus.

— Então você topa?

— Com certeza, prima. Qualquer coisa pela família. — Com isso, ela volta para a mesa, entrando na conversa com facilidade.

Quando a refeição termina, Mushu dá um pulo e avisa:

— Ei, Shang, eu vou ser sua parceira de viagem.

As sobrancelhas de Shang franzem de confusão. Ele olha para mim, mas estou determinada a evitar seus olhos. Posso sentir a encarada curiosa queimando em minha nuca, mas ele acaba respondendo:

— Legal.

Tanto alívio quanto decepção correm em minhas veias. Sigo o grande grupo de titios e titias e entro no trailer. É um veículo colossal, o interior lembrando um apartamento mobiliado. Há petiscos e frutas dispostos sobre todas as superfícies, e o nível de ruído lá dentro é esmagador enquanto os titios e as titias gritam uns por cima dos outros. Ryan vai para o volante, berrando para todo mundo se sentar enquanto ele dá a partida.

— Zhou, venha sentar comigo — chama titia Chuang. — Vou te contar tudo sobre os troféus de golfe de James.

Ah, não! Mas antes que eu possa ceder, a mãe de Shang, Jiayi, dá tapinhas no meu braço.

— Desculpe, Chuangling, ela está comigo — afirma.

A titia Chuang olha feio, mas não diz nada.

— Não se preocupe, ela supera — fala titia Jiayi para mim.

— Obrigada — respondo.

— Ah, eu estava poupando a mim mesma também, não só você. Quem quer ouvir falar dos troféus de golfe de James? Venha, vou te contar sobre as medalhas de artes marciais de Shang.

Eu me orgulho de ter uma expressão impassível, mas devo ter mostrado algum sinal de desespero, porque titia Jiayi cai na risada.

— Ah, minha querida! — exclama ela. — Estou só brincando com você. Ah, a sua cara! Não, não se preocupe, não vou te entediar com aquilo tudo. E Shang me mataria se fizesse isso. Falando em tédio, ele foi muito chato no carro? É por isso que você escolheu se sentar com a gente, os velhos?

— Não — falo rapidamente. — Ele foi ótimo. Ouvimos um audiolivro e eu gostei muito. Mas queria passar mais tempo com o resto da família.

— Ah. — Titia Jiayi sorri. Ela dá uma olhada pelo trailer com uma expressão terna. — Bem, você já conheceu todo mundo. Sabe que titio Hong é meu irmão mais velho.

O sujeito está com um livro brochura em chinês aberto nas mãos, mas sua cabeça fica caindo para a frente conforme vai pegando no sono. Até quando dorme ele, de alguma forma, consegue parecer severo.

— Ele é durão. Mas é por causa dele que conseguimos sobreviver. Foi sempre ele quem cuidou de todos nós, mesmo em casa, na China.

As palavras de titia Jiayi me atravessam, trazendo com elas um quentinho no peito. São palavras conhecidas, palavras de uma história que já ouvi muitas vezes de outras famílias imigrantes. Sobre como sempre tem um irmão ou irmã — em geral o mais velho — que assume o fardo de cuidar dos mais novos enquanto os pais trabalham em dois ou três empregos. Eu pensava em titio Hong como nada além de um chauvinista, mas é claro que ele possui muitas camadas. Ninguém é apenas uma coisa.

— Agora, titio Jing é meu segundo irmão, e é o cérebro da família. Foi ele quem pensou em todas as maneiras para nos manter na escola, em quais bolsas nos inscrever e tudo o mais.

Eu sorrio e me deixo levar pela rica tapeçaria da história da família Li, e quando chegamos no rancho, vejo todos sob outra perspectiva. Talvez este seja o primeiro passo para compreender por que Baba queria adquirir essa empresa.

Porém, quando o trailer para, titio Hong acorda com uma sacudida e declara:

— Ah! Chegamos! Agora escutem, senhoras. Nada de reclamação, nada de resmungos, deixem que nós, homens, façamos nosso trabalho no rancho, hein?

E eu reprimo um suspiro interno. Como Baba sempre me diz, as pessoas são complexas, e titio Hong pode ser ao mesmo tempo um irmão mais velho maravilhoso e, infelizmente, também um chauvinista.

Lá fora, Mushu acena diversas vezes para mim.

— Zhou, aqui! — chama ela. — Como foi sua viagem?

Eu evito os olhos de Shang.

— Foi boa. E a sua?

— Podia ser melhor. Sem querer ofender, Shang — diz minha prima no tom jovial de sempre.

— Sério? E o que houve de ruim? — pergunta ele.

— Bom, o audiolivro... como chamava mesmo? *The Water Pirates?* Era bom, mas nós pulamos os nove primeiros capítulos, então fiquei meio perdida, para ser bem honesta. Pensei que elas estavam em San

Gabriel Valley o tempo todo até você me dizer que estavam na China antiga, *como é que é?*

— Eu perguntei se você queria que eu começasse do começo! — protesta Shang.

— Ah, não gosto de começos — responde Mushu, irreverente. — Pule logo para onde começa a ação, é o que sempre falo.

Shang aperta a ponte do nariz; então, respirando fundo, diz:

— Eu te ajudo com as malas.

Baba permitiria que Shang carregasse suas malas? De jeito nenhum.

— Não se incomode — interrompo, pulando na frente dele e puxando a bagagem estufada. Sinto pontadas nas costas, mas eu as ignoro e dou um puxão brusco. A mala desliza para fora do bagageiro e bate no chão com um ruído sonoro e uma nuvem de poeira.

— Tem certeza? — pergunta Shang.

— Tenho! — Era para soar alegre, mas acaba saindo um pouco mais mordaz do que eu planejava. A testa de Shang se franze por um momento; depois ele dá de ombros e vai ajudar a mãe com a bagagem.

— Tem alguma coisa rolando entre vocês dois? — questiona Mushu enquanto eu me desentendo com a mala.

— Preciso mostrar a essas pessoas que só porque sou mulher não significa que não consiga me virar com as minhas coisas. Precisamos que confiem em nós, lembra?

— Hum...

Minha prima não parece convencida, mas, por sorte, escolhe não insistir no assunto.

A propriedade da família Li está localizada em um terreno colossal, com quase quatrocentos hectares, e a beleza da terra é de tirar o fôlego. Quando entramos no rancho, vejo um celeiro e estábulos e terras de cultivo, e conforme adentramos, a sede da fazenda fica à vista. É uma casa extensa, uma estrutura deslumbrante que mistura moderno e tradicional, com o exterior feito de pedra natural e cedro. Ladeando a casa há dois carvalhos enormes, que oferecem bastante sombra do sol inclemente da Califórnia.

Não era exatamente o que eu tinha em mente quando pensei em uma casa de fazenda. Esta residência parece mais com a irmã mais velha e mais elegante de uma sede de fazenda tradicional. Olho para baixo, para minha roupa ridícula. Parece ainda mais ridícula nesse cenário. Esse lugar pede vestidos simples de seda e sandálias Hermès, não a calça jeans DIVERSÃO SUPREMA, NÃO MEXA COM ESSA VAQUEIRA e botas de caubói. Disparo um olhar feio para Mushu, mas ela está ocupada demais fitando a casa com um deslumbramento assumido.

— Caramba, que bacana! — comenta ela.

— Eu sei — fala James, orgulhoso, como se tivesse feito tudo com as próprias mãos. — É a nossa joiazinha.

— A sua família construiu isso sozinha? — pergunto.

— Foi — confirma James.

Acho que o orgulho dele faz sentido.

— Hã — interpõe Shang —, não, a menos que você conte contratar um arquiteto e um empreiteiro como "construir sozinho".

James olha feio para o primo.

— Nós criamos o projeto sozinhos.

— Na verdade, minha mãe criou a maior parte — rebate Shang.

— Ah, vocês dois estão discutindo sobre bobagens de novo? — pergunta titia Jiayi. — Venham, Zhou, Mushu, vou levar vocês para seu quarto enquanto os meninos brigam como sempre.

O interior da casa é ainda mais bonito do que o exterior, o que eu não achei que fosse possível. Mas de alguma forma é aconchegante e amplo, moderno e tradicional ao mesmo tempo. O espaço é vasto e cheio de trechos dourados pela luz do sol entrando pelas grandes janelas panorâmicas espalhadas por todo canto, e as paredes de pedra natural dão ao ambiente uma sensação acolhedora. Há uma sala de estar em plano aberto mobiliada com sofás fofinhos e uma cozinha enorme ostentando uma belíssima ilha de granito. A sala de jantar é cercada por janelas em três lados, e posso imaginar as numerosas refeições alegres e ruidosas que já fizeram ali.

Os quartos ficam no segundo andar da casa. Titia Jiayi nos leva para o segundo à direita e diz:

— Espero que esteja bom para vocês...

Está mais do que bom. Com tamanho suficiente para duas camas tamanho queen e bastante espaço de closet, e ainda por cima é uma suíte. Há uma penteadeira perto da janela com um vaso de flores do campo fresquinhas.

— Contratamos um serviço de faxina para preparar a casa para a nossa chegada — explica titia Jiayi quando me vê observando as flores com curiosidade. — Também temos peões e funcionários por todo o rancho e a destilaria, é claro. Agora, vou deixar vocês duas descansarem um pouco e depois vamos fazer uma visita guiada ao lugar, tá bom? Ah, e vou trazer seus sacos de dormir para nossa viagem para acampar daqui a dois dias.

— Acampar? — repito, tentando não parecer horrorizada.

— Ah, sim! Fazemos isso todo ano. Vocês vão adorar.

— Tenho certeza de que vou — falo, e então acrescento com emoção genuína: — Obrigada, titia!

Titia Jiayi, com sua gentileza e sua honestidade, tem me conquistado.

A porta se fecha suavemente após a saída dela, e Mushu e eu caímos em nossas respectivas camas com suspiros de alívio.

— Uau, que lugar, cara! — comenta minha prima. — Não esperava que fosse tão grande. Isso é incrível. É igual a Disneylândia, mas para rancheiros.

— É, é inacreditável mesmo.

— Ei! Então... — continua ela. — Enquanto eu estava no trailer com os mais velhos, meio que tive a impressão de que eles não querem vender.

Minha nuca se arrepia.

— O quê? Como assim? Eles nos convidaram a vir para cá.

Mushu encolhe os ombros.

— Não sei, é meio que uma vibe que eu percebi neles. E também ouvi titio Hong dizer: "Não quero vender a empresa".

Um buraco surge no meu estômago. Tento entender a situação, e fracasso.

— Mas por que aceitariam prosseguir com isso se não queriam vender desde o começo?

Mushu morde o lábio enquanto pondera.

— Talvez tenha algo a ver com Shang? Ele é o CEO, certo?

Penso no atrito entre Shang e James. Presumi que fosse só uma coisa comum entre primos, mas talvez haja algo a mais. A irritação borbulha dentro de mim. Que tipo de joguinho Shang está tramando?

— Bem, não estou aqui para desperdiçar meu tempo — respondo após um instante. — Eles nos trouxeram para cá e eu vou fazer meu dever, e se realmente valer a pena comprar a empresa deles, então vou defender essa venda.

— É isso aí. — Minha prima se apoia no cotovelo e olha pela janela para a paisagem lá fora. — Então tudo isso é de propriedade da empresa?

— Bem, a destilaria é, e partes do terreno, mas a sede da fazenda é de propriedade da família separadamente.

Ela sussurra:

— Aposto que vale um dinheirão.

— É, o terreno é um dos principais ativos na avaliação deles. Precisamos avaliar quanto vale.

— Como fazemos isso?

— Mushu, como você ainda não sabe essas coisas, depois de trabalhar na firma por tanto tempo?

— Tá, bom, então parece que é problema *seu* — declara ela.

É inevitável sorrir diante disso.

— Mushu, não mude nunca.

CAPÍTULO NOVE

Preciso muito trocar essa roupa ridícula por outra, mas, assim que vou abrir a mala, ouço uma batida na porta.

A voz de James vem do outro lado.

— Ei, madames! Estão prontas para atividades ao ar livre?

Tudo dentro de mim murcha e se encolhe. Deus do céu, o que eu não daria para poder dizer que não. Mas estou aqui para fazer a diligência prévia, e parte disso é aprender tudo o que puder sobre o rancho deles e como o lugar opera. De que me serviria me esconder no quarto de hóspedes? Mesmo que seja o quarto de hóspedes mais bacana em que já fiquei, mais hotel cinco estrelas do que qualquer outra coisa, na realidade. Respiro fundo e visualizo outra máscara. Não exatamente Mulan Profissional, mas Mulan Rancheira. Certo. Uma persona que Baba pelo visto tem, sobre a qual nunca fiquei sabendo. Mas enfim, o que a Mulan Rancheira diria agora?

— Parece ótimo! — respondo com muito mais confiança do que sinto de fato. Eu consigo. Pesquisei tudo o que tem disponível online sobre ranchos e destilarias, afinal.

— Certo, bem, não deixem todo mundo esperando. Vocês duas já são lindas, não precisam passar mais maquiagem.

James solta uma risadinha como se tivesse dito algo engraçado e vai embora.

Faço uma careta para Mushu que significa: *Mas que babaca!*

— Que babaca — comenta ela.

— Shh! Talvez ele ainda possa nos ouvir! — sibilo.

— Bom, daí ele vai saber o quanto está sendo babaca.

— Ai, meu Deus, Mushu! — Porém, a contragosto, solto uma risada abafada. — Bem, acho que é melhor irmos. Estava torcendo para poder vestir algo mais apropriado, mas tanto faz.

— Eu te disse, sua roupa é perfeita para o rancho.

Lanço um olhar sério para ela antes de dar-lhe as costas e sair do quarto.

Como James falou, muitos dos titios, titias e primos já estão reunidos no térreo. Há uma mesa de petiscos disposta com um misto de comidinhas chinesas e ocidentais, e quando minha prima e eu nos juntamos a eles, titia Jiayi nos chama e coloca uma tangerina na mão de cada uma de nós. Shang está no canto mais distante da sala de jantar, observando o grupo sem dizer muita coisa. Tento não reparar no quanto está bonito, apoiado na parede com as mãos nos bolsos. Mas ele é tão alto, de ombros tão largos, que é impossível não dar olhadelas furtivas enquanto socializo com a família. Antes que se passe muito tempo, titio Hong guia o grupo para fora da casa.

— Venha, Zhou — ele chama e eu me apresso adiante de modo a caminhar ao lado dele. — Quero que você veja a terra da nossa família.

Todos descem por uma trilha que sai da casa para o rancho. A beleza da terra é impossível de ignorar. Meus olhos passeiam pelas colinas suaves e ondulantes e pelo vasto trecho de gramado. Há uma brisa leve no ar e, de alguma maneira, ela tem um cheiro doce, feito frutas e água fresca da nascente.

— Nosso pai comprou o terreno — conta titio Hong. — Todos nós crescemos aqui, e quando ganhamos mais dinheiro, compramos mais terra. Este lugar não é só uma empresa familiar, é um legado.

— É lindo — elogio, e falo sério.

Titio Hong olha para mim por um momento, a expressão em seu rosto indecifrável, e então anui.

— É, sim. Aqui temos nossos gansos. Nós os compramos três anos atrás, não faz muito tempo. De onde vieram mesmo, Jing?

Titio Jing estufa o peito com orgulho óbvio.

— Nós os compramos de Chaoshan, que fica na província de Guangdong, na China. Eles são famosos por criarem os melhores gansos. Os de Chaoshan competem com o *foie gras* francês. Não são criados para vender, nós os criamos para nós mesmos, para servir durante nosso banquete do Ano Novo Lunar. São os gansos mais deliciosos que você vai comer na vida. Shang faz o prato mais delicioso com eles.

Olho para o bando de gansos grasnando. Tenho emoções conflitantes sobre isso, embora saiba que estou sendo uma hipócrita; sou onívora, então a ideia de animais sendo mortos para comer não deveria me deixar enojada, mas ainda assim deixa. A ideia de Shang cozinhando também não combina com o pouco que sei dele. Olho para Shang por cima do ombro e tento visualizá-lo cozinhando. Penso em como pareceria totalmente focado, como o maxilar quadrado talvez se retesasse um pouco enquanto ele trabalha, e esse pensamento faz meu rosto se avermelhar. É claro que ele olha para mim bem nesse momento, me flagrando observando-o. Viro a cabeça de volta para a frente e me apresso para acompanhar o ritmo de titio Hong, as bochechas ardendo.

— E aqui temos os nossos porcos. Agora, esses aqui vieram da província de Zhejiang — anuncia o sujeito. — São porcos Jinhua.

Titio Jing colabora:

— Eles têm a carne mais macia. Titia Jiayi faz o melhor porco assado, você verá por si mesma mais tarde.

— A titia Jiayi cozinha a maior parte das refeições por aqui?

Fico um tanto surpresa com isso; presumi que teriam um chef particular para isso.

— Ah, sim. Bem, ela cozinhava, antes que a artrite começasse a incomodar.

Enquanto diz isso, titio Hong acena com a mão, displicente, ilustrando o quanto considera sem importância coisas do tipo "cozinhar".

Engulo o nó de irritação em minha garganta, focando em vez disso nos porcos grandes fuçando no cocho. O cheiro de estrume tem uma intensidade inesperada, quase como um soco no nariz. Os animais são bem maiores do que eu pensava, embora, é claro, não faça ideia do tamanho-padrão de um porco, e ao contrário dos de desenhos animados, nenhum deles é cor de rosa. São brancos, na verdade, com manchas pretas na cabeça e nos flancos, e surpreendentemente peludos, e os ruídos que fazem são guturais de uma forma perturbadora. Ocorre-me outra vez o quanto a vida real é diferente, estar aqui em carne e osso com animais vivos em vez de vê-los na tela...

Meus pensamentos são interrompidos por um barulho alto e olho para baixo, vendo que pisei bem num monte de... *eca*, de algo bem espesso e grudento e *eca, eca!* Quando levanto a perna, a bota de caubói se solta do monte com um som úmido. De algum jeito, consigo engolir o grito que sobe por minha garganta e solto apenas um "ah" baixinho.

— Você se acostuma — diz titio Hong.

Assinto devagar, tentando ignorar o lodo agora incrustado nas minhas botas novas. *Foco no rancho, foco no rancho...*

Um estrondo monstruoso arranca minha atenção dos meus sapatos. Ao contrário do que dizem por aí, vacas, na realidade, não fazem *mu*. O ruído que elas emitem está mais perto de *Mrrroggrrrrhhh*: um ronco grave que vem direto das profundezas de suas barrigas e se assemelha do que eu imagino que um dragão adormecido poderia soltar, em vez de um animal cujo passatempo preferido é comer grama.

— Ai, meu... — Consigo me conter, mas exige um bom esforço quando levanto os olhos e me vejo de cara com a cabeça de uma vaca enorme.

Quando foi que ela se esgueirou para junto de mim? Está tão perto que posso sentir sua respiração quente em rajadas no meu rosto. Mais uma vez, o cheiro me domina. Quando li sobre ranchos e o que esperar, não dediquei um pensamento sequer a como seria o odor. A única maneira que consigo descrever é: *ela cheira exatamente como uma fera grande, quente, viva.* Logo me afasto da criatura monstruosa e titio Hong comenta:

— Uma belezura, não? Esta é a nossa vaca Qinchuan. Ela é muito premiada; seu leite é igual a ouro líquido. E todas as nossas vacas são alimentadas apenas com grama e pastam livremente, então são supersaudáveis. Esta aqui se chama Xingxing.

— Estrela — digo debilmente, dando outro passo para longe da vaca.

— Isso. Estrela, porque ela é uma estrela — explica titio Hong. — Ah, cuidado, atrás de você.

Dou um pulo quando um focinho absurdamente molhado cutuca minha nuca. É outra vaca, e seu toque é tão sólido, tão real e tão potente, mesmo em sua brevidade, que não consigo segurar o gritinho que escapa de minha boca, mas consigo evitar que vire um grito de verdade.

— Esta aqui se chama Tiantian.

— Doce — digo, me afastando das vacas.

— Isso, porque o leite dela é doce feito uma bala.

Mais vacas surgiram, pelo visto do nada. Estou agora presa em um filme de horror, provavelmente chamado *O Silêncio das Vacas*. Todas são enormes, cada passo que dão faz seus corpos sacudirem um pouco e a proximidade delas é atordoante. Elas também são incrivelmente barulhentas. Não entendo por que as crianças aprendem que as vacas dizem *mu*. Toda vez que uma delas solta um *Mmrrrrrruuurgghhh*, o som reverbera pelos meus tímpanos e por toda a extensão do meu corpo.

Titio Hong me estuda pelo canto dos olhos.

— Está familiarizada com vacas, não é? Você falou que as tinha na fazenda da sua família, lá na China.

— Ah, sim! — Assinto vigorosamente. — Sim, muitas vacas lá em casa. — Luto para manter o sorriso confiante no rosto. — Havia, hã, a Margarida, é claro. E a Mimosa. E, hã, a Malhada.

Titio Hong inclina a cabeça para o lado.

— Vocês deram nomes ocidentais para elas? Interessante.

Droga. É claro que não teriam recebido nomes ocidentais.

— Só pessoalmente — respondo. — Digo, os nomes reais delas eram, sabe, coisas como Diyi, Dier, Disan... é. Só numeramos todas elas, não demos nomes de verdade.

— Ah, vocês não queriam se apegar antes que elas fossem para o abate? Boa ideia. — Os olhos de titio Hong nunca deixam os meus enquanto ele fala. — Você comentou com Shang que sente muita saudade da sua fazenda.

Shang nos alcançou e está de pé a alguns passos de distância, afagando o flanco de uma das vacas enquanto ouve nossa conversa.

Eu me esforço muito para não olhar para ele enquanto digo:

— Falei, sim. Sinto muita saudade de lá.

— Você cresceu tocando gado por lá, certo? — pergunta titio Hong.

— Hã... Sim, claro. Às vezes, é.

Por favor, universo, por favorzinho, não deixe que isso vá para onde acho que está indo...

— Gostaria de tocar o nosso? Está na hora de voltarem para o celeiro. Tem coiotes aqui, sabe como é.

— Ah. — A palavra sai meio arquejo, meio guincho. Meu olhar passa freneticamente do titio Hong para as vacas, para Shang, que observa com sua expressão severa habitual. — Isso...

— Parece excelente! — grita Mushu, brotando do nada. Ela me dá um tapa nas costas antes de apertar meu ombro. — Você com certeza consegue fazer isso, não é? — Minha prima me olha de maneira ameaçadora. — Digo, são só vacas. São bichos tão pacíficos, não são?

— Hã, é. Claro.

Assinto devagar a princípio, depois de modo mais convincente conforme assimilo as palavras de Mushu. É, o que poderia dar errado? Vacas são famosas por serem criaturas calmas e lentas. Eu sou vice-presidente de uma firma de equity. Sei ter mão firme, sei proteger meu território, sei abrir caminho em uma profissão dominada por homens. E, no final das contas, li bastante sobre cuidar de um rancho, e uma das várias tarefas sobre as quais me informei era conduzir o gado. Sinto vontade de rir quando penso em como desprezei isso como uma "tarefa fácil" quando estava fazendo a pesquisa. Nada a respeito disso parece fácil agora. *Certo, pare com isso. Você é a Mulan Rancheira, lembra? Você consegue. O que Baba diria?*

— Seria uma honra.

Logo a família Li, junto com Mushu, está reunida de um lado, assistindo enquanto me aproximo de Xingxing.

— Essa vai ser boa — diz James, desagradável.

— Tsc — faz titia Jiayi, olhando feio para o sobrinho. Em seguida, ela volta sua atenção para mim e grita: — Está tudo bem, Zhou, ela parece grande, a Xingxing, mas é uma fofa, de verdade.

— E dá um leite muito bom — conta titia Chuang, e titia Jamie e titia Lulu concordam.

— Ah, sim, muito cremoso — acrescenta titia Lulu. — Se você deixa descansar um tempinho, a gordura se separa e dá pra tirar por cima...

Eu me empenho ao máximo para não ouvir a tagarelice enquanto vasculho minha memória em busca do que li há apenas um dia, mas agora que estou realmente aqui e precisando da informação, o que lota minha mente são fatos inúteis aleatórios sobre vacas. Elas, hum, dormem de pé, e o pessoal que gosta de pegadinhas de vez em quando tenta derrubá-las. Isso não é uma informação útil para mim agora, cérebro. Certo. Elas, hã, têm um sabor ótimo? Mais um fato inútil. Certo, bem, tenho que, hã, tenho que pegar o touro pelos chifres. Afinal, essa é uma expressão que existe mesmo, então deve vir da sabedoria antiga, certo? Só que estas são vacas, não touros, e elas parecem não ter chifres de fato. Bom, deixa pra lá, não preciso levar a coisa tão ao pé da letra. Só preciso estabelecer que sou o alfa desse rebanho. Por fim, trechos e partes da minha leitura prévia me voltam. Preciso estar com a mentalidade correta: calma e confiante.

Eu me aprumo, empinando o queixo, e encaro Xingxing direto nos olhos. Bem, no olho, já que os olhos dela ficam a cada lado da cabeça e eu só posso olhar para um de cada vez.

— Ora, olá, Xingxing — digo, a voz firme. — Eu sou Hua Zhou, e estou aqui para te levar. — Hum, isso pode soar ameaçador. — Não levar de vez, veja bem, só levar para o celeiro. Só para esclarecer.

Estou oficialmente conversando com uma vaca. Por outro lado, as pessoas conversam com gatos e cachorros, então falar com uma vaca não pode ser muito pior, né?

Xingxing não dá nenhum sinal de ter ouvido nada do que acabo de dizer. Ela mastiga seu bocado de grama, plácida, e mais uma vez me ocorre o quanto isso é real, o quanto a cabeça de uma vaca é grande, e o quanto a língua é enorme e o quão ruidosa é essa mastigação de grama. Posso de fato ouvir o farfalhar da grama na boca de Xingxing, e de algum jeito esse fato é perturbador demais. Só preciso fazer isso aqui. *Just do it*, como diz a Nike.

Com a mão um tanto trêmula, estendo o braço e dou tapinhas hesitantes na lateral de Xingxing. Bem, pelo menos essa era a intenção. O que acaba acontecendo é que, assim que as pontas de meus dedos tocam a solidez quente dela, meus instintos de sobrevivência entram em ação e eu corro para recolher a mão. Não esperava que a vaca fosse tão... vaca. A pelagem é muito mais áspera do que eu imaginava, e ela é tão sólida e está tão ali. *Pare com isso agora mesmo. Todo mundo está olhando. Você precisa fazer isso neste instante.* Estendo o braço de novo, ignorando todos os instintos dentro de mim gritando *Eca, fuja, fuja!* Dessa vez, me preparo e coloco a palma toda da mão nela. Solto o fôlego. Pronto, não foi tão ruim assim.

Xingxing levanta a cabeçona e cutuca meu braço.

— Boa, Xingxing — digo, afagando o ombro dela. Ou a nuca? Não sei muito bem que parte estou tocando agora. — Hã, vamos voltar para o seu quarto. Digo, celeiro.

Eu poderia me acostumar com isso. Ela está cutucando meu braço gentilmente e é meio fofo, de certa forma. Uma forma bovina. Rá, isso é fácil. Não sei por que estava com tanto medo antes.

E então, pelo canto do olho, vejo James se mover e ir para trás de Xingxing. Antes que eu possa perguntar o que está fazendo, ele levanta a mão e faz alguma coisa com as costas da vaca.

Xingxing emite um urro monstruoso — um som tão profundo e gutural que meus ossos estremecem com a ressonância — e ataca. Parte do meu cérebro consegue pensar: *Ela não está atacando, está apenas andando.* Mas isso não importa; Xingxing é espantosamente rápida e está de pé bem na minha frente, então, esteja andando ou atacando, é tão repentino que chega a ser aterrorizante. Com um gritinho, salto para trás — ou será que Xingxing me empurrou, aquela vaca estúpida? —, algo engancha na parte de trás das minhas pernas, e antes que me dê conta, o céu está virando, e eu estou caindo, caindo...

Ouço um barulho molhado e um lodo frio me envolve. Borrifos de lodo caem sobre mim, respingando no meu rosto, um pouco entrando na boca. Perco o fôlego com o impacto e, por um segundo, me pergunto se caí direto nas profundezas do inferno. Os únicos sons que escuto são os da minha respiração entrecortada.

E então os ruídos voltam com tudo. Pessoas gritando. Pessoas rindo. Pessoas dizendo "Aiya!" e "Você tá bem?" e "Xingxing, volta aqui!".

Mushu aparece, olhando para mim.

— Oi, prima, como é que você está?

— Socorro — consigo dizer, a boca cheia de lama.

Ela se abaixa, agarra meus braços e puxa. Com um grunhido, eu me apresso a ficar de pé outra vez. Cuspo quanta lama consigo expelir e limpo o rosto antes de olhar para Mushu, tentando não pensar em como o fedor de tudo agora está agarrado a mim.

— Foi muito feio? — cochicho.

— Lembra daquela vez na faculdade quando fomos para aquela festa numa casa e eu bebi aquele monte de Jäegerbombs e vomitei no banco de trás do Uber e o cheiro era tão horrível que fez você vomitar também? É pior. Digo, você está literalmente coberta de merda de vaca.

— Ai, Deus. Pensei que era lama.

Mushu olha para mim com dó.

— Claro, vamos dizer que é.

James, Shang e um punhado de outros vêm na nossa direção. James e os outros primos estão se dobrando de rir, dando tapas nos braços uns dos outros. Shang me encara, as sobrancelhas espessas pesadas e unidas.

— Caramba, Zhou, o que houve? — pergunta James. — *Avacalharam* com você?

Ele cai na risada com a própria piada.

— A vaca foi para o brejo e te levou junto? — fala Thomas, e ele e James batem os punhos.

— O que você fez com Xingxing? — disparo.

Os olhos de James se arregalam com falsa inocência.

— Não faço ideia do que você está falando.

— Eu te vi, você chegou por trás delas e...

— Você bateu a cabeça? — sugere James, fingindo preocupação. — Acho que está confusa.

— Aiya, parem, crianças — intervém titia Jiayi, chegando apressada. — Ah, Zhou, você está bem? Está machucada? Tá, vem para cá, eu te limpo.

Deixo ela me conduzir para um celeiro próximo, onde me entrega uma mangueira de jardim.

— Primeiro você se lava com a mangueira, depois pode entrar para tomar um banho. Não vá espalhar cocô de vaca pela casa toda.

— Claro que não — resmungo, e me encharco de água congelante. É isso. Esse é o ponto mais baixo da minha vida. Cheguei ao fundo do poço. Não tem como ficar pior. Pelo menos os outros pararam de me cercar, em vez disso se dispersando pelo rancho para conferir outras coisas.

Depois de eu ter lavado a maior parte do cocô, volto lentamente para a sede da fazenda, pingando e tremendo com violência. Na metade do caminho, Shang me chama. Continuo andando, fingindo não tê-lo ouvido.

— Ei. — Ele chega correndo e joga algo em mim. É uma manta. — Peguei isso no celeiro. É uma manta dos cavalos.

Ele pegou um cobertor para mim? Mal consigo olhar nos olhos dele. Shang está todo lindo e limpo, a pele sedosa, e não coberta de merda de vaca como a minha. Eu me aninho no cobertor, que é áspero e tão duro que poderia ser feito de papelão, mas ainda assim estou grata pelo calor que me oferece.

— Obrigada — murmuro.

— Então você cresceu conduzindo vacas, hein? — diz Shang.

Eu o encaro, brava. Ele me deu o cobertor como desculpa para iniciar um interrogatório?

— As vacas dos Estados Unidos são diferentes das vacas chinesas.

— Ah, é? — As sobrancelhas de Shang se levantam, deixando-o um pouco menos severo do que o habitual. Deus do céu, como é atraente. — Mas você ouviu o que titio Hong disse: essas vacas são chinesas.

Infelizmente, ele está certo.

— Bem, então vocês não as criaram direito. São umas brutamontes.

Shang assente com a cabeça e acrescenta, bem-humorado:

— Umas arruaceiras, mesmo.

— Exatamente. Você precisa discipliná-las.

— Hum. E suponho que as vacas que vocês tinham em casa não eram como a Xingxing.

Ele está me provocando? Não sei dizer, em parte porque minha cabeça está uma bagunça, e em parte porque estou dolorosamente ciente de que nada pode acontecer entre nós dois. Shang é o fruto proibido, lembro a mim mesma. O CEO de uma empresa que estou tentando comprar. Não é permitido. Área proibida.

— Não, na verdade. Eram bem respeitosas e diligentes e iam aonde eu mandava que fossem.

— Nossa, vacas respeitosas e diligentes, essa eu gostaria de ver.

— Talvez um dia — digo. Tá, preciso botar um freio nisso. O Shang sério e reservado já é distração suficiente. O Shang tagarela é quase irresistível, droga, e eu preciso manter as coisas no nível profissional. — Olha, Shang, adoraria continuar essa conversa espirituosa que está rolando entre nós, mas...

— É difícil sustentar uma conversa animada quando se está coberta de merda?

— É. Eu gostaria de caminhar em silêncio agora. Obrigada por sua compreensão e sua colaboração.

CAPÍTULO DEZ

A mangueira de jardim lavou a maior parte da sujeira, mas eu tomo um banho mais longo e particularmente quente porque, bem, não há quantidade de água no mundo que possa lavar a memória daquele ruído de quando aterrissei no monte de estrume, sem mencionar o fedor e a sensação. Estou secando meu cabelo com a toalha quando a porta do quarto se abre e Mushu chama:

— Zhou? Você tá aí?

Robes brancos, fofinhos e felpudos foram preparados para cada quarto, e eu me cubro com gratidão em um deles antes de sair do banheiro.

— Como estamos? — pergunta minha prima.

— Bom, considerando que eu estava coberta de cocô de vaca até menos de uma hora atrás, acho que estou me recuperando bem.

— Ainda bem, porque nós precisamos melhorar muito, e por *nós*, quero dizer você.

Olho de relance para o reflexo dela no espelho enquanto continuo secando o cabelo.

— Como assim?

Mushu se aproxima e abaixa a voz.

— Ouvi umas coisas bem perturbadoras.

— Ah, é? Tipo o quê?

— Bom, para começar, Shang disse que é bem estranho que você não saiba conduzir gado, quando seus e-mails diziam que tinha crescido com vacas numa fazenda. Pelo visto, você contou a ele nos e-mails que as vacas eram praticamente suas irmãs e seus irmãos quando você era criança.

Sugo o ar entredentes, pensando em meu pai falando isso a Shang. Posso imaginar a felicidade dele tendo vacas; na China, a maioria dos fazendeiros criava apenas porcos, já que a manutenção era mais fácil, de modo que ter gado seria motivo de orgulho para Baba. Pensar nele faz meu coração doer.

— Tem uma diferença de dez anos entre meu pai e o irmão mais velho dele, então ele ficou sozinho na maior parte da infância.

— Own, tadinho do titio Zhou — diz Mushu. — Bem, enfim, então dá para ver por que Shang acharia meio suspeita a sua incompetência na condução de gado.

É possível um corpo humano se encolher por inteiro de vergonha? Porque é certamente essa a sensação. Porém, mesmo enquanto murcho de constrangimento, parte de mim se levanta furiosa, porque dane-se Shang e suas roupas impecáveis e seu cabelo arrumadinho e sua perfeição total idiota. Tenho vontade de empurrá-lo numa pilha de esterco de vaca e ver se ele consegue continuar imperturbável.

— James fez alguma coisa para a vaca. Eu o vi indo atrás dela e acho que ele a assustou ou algo assim.

— Talvez, mas não adianta ficar remoendo isso. Mesmo que consigamos provar, só vai te fazer parecer mesquinha.

Solto um grunhido. Estou morrendo de vergonha de mim mesma. Pensei que estava preparada só porque estudei... e agora me dou conta de que, ao contrário da escola, isso não é algo para o qual eu possa me preparar apenas estudando. Compreensão intelectual não significa nada quando me encontro no meio da coisa real de fato. Preciso me esforçar mais.

— Você tem razão.

— Como sempre. Mas enfim, daí Shang disse algo tipo "Não sei mais se quero vender. Parece meio...".

Continuo encarando Mushu enquanto a voz dela vai sumindo. Depois de um instante, percebo que ela não vai terminar a frase.

— Parece meio o quê?

— Não sei, eles se afastaram e não deu mais para ouvir.

Solto um suspiro.

— Ei, eu fiz o melhor que pude. Encarnei minha titia interior e ouvi escondido o melhor que pude. Nossos ancestrais ficariam orgulhosos.

Fito meu reflexo, melancólica.

— Nossos ancestrais definitivamente não estariam orgulhosos de mim neste momento.

— Bem, é, você é outra história.

Minha prima dá tapinhas no meu ombro.

— Então o que isso quer dizer? Eles não querem mais vender porque não consegui conduzir a porcaria da vaca?

Mushu coloca as duas mãos nos meus ombros e me vira de frente para ela.

— Sei que você acha que é ótima em estudar. Mas eu? Não sou muito boa em provas ou em estudo, mas tudo bem, porque tenho minha aparência e personalidade incríveis. Não dá para estudar no sentido tradicional para se preparar para a vida no rancho, Mulan. Você precisa abraçar as redes sociais.

— Não sei bem se entendo o que você está tentando dizer — respondo.

A reação dela é sacar o celular e digitar na tela antes de o erguer na minha direção.

Espremo os olhos para a tela.

— Como amarrar um homem...

— Ops, aplicativo errado — diz Mushu, tomando o telefone. Ela desliza o dedo pela tela. — Pronto, aqui está.

Quando ela vira a tela dessa vez, está mostrando um TikTok. E, de fato, há um vídeo de uma mulher de cabelo curto tosquiando uma ovelha, e a ovelha está sentadinha, a barriga exposta e as pernas esticadas no ar.

Assisto de olhos arregalados enquanto a mulher trabalha rapidamente, usando um tosador elétrico em movimentos longos e confiantes.

— Isso é quase terapêutico de assistir.

— Se é! — concorda minha prima. — Eu estou no TikTok só para assistir a ela e àquela lenhadora gostosa.

— Não vou nem perguntar. — Estudo o vídeo com atenção. No final, a tosquiadora levanta um espesso manto de lã que ela enrola, e a ovelha parece feliz depois do corte de cabelo. — Eu sou capaz de fazer isso.

— Se é! — repete ela. — Essa é a atitude certa. Agora vamos lá, vista-se e vamos tosquiar umas ovelhas.

— Obrigada, Mushu. Você está salvando minha pele aqui.

Mushu faz uma pausa, parecendo ser pega desprevenida pela sinceridade em minha voz. Ela pigarreia.

— Não é nada.

— É, sim — insisto. — Eu estava tão concentrada em estudar sobre ranchos e destilarias no sentido tradicional... Não sabia que havia TikToks sobre tosquiar ovelhas. Você não se dá crédito suficiente por toda a sua criatividade e espírito empreendedor, então estou te dizendo agora: você é um talento, Mushu.

Minha prima grunhe, o rosto vermelho.

— Se ao menos eu pudesse arrumar um emprego usando meu talento.

— Você vai encontrar sua vocação.

Estendo a mão e aperto a dela. Então, sentindo seu desconforto com a conversa subitamente franca, dou-lhe as costas para que ela tenha um momento para si. Concentro-me em encontrar uma regata para colocar por baixo da camisa xadrez.

Enquanto penteio o cabelo, lanço um olhar severo para meu reflexo. A máscara rancheira está voltando ao lugar. Aponto para o espelho e rosno:

— Você precisa fazer isso. Vá lá e faça.

Nenhuma ovelha vai ficar no caminho desse contrato.

Saio do quarto a passos largos com um propósito renovado e quase trombo com Shang, que está na frente da porta com a mão levantada.

— Ah — faz ele. — Oi. Como vai?

Sem perder o foco agora, não importa o quanto ele é gostoso. *Você é a Mulan Rancheira. É outra pessoa. Você assistiu a um TikTok.* Empino o queixo e olho diretamente nos olhos dele.

— Oi, colega! — *Colega? Ai, meu Deus. Isso não está indo bem.* — Vou indo muito bem, na verdade. Como vai você? Bem? Que bom. Fico contente.

— Hã. Ótimo. Então, hã, estávamos pensando em...

— Tosquiar ovelhas, certo?

Estou vagamente ciente de que minha voz está saindo mais alta do que o necessário, mas não há como me segurar agora.

— Ah — repete Shang, visivelmente surpreso. — Achei que não...

— Que eu não toparia? — completo. — Pois eu topo uma tosquia, pra já.

— É — fala Mushu, a cabeça surgindo de trás do meu ombro. — Lá em Yunnan, ela era a campeã de tosquia do condado.

Tento dar uma cotovelada na minha prima enquanto mantenho os olhos em Shang, mas meu cotovelo atinge apenas ar.

— Uau — comenta ele.

— É e, em Yunnan, ela também era a melhor hipista do vilarejo. Qualquer cavalo que os vizinhos precisassem domar, levavam para a Zhou aqui. Não é verdade, Zhou? — pergunta minha prima.

Agora é um desafio enorme manter o sorriso confiante no rosto. De fato, eu o sinto mais como uma careta do que qualquer outra coisa. Entredentes, consigo responder:

— Claro, Mushu. Mas, enfim, vamos?

Sem esperar uma resposta, passo por Shang e saio da casa, onde encontro James de pé na varanda falando com alguém ao telefone.

— ...vai dar em nada — diz ele.

Meus ouvidos ficam atentos, porque ele não está usando seu tom condescendente de sempre, e sim um respeitoso. Mas é tarde demais, pois James percebe minha chegada e rapidamente acrescenta:

— Tenho que ir. Eu te atualizo depois.

Hum. Acho que não era com um interesse romântico que ele estava falando, porque dizer *eu te atualizo depois* soa estéril demais. Talvez algum acordo de negócios?

— Lavou todo o estrume de vaca? — pergunta ele como saudação.

— Bem, pelo menos eu tentei.

Shang e Mushu saem pela porta da frente e o rosto de James se ilumina.

— Ah, estamos todos aqui. Vamos? — sugere.

Os olhos de Shang estão em mim.

— Por que não fazemos uma visita tranquila para ver o local...

— O quê? — interrompe James. — *Chaaatooo.* Ninguém quer fazer isso.

Dou de ombros.

— Ouvi dizer que talvez haja ovelhas precisando ser tosquiadas?

— Temos, sim! — exclama James.

— Certo, não vamos perder tempo — declaro, ignorando firmemente a expressão preocupada de Shang.

Quando, enfim, chegamos ao celeiro e eu vejo as ovelhas, minha confiança murcha. Meu Deus, isso são ovelhas? Elas são imensas! Será que são vacas anãs em segredo? Ovelhas geneticamente modificadas, injetadas com esteroides toda manhã? Eu me dou uma sacudida mental. *Pare com isso. Você assistiu a um vídeo inteirinho sobre como tosquiar ovelhas. Vai ficar tudo bem.* É, um tutorial online com certeza basta para preparar a pessoa para o ato em si.

Confiança, lembro a mim mesma. Os bichos percebem o medo. Embora fique aí a pergunta de como eles fazem isso. Cachorros podem sentir o cheiro de medo, mas e ovelhas? Será que têm o faro tão apurado quanto eles? Será que meus poros estão, agora mesmo, se abrindo e liberando o fedor do medo? Tento forçá-los a se fecharem conforme me aproximo. Respiro fundo, daquele jeito que os atiradores de elite fazem antes de apertar o gatilho, mas logo me dou conta de que respirar fundo não é o melhor a se fazer dentro de um celeiro cheio de animais. Tudo bem. Isso é totalmente de se esperar. Vou apenas relaxar e... e me apresentar. É.

Porque isso deu muito certo da última vez.

Talvez eu não devesse me dar ao trabalho de me apresentar dessa vez. Talvez devesse simplesmente chegar lá e pegar os chifres... o pelo... a *lã* da ovelha e mostrar a ela quem é que manda aqui, como com frequência tenho que fazer com os bróders financistas por aí afora.

Mas me parece errado fazer isso, e então decido que, independentemente da minha experiência ruim com a vaca, não vou deixar meus bons modos para trás.

— Boa tarde — digo para a ovelha. — Eu me chamo Zhou e estou aqui para te tosquiar.

Ela não faz nada que indique que me ouviu. Estendo a mão para afagá-la. Como a vaca, a ovelha parece muito mais robusta do que eu esperava, mas dessa vez não fico tão chocada quanto antes. Dou meia-volta e vejo Shang de pé ali, parecendo preocupado, com James e Mushu de cada lado. Atrás deles está uma multidão de titios e titias. Titia Jiayi tem as mãos juntas sob o queixo, parecendo preocupada. Titia Lulu está descaradamente segurando o celular no alto, me filmando.

— Tosador, por favor.

Estendo a mão para Shang.

Ele hesita.

— Se você não fizer isso direito, pode cortar Geraldine.

Levo um segundo para perceber que Geraldine é a grande ovelha preta que devo tosquiar.

— Ela está em boas mãos — afirmo com muito mais confiança do que sinto. Já raspei as pernas muitas vezes, talvez milhares de vezes a essa altura, e só me cortei um punhado de vezes. Com certeza, eu posso fazer isso. Estendo a mão e pego habilmente o tosador elétrico das mãos de Shang. — Obrigada.

E aí, antes que eu possa amarelar, coloco as mãos nos ombros de Geraldine e as levanto. Para meu espanto, Geraldine não reluta; em vez disso, ela se permite ser erguida e colocada de pé sobre as patas traseiras, e então a seguro contra minhas pernas. A ovelha é inesperadamente pesada, mas eu me preparei para isso, fincando os pés com firmeza no chão para sustentar o peso dela. Por um momento, eu pisco, surpresa. De algum jeito, manobrei Geraldine até a posição correta.

— Muito bom, Zhou! — grita titia Jiayi.

Ouço murmúrios de concordância dos outros.

Há um instante durante o qual eu juro que meu olhar cruza com o de Geraldine e a ovelha me lança uma expressão de compreensão.

É uma expressão que diz: *Você dá conta, mulher*. Ou talvez eu esteja perdendo o juízo.

Seguro o tosador elétrico com firmeza e o ligo. Ignorando resolutamente os olhares fixos em mim, eu me abaixo e começo, partindo do peito de Geraldine e movendo o tosador para baixo, na direção do ventre. Para minha surpresa total e completa, o tosador se move com facilidade, atravessando a lã macia. Ele deixa para trás um rastro de lã curta e lisa. Um disparo de pura endorfina inunda meus sentidos e quase começo a pular e gritar. Por sorte, me contenho a tempo e continuo, fazendo outro rastro certinho pela barriga dela. Lembrando do TikTok, eu me asseguro de cobrir as tetas de Geraldine com minha mão livre para evitar cortes.

Não leva muito tempo para tosquiar toda a barriga dela. Eu encaro minha obra, embasbacada.

— Muito bem feito — murmura um dos titios.

Os outros assentem para mim com aprovação. Meu olhar encontra o de Shang e deixo um sorriso convencido tomar conta de minha boca. Em resposta, ele tenta conter um dele — e fracassa. *Não perca o foco agora*. Eu me forço a voltar à ovelha.

Agora vem a parte complicada. Tenho que colocar Geraldine de lado para poder começar a tosar as laterais de seu corpo. Posicionando meu pé direito um passo para trás, eu manobro Geraldine, que cede, feliz, tombando para o lado e ficando lá. Minha respiração escapa em uma risada trêmula. Encarnando o vídeo do TikTok, começo a subir o tosador pela pata traseira dela, do casco para o traseiro. A lã é bem mais espessa desse lado do que na barriga, e posso sentir mais resistência. Empurro o tosador com mais força para mantê-lo em movimento e, em pouco tempo, começo a sentir câimbras na mão por causa do esforço.

James se agacha do meu lado.

— Você tá bem? — pergunta.

Não desvio os olhos para ele.

— Tô.

Mantenho o foco em Geraldine.

— É que parece que você está com um pouco de dificuldade.

— Não — é tudo o que consigo soltar.

O peso de Geraldine e a fricção da lã espessa estão se sobrepondo.

— James — fala Shang em tom de aviso.

— Não quero que ela corte a ovelha, só isso. Ela vai ficar assustadiça se isso acontecer.

Não perca o foco, repito a mim mesma. Prossigo, assistindo satisfeita à perna traseira de Geraldine se libertar da lã grossa e embolada.

— Você precisa de ajuda — declara James e, sem avisar, estende a mão e agarra o casco de Geraldine.

O movimento desvia o tosador e eu vivencio os dois segundos seguintes em câmera lenta, horrorizada, enquanto minha mão rígida e cansada perde o controle do aparelho. Conforme o tosador dá uma guinada, vejo as lâminas giratórias beliscarem a pele de Geraldine. A ovelha dá um pulo, seu corpo todo escoiceando, e chuta minhas pernas.

— Mer... — grito enquanto perco o equilíbrio e tombo para trás, direto em um balde de água suja. Água congelante se derrama sobre meu pescoço, ombros e costas. — De novo, não!

Risos. Eles estão rindo. A raiva dispara pelo meu corpo, quente e ligeira. Tusso, expelindo água suja, e quando abro os olhos, Shang está debruçado sobre mim, o braço estendido em minha direção. Minha pulsação bate tão furiosamente que é mais um zunido do que um ritmo discernível. Estão rindo de mim depois de me fazerem machucar a coitada da Geraldine, tão meiga. Não penso duas vezes antes de levantar o braço e aceitar a mão estendida por Shang. E então, antes que ele possa me ajudar a ficar de pé, eu puxo com força.

Sou recompensada por um vislumbre do puro choque tomando conta das feições de Shang quando ele perde o equilíbrio e aterrissa por cima de mim. Ele consegue interromper a queda com os braços, mas uma parte suficiente de seu peso cai em mim e me deixa sem fôlego. Seu corpo é sólido, duro feito rocha, e incrivelmente quente. Por um momento, nós dois esquecemos como respirar enquanto nossos olhares se encontram a meros centímetros de distância, e é só então que eu questiono se foi sensato ter puxado esse cara ridiculamente gostoso por cima de mim. De perto, ele deveria ser menos atraente. Deveria. Os poros deveriam ficar repulsivamente visíveis, talvez eu encontrasse cravos no nariz, ou alguns pelos escapando das narinas. Mas não: desafiando todas as leis da natureza, Shang é ainda mais atraente de perto. Seu cheiro me envolve, uma mistura de algo verde, como alecrim, e um traço sutil de colônia. Poderia me perder nesse cheiro para sempre.

Ou não.

Porque, no segundo seguinte, me ocorre que Shang está apoiado nos antebraços em cima de mim e sua família está toda ao nosso redor, alguns deles perguntando "Você tá bem?" e o resto gargalhando e dando tapas nas pernas.

Coloco a mão no peito de Shang para empurrá-lo (minha mente traidora começa a gritar *Peitoral! Peitoral!*) e ele dá um salto como se tivesse se queimado. Bom, não posso culpá-lo por essa reação, considerando que fui eu quem o puxou. Com uma graça fluida, Shang se levanta num pulo. Também me levanto, imediatamente olhando ao redor em busca da pobre Geraldine. Ela está a alguns passos de distância, aninhada junto de titia Jiayi, que murmura baixinho na orelha dela. A culpa atravessa meu peito. Eu machuquei aquele animal adorável.

— James, que diabos? — questiona Shang em voz baixa.

— Só estava tentando ajudar, cara — responde ele. — Não é culpa minha que a Zhou aqui tenha surtado e cortado a ovelha.

— Eu tinha tudo sob controle — declaro, lutando para manter a voz calma. Porcaria, o que é que estou fazendo, discutindo com nossos potenciais sócios? Baba com certeza não faria nada do tipo. Controlo meu temperamento e acrescento: — Mas agradeço por você tentar ajudar.

James faz uma cara arrogante. Shang estreita os olhos, provavelmente se perguntando o que estou aprontando.

— Acho que eu gostaria de tomar outro banho agora — falo. — Com licença, cavalheiros.

Marcho rumo à sede da fazenda mais uma vez, mantendo a cabeça erguida, mas, assim que saio das vistas deles, me desvio antes de entrar para dar a mim mesma um tempo longe de todo mundo. Não é apenas James ter sabotado a coisa toda que me enfurece, mas também o fato de que, antes de ele interferir, eu estava me saindo bem. Ótima, até, ainda mais considerando que era minha primeira vez tosquiando ovelhas. Sem mencionar a coitada da Geraldine. Eu me encolho ao lembrar de como ela se agitou em meus braços. No final das contas, foi culpa minha. Eu a machuquei por causa da minha inexperiência. Respiro fundo algumas vezes, me fortalecendo a mente, e me dirijo para a casa.

Quando entro, encontro o banheiro trancado.

— Vou demorar bastante — diz Mushu do outro lado da porta.

— Ah! Desculpa, tudo bem!

Eu saio apressada, abraçando uma muda de roupas limpas junto ao peito.

Será que deveria procurar outro banheiro? A sede da fazenda é enorme; com certeza deve haver outro que eu possa usar. Eu vago pelo corredor até localizá-lo, mas esse está ocupado por titio Jing.

Estou para desistir e só vestir as roupas secas sem tomar um banho quando titia Jiayi me vê.

— Ah, Zhou — chama ela, olhando meu estado desgrenhado e a muda de roupas em meus braços. — Os banheiros estão todos ocupados?

Assinto.

A mulher Jiayi balança a cabeça.

— Na nossa idade, tudo leva um tempo bem maior para processar... inclusive a digestão.

— Hã... ok. Faz sentido. — Não faço ideia do que mais responder, e começo a me afastar, desesperada para tirar a roupa molhada.

— Ah, por que não usa a ducha externa? É bem agradável. Nós a mantemos limpa.

— Ah, é?

A ideia de uma ducha ao ar livre não me atrai particularmente, mas, por outro lado, não tenho lá muita escolha.

— É melhor do que imagina — insiste titia Jiayi, lendo minha mente. — Eu teria sugerido isso a você quando ficou coberta de esterco de vaca, mas não queria cocô por todo o piso de lá. Saia pela porta dos fundos e siga à direita.

Ela sorri e me manda ir embora. É imaginação minha ou o sorriso de titia Jiayi parece mais ardiloso do que de costume?

Saio pela porta dos fundos, conforme sugerido. Lá fora, solto um suspiro longo e pesado antes de seguir a trilha. Estou exausta. Não tanto pelas atividades desastrosas do dia, embora elas certamente não tenham ajudado, mas pelo modo como tive que interpretar um papel. Apesar de estar fazendo isso desde que me entendo por gente, ter a mãe de Shang me chamando de Zhou ainda me faz sentir mal, um lembrete de minha farsa.

Perdida em pensamentos sombrios, só reparo na ducha externa quando já estou diante dela. Também não noto que o chuveiro está ligado e que tem alguém debaixo da água. O que eu consigo reparar, por fim, é no fato de que a ducha externa é basicamente um cubículo com uma porta bem pequena. Uma porta que mal cobre a metade de cima de quem estiver lá dentro e deixa pouquíssimo para a imaginação. Uma porta que está fazendo o mínimo possível para cobrir Shang enquanto ele se posta sob a ducha com a cabeça inclinada para trás e os olhos fechados.

Por um segundo, eu travo. Será possível fazer alguma outra coisa além de travar nessa situação? Afinal, minha mente está dividida, com um lado gritando: *Ai, meu Deus, um homem pelado, caia fora daqui!* E o outro gritando: *Ai, meu Deus, um homem pelado e lindo, fique aqui!* E ele é mesmo lindo. Logo se vê que é um dos preferidos de Deus. Aquele rosto, aquelas sobrancelhas e aquelas bochechas e aquele nariz reto. E o cabelo! Essa é a primeira vez que vejo seu cabelo solto. É comprido o bastante para roçar a nuca, e chama a atenção para os ombros definidos e o peitoral enorme. O corpo dele parece ter sido esculpido cuidadosamente em mármore, e a visão da água escorrendo pelo cabelo escuro, pingando naquelas maçãs do rosto salientes e naquele maxilar forte antes de deslizar pelo peito musculoso...

Então meus sentidos voltam aos devidos lugares e eu saio da área visível, praticamente saltando para me esconder antes que Shang me veja. Eu me movo com uma velocidade que nunca soube ter, aterrissando sobre as mãos e os joelhos antes de sair rolando. Por sorte, a grama macia impede que eu me machuque. Estou me levantando para sair em disparada quando a voz de Shang corta o ar.

— Você deixou isso cair.

Ai, Deus. Um buraco se abriu em meu estômago e todas as minhas entranhas estão caindo para fora. Lenta e dolorosamente, eu me viro, os olhos fechados para não ver nada que não deveria ver.

— Pode abrir os olhos, estou decente.

Não há como negar o quê de divertimento no tom de Shang.

Obedeço. *Decente* claramente depende do ponto de vista. Ele está com uma toalha em volta dos quadris, o que quer dizer que o abdômen e o peitoral e os ombros e os braços estão muito, muito pelados. E muito, muito molhados. E muito, muito...

Droga, foco! Foco na coisa que ele está estendendo para você. Que é...

Meu sutiã. Porque é claro que seria meu sutiã. E é claro que seria o sutiã menos lisonjeiro que tenho, porque é claro que o universo está me punindo por enganar a família dele. Meu traço tóxico é continuar usando roupas de baixo confortáveis por anos além da vida útil dessas peças, e esse sutiã é um de meus tesouros antigos, um sutiã de algodão que comprei em meu segundo ano em Princeton. Ele se encaixa tão bem e é tão confortável que usá-lo é como estar sem sutiã. E agora, anos depois, esse mesmo sutiã, acinzentado e puído nas beiradas, está na mão estendida de Shang.

Entendi, universo. Você está me mandando um sinal. Começar a renovar meu guarda-roupa. Tá bom. Mensagem recebida, em alto e bom som.

Estico o braço e tomo o sutiã dele. Meu couro cabeludo parece ter encolhido, retesado demais para o resto da cabeça. De algum jeito, consigo soltar um tenso "Obrigada".

— O chuveiro é todo seu — diz Shang, saindo e se postando na minha frente.

Ele está tão próximo que posso ver cada gotinha individual em sua pele bronzeada. Por que ele está de pé bem diante de mim, só olhando nos meus olhos?

Engulo em seco, e o som sai dolorosamente alto entre nós.

— Hã...

— Você se incomoda? — pergunta Shang.

— Ah!

Com um susto, me dou conta de que o motivo para Shang estar parado na minha frente a centímetros de distância é porque estou bloqueando a passagem. Meu Deus, bem quando eu pensava que não tinha como ficar mais envergonhada. Pulo para o lado bem depressa e abro a boca para pedir desculpas, fechando-a em seguida. *Não se desculpe. Ele é um sócio em potencial e precisa enxergar você como um igual.* Argh. Francamente, deveria haver uma lei da natureza que impedisse sócios de serem tão gostosos.

— Obrigado — fala Shang, passando por mim. Ele pausa, depois dá meia-volta. — Você se saiu bem com a tosquia.

— Ah. — Não esperava por isso. — Eu não chamaria o que aconteceu de "me sair bem"...

— Aquilo foi culpa do James. Você estava se saindo bem até então.

Há uma nova expressão que eu não tinha notado no rosto de Shang antes. Parece quase com... respeito?

Aprendi o bastante na escola para saber quando aceitar um elogio. Embora cada parte de mim queira dispensar as palavras gentis dele e me diminuir, eu me forço a assentir com a cabeça e responder:

— Obrigada. De verdade.

Shang anui.

— Quer que eu fique de guarda para ninguém te pegar tomando banho?

— Não! — solto.

Para minha surpresa, as bochechas dele ficam coradas.

— Não quis dizer... Hã, eu esperaria do outro lado da parede, é claro. Não ia, tipo, olhar nem nada.

— Ah, não quis dizer que você olharia, é só que...

Oras bolas. Agora estamos os dois encabulados. Pelo menos não sou só eu.

— Enfim. Te vejo por aí.

Com isso, eu entro no cubículo da ducha e logo fecho a porta. Shang entende a deixa e vai embora. Depois de me certificar de que não há mais ninguém na área, eu tiro as roupas e tomo o banho mais rápido do mundo, me ensaboando toda antes de enxaguar tudo e me enxugar em tempo recorde. Agora que estou limpa de novo, mal posso esperar para enfrentar seja lá o que mais a família Li tenha reservado para mim. Sem dúvida, o que quer que seja, vou acabar suja e humilhada outra vez.

CAPÍTULO ONZE

Se tem algo em que sou boa, é em empregar pura determinação obstinada. Quando era pequena, certa vez entrei numa briga com o valentão da escola. Ele tinha o dobro do meu tamanho e me venceu com facilidade, agarrando meu cabelo em uma das mãos e puxando até lágrimas saírem dos meus olhos e escorrerem pelas bochechas. *Diz que você tava errada!*, ele gritava, mas, apesar de presa, eu me mantive em um silêncio resoluto, mesmo enquanto lágrimas desciam em riachos pelo meu rosto e o ranho pingava do queixo por causa da dor ardida em meu couro cabeludo. Fiquei assim até ele perder a paciência e me empurrar para o chão. E embora qualquer um que testemunhasse aquilo dissesse que apanhei naquele dia, também senti como se tivesse ganhado a briga, de certa forma. Consegui evitar dizer que estava errada. As lágrimas e o ranho foram uma reação fisiológica que não pude controlar, mas as palavras eram algo que eu podia, sim, conter, e contive, apesar da dor excruciante. E, desde então, sei que tenho o que é preciso para me dar bem em um mundo que não quer que eu seja bem-sucedida.

É a esse pensamento que me agarro nessa noite, depois do banho. Apesar de meu corpo, marcado e exausto, me implorar para parar e rastejar para dentro do quarto para me esconder, eu me forço a sair de novo assim que estou vestida. Por sorte, a família Li parece ter se dispersado por toda a propriedade. Parece que desistiram de nossa visita guiada por enquanto. Mushu deve estar lá fora em algum lugar, tirando um milhão de selfies com os animais. Esta é a minha oportunidade de dar uma olhada no rancho e na destilaria sem perturbações. A essa altura, já aprendi que nenhuma quantidade de leitura e análise pode substituir andar de fato pelo espaço físico e aprender mais sobre ele por meio da observação.

O rancho da família Li é lindo e mantido com cuidado e amor, não há dúvidas. Quando passo pelo curral, noto como os animais parecem saudáveis, como vários me abordam com uma afabilidade curiosa. Nenhum deles fica tímido, o que significa que estão acostumados a serem tratados com gentileza pelos seres humanos. Sorrio e afago uma ovelha próxima. Estou me acostumando com elas agora, seus movimentos bucólicos, ruídos guturais e cheiros rústicos.

— Tendo um momento com a Geraldine? — pergunta uma voz.

Levanto a cabeça e encontro Shang ali, me observando com outra de suas expressões indecifráveis.

— É — respondo. — Pensei em passar aqui e pedir desculpas pelo corte de mais cedo.

— Muito gentil de sua parte. Só que esse aí é o Sheldon. A Geraldine está lá.

Reviro os olhos.

— É óbvio que eu sabia disso. Só estou pedindo ao Sheldon aqui para passar o recado para ela.

Por que estou falando tão livremente? Esta não é a Mulan Rancheira, nem a Mulan Profissional, e com certeza não é a Zhou. Preciso de foco. Tem algo em Shang que me incentiva a deixar as máscaras de lado, e não posso permitir que isso aconteça, não quando há tanta coisa em jogo.

O mais leve traço de um sorriso surge no rosto dele.

— Quando você terminar seu papo com Sheldon, o que me diz de um tour pela destilaria?

Na voz mais casual possível, só consigo responder:

— Parece legal. Só me dá mais um minutinho com Sheldon.

Eu me volto para a ovelha de novo e fecho os olhos, respirando fundo para me centrar. Dou conta disso. Consigo fazer um tour pela destilaria com Shang. Não me sinto atraída por ele, nem pelos seus olhos castanho-escuros, nem por aquele tom bronzeado cálido de sua pele, nem por aqueles lábios extremamente beijáveis... droga. Não me sinto atraída por ele. Não mesmo. De jeito nenhum. Certo. Eu consigo.

— Tá bom, estou pronta! — anuncio, animada.

Assim como o rancho, a destilaria é cuidada com primor. Shang empurra uma porta alta e pesada e nós passamos, escapando do brilho feroz do sol californiano de fim de tarde, para dentro do amplo edifício. Ali poderia muito bem ser outro universo. Assim que piso no interior, fico bastante ciente da rica história por trás dessa fabricante familiar de uísque. É impossível não ficar quando todos os meus sentidos são envolvidos por tudo relacionado a uísque, desde a cevada fermentada até a fumaça, desde o forno até os impressionantes barris de cobre que parecem ter sido construídos lá atrás, na era industrial.

É um espaço que te obriga a ser humilde, porque tudo ali me é tão estranho. É um espaço totalmente diferente daqueles a que estou habituada; estou acostumada com números frios e duros, tão distantes de suas fontes que, quando chegam até mim, o produto em si se tornou um conceito abstrato, menos tangível do que os números gerados por ele. Agora, porém, estou de pé no território do produto.

Como se lesse minha mente, Shang comenta:

— Este é um dos meus lugares preferidos no mundo todo. É aqui que os números cessam e a arte começa. Aqui, nada mais importa. O mercado, as flutuações de oferta e demanda, nada disso importa. Aqui é onde a cevada é embebida, maltada e fermentada. O produtor não liga para o marketing ou para a embalagem; aqui, tudo se reduz à pura produção por amor a ela.

Assinto com a cabeça, absorvendo a rica história da arte da produção de uísque por meio das palavras dele. Conforme caminhamos mais para dentro do edifício, começo a entender por que Baba deve querer adquirir a companhia. É óbvio que tudo aqui foi construído e mantido com amor. *Talvez tenha comparecido a uma das visitas públicas deles uma vez e não tenha conseguido se esquecer dela desde então?* Sorrio com essa ideia. Posso até ver. Baba é um romântico incurável, afinal. E nenhuma leitura que fiz sobre a ciência da destilação de uísque pode se comparar a, de fato, estar aqui, vendo os barris de cobre colossais que assomam sobre mim e sentindo o cheiro rico e adocicado da cevada tostando que cobre o lugar.

— Vem cá — chama Shang. — Isto aqui é o forno — informa ele. — É onde secamos a cevada. Também é onde introduzimos sabores, usando fumaça de turfa durante a secagem. Também podemos obter sabores diferentes alterando a temperatura do forno.

— Ah, sim — respondo, feliz por alguma coisa da minha pesquisa enfim ser posta em uso. — Como a cevada rica em nitrogênio fica em infusão e depois é cozida sem fluxo de ar, para criar um gosto de caramelo.

Shang para, me estudando com uma expressão curiosa.

— Você fez o dever de casa.

Eu me permito um olhar demorado para ele antes de dar de ombros e me virar. Não deixei de notar como um músculo se contrai na lateral de seu maxilar, como se ele estivesse pensando em algo que não deveria quando olha para mim. Do mesmíssimo jeito que estou pensando em coisas que não deveria quando olho para ele.

— Foi só um pouco de leitura genérica — digo, de modo casual.

Depois de um momento, Shang pergunta:

— Quer colocar as mãos dentro do forno? Não está muito quente no momento.

— Ah, quero! — Eu me adianto, sentindo o calor emanando do forno e, com hesitação, estico o braço e toco a cevada secando. — Ai, minha nossa!

Respiro fundo. Uma estranha sensação de paz domina todo o meu ser enquanto enterro as mãos nos grãos lisos.

Shang se aproxima de mim e faz o mesmo, respirando fundo.

— Quando era pequeno, este era o meu lugar favorito. Eu vinha para cá e tocava em tudo. Queimei as mãos bem feio uma vez.

A forma como ele descreve a lembrança me faz perceber outra vez o quanto mais existe neste lugar além dos puros números. Vejo Shang como um menininho, vagando pela destilaria, tocando em tudo com as mãozinhas curiosas. Penso nele queimando as palmas e meu coração dói com a necessidade de reconfortá-lo. *Ai, Baba, acho que começo a entender o que você viu nesta empresa.*

Estou prestes a responder quando minha mão direita, enterrada na cevada, tromba com algo sólido e quente. A mão de Shang. Ambos nos retesamos de imediato, mas nenhum de nós se afasta. Ai, meu Deus. Todos os meus sentidos estão focados, aguçados feito laser, na sensação elétrica disparando por meu braço por causa desse indício de contato pele com pele. A atração que sinto por Shang neste momento é tão irresistível, tão magnética, que me assusta um pouco. O que está havendo? Isso não pode acontecer. É tão impróprio! E, com isso, uso os últimos vestígios do meu autocontrole e puxo a mão. Shang faz o mesmo uma fração de segundo depois, pigarreando.

— Está ficando tarde — comenta ele, meio brusco. — Preciso ajudar a preparar o jantar.

— Ah, sim! É claro.

Eu o sigo às pressas e ambos saímos da destilaria em um silêncio pesado.

Lá fora, o sol se põe lentamente, revestindo tudo de dourado. Eu paro para admirar a terra magnífica, adorando o jeito como a brisa sopra as folhas para longe. Peões guiam os animais de volta para dentro do celeiro, e uma paz se assenta sobre a terra. Quando levanto a cabeça, encontro Shang me observando com um olhar intenso. Ele abre a boca, como se para falar alguma coisa, depois parece pensar melhor e continua caminhando na minha frente.

— Te vejo no jantar — diz ele.

— É, a gente se vê.

Eu me apresso de volta para a sede da fazenda, fazendo uma careta quando meus sapatos novos apertam meus pés. Consegui ignorar o incômodo das botas duras esse tempo todo, mas, depois de usá-las por tantas horas, não posso mais fingir não notar como meus pobres pés estão se enchendo de bolhas dentro desses instrumentos de tortura. Dentro da casa, arranco as botas com um suspiro de gratidão e roubo alguns minutos preciosos para deixar meus pés doloridos de molho na banheira antes do jantar.

O jantar daquela noite é um banquete, uma porção de pratos fumegantes, cada um deles digno de um restaurante. Quando Shang falou que tinha que ajudar a preparar a comida, certamente ele não queria dizer que cozinhou tudo isso, não é? Deve ter ajudado com as coisas simples, como lavar o arroz ou picar os vegetais. Estou tão cansada agora que mal consigo acompanhar as múltiplas conversas rolando em torno da mesa, mas, por sorte, Mushu está em sua boa forma de sempre, entretendo esse titio e aquela titia com histórias engraçadas e, como sempre, fazendo todo mundo se apaixonar por ela. Eu mastigo minhas vagens (que, como tudo o mais na mesa, veio da fazenda) e sorrio e concordo, sorrio e concordo. Algumas vezes, flagro os olhos de Shang em mim, e quando olho de volta, ele logo rompe o contato visual. Isso não pode acontecer, eu me relembro.

Quando o jantar chega ao fim, estou pronta para a cama. Mushu opta por ficar na sala de estar, onde os primos estão reunidos para jogar pôquer, mas eu dou boa-noite a todos e me retiro para nosso quarto. Entretanto, uma vez na cama, não vou dormir. Em vez disso, pego o celular e abro o TikTok. Até amanhã cedo, vou saber tudo o que há para saber sobre viver num rancho, e vou arrancar a expressão convencida da cara de todos eles.

Quando acordo no dia seguinte, Mushu está esparramada, atravessada na outra cama, a boca aberta, roncando. Uma luz suave entra pelo vão das cortinas. Espio por lá e vejo um sol gentil e dourado cobrindo os campos. Estou tão acostumada a acordar ao raiar do dia que não preciso mais de despertador para me acordar. Eu me levanto devagar, com cuidado para não acordar minha prima, me perguntando a que horas ela finalmente foi para a cama na noite passada. Após escovar os dentes, coloco uma calça jeans e um suéter, e desço as escadas.

Ter a casa toda para mim, mesmo que só por um tempinho, é um paraíso. Ontem não pude desfrutar da linda casa porque estava atordoada pela simples quantidade de gente nela. Agora, não há nada de que eu fosse gostar mais do que fazer uma bela xícara de café para mim e me acomodar na varanda, absorvendo a paisagem pastoral.

Contudo, quando me aproximo da cozinha, ouço os ruídos de frigideiras e panelas. Por dentro, solto um grunhido. Está claro que não terei a cozinha só para mim, no fim das contas. Ainda assim, posso torcer para que talvez seja a empregada limpando depois do banquete da noite passada, ou talvez um guaxinim perdido que eu possa simplesmente botar para fora pela porta dos fundos, não? Qualquer coisa seria menos intimidante do que um membro da família Li, pensando bem.

Não dou essa sorte. Quando entro na cozinha, dou de cara com Shang, vestindo um avental e empunhando um rolo de madeira para abrir massa. A visão é tão inesperada que eu congelo, olhando fixamente para ele. Nunca tive uma quedinha por homens de avental antes. Agora, porém, ao vê-lo com um, me dou conta do quanto isso é sexy. Ele consegue ser, de alguma forma, mais másculo ainda em um avental, os ombros largos acentuados pelos cordões da peça. Sem querer, uma visão dele todo nu, usando apenas um avental, passa pela minha mente. Deus do céu, qual é o problema comigo?

— Tem alguma coisa na minha cara? — pergunta ele como saudação. — É que você meio que está me encarando.

Interrompo o contato visual e pigarreio, tentando esconder o quanto estou sem jeito.

— Não esperava ninguém aqui a essa hora da manhã.

— Eu também não — fala ele.

Shang enfarinha o rolo, pega um pedaço de massa do balcão e começa a abri-la em um círculo.

A imagem é incongruente: Shang vestindo um avental com estampa de nectarina, as mãos cobertas de farinha, abrindo massa com competência, enquanto os bíceps se contraem conforme ele trabalha e exibe uma expressão de foco intenso que me faz suar um pouquinho.

— Posso te ajudar a pegar alguma coisa? — indaga ele, levantando a cabeça por um segundo antes de voltar a concentração para a massa de novo.

— Não, tudo bem — respondo às pressas. — Vou fazer um pouco de café e parar de te atrapalhar.

É claro que, assim que digo isso, reparo na máquina de espresso profissional, digna de um barista, no balcão da cozinha. Nenhuma Nespresso de uso fácil por aqui. Talvez eles tenham um pouco de café instantâneo para eu só acrescentar água?

Shang deve ver a hesitação no meu rosto, porque limpa as mãos em um pano de prato e diz:

— Eu faço o seu café. *Latte*? Cappuccino? Americano?

— Hã... *Latte.*

Eu me apoio na bancada e o assisto apanhar um pote de grãos e os despejar no moedor. Ele mede o café moído com cuidado, obviamente confortável com a máquina de espresso.

— Onde foi que você aprendeu a fazer café assim? — pergunto, observando-o mexer com os controles de pressão.

— Instagram — responde, de modo tão simples e direto que levo um segundo para compreender a resposta.

Rio.

— De verdade?

— É. Também foi lá que aprendi a cozinhar a maioria dos pratos que faço.

— Sério mesmo? O algoritmo do meu Instagram só me mostra paródias de bróders financistas. Não estou reclamando, elas são bem engraçadas, mas não me ensinam nada que eu já não saiba.

Shang pressiona uma alavanca e a máquina chia enquanto o café espumante começa a se derramar em uma xícara.

— Não tem nada de errado com isso. Você parece sofrer muita pressão no trabalho e deve ser bom ter algo que te deixa relaxar um pouco.

Franzo a testa para ele, me perguntando se há alguma alfinetada escondida nessas palavras, mas Shang já se dirige à geladeira, de onde tira uma jarra de leite.

— Fresquinho das nossas vacas — anuncia, sorrindo. — Não tem nada melhor do que o leite delas.

Ele serve um pouco em um copinho e o empurra para mim.

— Da última vez que tomei leite puro, eu devia ter uns oito anos — comento.

— Não despreze antes de experimentar.

Tomo um golinho, e Shang tem razão: realmente não tem nada melhor do que o leite das vacas deles. É tão cremoso que quase parece que estou tomando creme de leite, mas há uma leveza que o impede de ser enjoativo demais. Não fica um gostinho ruim no final; tudo nele é refrescante e limpo.

— Uau! Tá, você estava certo.

— Desculpe, como é que é?

Shang sorri, mostrando aquelas covinhas fundas, e eu reviro os olhos.

Ele vaporiza o leite, depois o despeja com cuidado na xícara com espresso. Quando me traz o *latte,* vejo que desenhou uma folha. Tem alguma coisa em que esse cara não seja excelente? E é claro que o *latte* é um dos melhores que já provei, se não for o melhor. O primeiro gole me arranca um gemido, os ricos sabores amendoados fazendo meus músculos relaxarem ao mesmo tempo que a cafeína me desperta.

— Demita-se do seu emprego e abra um café — murmuro.

Shang ri.

— É, vou fazer isso já, já.

Eu assisto enquanto ele abre a massa.

— Isso seriam... panquecas?

Shang levanta uma sobrancelha.

— E só com base nessa pergunta, dá para concluir que você nunca botou os pés na cozinha.

— Não mesmo. Minha mãe me manda comida regularmente e o resto do tempo eu subsisto de delivery.

Digo isso sem vergonha nenhuma e, de fato, com certo orgulho, porque estou mesmo de saco cheio de bróders financistas que me falam de várias e exaustivas formas que meu lugar é na cozinha.

— É justo. Ninguém consegue cozinhar melhor que a mamãe. Não são panquecas. Não se abre massa de panqueca. Isso aqui é massa para *dumpling.*

— Ah! Espera, você está fazendo *dumplings* do zero? Não tem massa pronta à venda no supermercado?

Aquelas covinhas aparecem mais uma vez nas bochechas dele.

— Tem, sim, mas eu gosto de fazer a minha. Comecei quando a artrite da minha mãe piorou, mas com o tempo descobri que gostava de mexer com massa. É terapêutico. Quer tentar fazer um?

Sem querer parecer rabugenta (o que eu meio que sou), concordo. Pulo do banquinho e me posiciono em frente à ilha da cozinha. Shang espalha mais farinha sobre a bancada e coloca uma bola de massa na superfície preparada antes de me entregar o rolo.

— Segure desse jeito — explica ele, se colocando atrás de mim e estendendo as mãos para me mostrar a postura certa.

As mãos dele estão me cercando!, minha mente grita. E, de fato, estão. É impossível ignorar a proximidade. Se me inclinar para trás, um pouquinho que seja, sentirei seu peito rijo contra minhas costas. Seu cheiro me envolve — um almíscar limpo, amadeirado, que preenche meus sentidos e nubla minha mente. Quero esfregar o nariz no pescoço dele e respirar fundo. Pisco depressa, forçando a mente a se concentrar no rolo de abrir massa. Coloco as mãos nas extremidades e pressiono sobre a massa.

— Não assim — diz Shang, e se debruça mais para perto. Seu peito pressionando minhas costas é tão firme que tenho vontade de simplesmente derreter contra ele. Com gentileza, ele coloca as pontas dos dedos no dorso das minhas mãos e é preciso toda a minha força de vontade para não reagir. — Um toque suave — instrui ele.

Minha imaginação me leva a locais absolutamente impróprios para o ambiente de trabalho. *Para com isso, sua pervertida!*

— Você tem que começar pelas bordas e ir entrando. As bordas da massa têm que ser mais finas do que o centro, assim, quando você dobrar a massa, tudo fica com a mesma espessura.

Meu deus. Isso é tão erótico. Não, espera. É erótico? Ou a minha mente pervertida está transformando tudo em uma insinuação?

Sendo bem justa, as mãos de Shang ainda estão sobre as minhas, então ele deve estar ciente da tensão sexual faiscando no ar.

Ou não.

Tecnicamente, são só as pontas dos dedos dele, e muito, muito tecnicamente, elas mal estão roçando minha pele.

Mas roçar a pele é uma prática sexual muito conhecida! Não é?

Tá, já chega disso.

Eu me levanto de supetão, e Shang, com o susto, dá um passo para trás.

— Você tá bem?

— Acho que o café acaba de fazer efeito — digo, me desviando para ficar a um metro dele, uma distância bem segura. Para colocar mais ênfase no café, tomo um grande gole e faço "Hmm". Shang parece que vai falar alguma coisa, então me pronuncio antes: — Ei, você precisa de ajuda para alguma tarefa pela casa? Eu sinto que deveria ajudar.

— Hã...

— Que tal lenha? Tem bastante lenha aí?

— Bem...

— Vocês cortam a própria lenha por aqui? Sabe do que mais? Adoro cortar lenha para a lareira e vou cortar um pouco para vocês.

Shang para de abrir a massa.

— Sério?

— É, cortar lenha é, tipo, meu hobby preferido.

Passei quase uma hora ontem à noite assistindo a lenhadoras no TikTok e, por Deus, não vou deixar que isso tenha sido em vão.

— Legal, bom, claro, nós sempre precisamos de lenha para a lareira por aqui. Venha, vou te mostrar onde fica o cepo.

Shang limpa as mãos no pano de prato outra vez (tem algo mais sedutor do que um cara com as mangas da camisa roladas até os cotovelos, limpando farinha das mãos?) e gesticula para que eu o acompanhe.

Saímos pela porta dos fundos. Lá fora, o ar traz um frio penetrante e a grama está orvalhada. Estremeço enquanto seguimos uma trilhazinha. Tomo outro gole do *latte*, desfrutando da maneira como me esquenta por dentro. Está parecendo que teremos outro dia impecável de outono no norte da Califórnia, o ar carregando o cheiro doce de maçãs, com fiapos de nuvens brancas espalhadas aqui e ali pelo céu azul infindável.

Quando chegamos ao cepo, não me dou nenhum tempo para hesitar ou me maravilhar com a realidade da situação, como fiz antes. Vejo um machado repousando contra o cepo e o pego. Minha mente diz: *É pesad...*

Eu calo o pensamento. É claro que é pesado, é um machado de verdade, não um no TikTok. Até lanço um sorriso confiante para Shang enquanto passo desfilando por ele, levantando uma tora e a colocando sobre o cepo. Pés separados, postura forte. Seguro apertado o cabo do machado, deixando-o pender por um segundo, e então o levanto acima da cabeça como assisti às pessoas fazendo no TikTok, antes de arremessá-lo para baixo sobre a tora, puxando a potência do meu abdômen. O machado atinge a madeira com um baque satisfatório. Ele não a atravessa por completo, mas não importa. Vi isso acontecer várias vezes no TikTok e simplesmente o levanto outra vez, agora carregando a tora junto, e então o abaixo de novo e de novo até a madeira estar completamente partida ao meio. Daí dou um passo para trás, olhando para a tora rachada, incrédula.

Eu consegui. A alegria percorre minhas veias feito vinho espumante e eu jogo o machado no chão, dando um pulo e gritando.

— Muito bom — elogia Shang.

Faço uma mesura.

— Obrigada, eu concordo. — Estufo o peito. — Me joga mais uma. Vou cortar uma porção dessas antes que você se dê conta.

Shang sorri enquanto coloca outra tora no cepo.

— Certo, corte até ficar satisfeita. Estarei lá dentro fazendo *dumplings*.

Eu faço exatamente isso, cortando tora após tora antes de perceber que estou, de fato, faminta.

— Zhou! — chama Mushu à distância. — Como é que vai?

Ela dá uma corridinha pela trilha.

— Mas que... Quando Shang me disse que você estava aqui fora cortando lenha, pensei que ele queria dizer fazendo cocô.

Levanto as sobrancelhas.

— Por que "cortar lenha" significaria fazer cocô? E por que eu faria isso aqui fora, quando temos banheiros perfeitamente funcionais dentro de casa?

— Sei lá — responde ela, encolhendo os ombros. — Não vou julgar.

Eu dou risada.

— Acho que terminei por aqui. Cortar lenha é divertido, mas também é bem cansativo. Sabe, aposto que é ainda melhor que pilates.

Enquanto voltamos para a casa, minha prima me conta tudo sobre a noite de ontem.

— Serviram o melhor uísque deles.

— Aaah, parece que eu perdi a diversão — comento.

— Perdeu mesmo. Esse pessoal é bem divertido de passar um tempo junto.

— Quando não estão tentando sabotar seu momento tosquiando ovelhas — resmungo.

Mushu ri.

— Bem, James é... não é o melhor sujeito, mas quando você o faz tomar uns dois copos de uísque... — Ela hesita, então acrescenta: — Fica pior ainda.

Agora é minha vez de rir.

— Mas você ficará feliz em saber que aproveitei a chance para te botar lá no alto.

Minha risada encolhe e morre na garganta.

— Hã... Sobre como eu sou uma sócia executiva brilhante?

— O quê? Não! — grita Mushu. — Mulan, essas pessoas são rancheiras e destiladoras... Espera, como se chama a pessoa que produz uísque? Uisqueiro? Tanto faz, mas enfim, meu ponto é: eles estão bem longe do mundo das finanças, o mais longe que se pode estar. Não vão apreciar sua habilidade com números. Eles têm uma atitude que é quase, tipo, antigrana.

— Não sei nem por onde começar a entender isso — digo, bem-humorada.

— Nem você, nem eu, prima. Aqui é só corre, você sabe. Mas a família Li está mais preocupada com a imagem deles. A marca. O legado. Foi isso o que entendi da noite passada. Querem muito que a empresa que compre a marca de uísque saiba o que o negócio representa — explica minha prima.

Suspiro.

— Eu sei o que representa. Masculinidade tóxica.

— Exato! — exclama ela. — Mas então, eu te elogiei com isso em mente. Falei das suas proezas no que diz respeito a tudo o que for até vagamente masculino.

— Ai, meu Deus... — O temor começa a borbulhar dentro de mim. — Hã, o que, exatamente, você disse sobre mim?

— Ah, nada de mais. Só contei como é uma ótima caçadora...

— Caçadora? Eu literalmente nunca segurei uma arma nas mãos.

Minha prima dispensa minha resposta como se não tivesse nenhuma importância.

— Como você é uma lutadora mortífera...

— Estamos falando de, tipo, brigar na internet? Porque eu sou muito boa em descer a lenha nos hétero tops online.

— E aí, quando mencionaram aquela viagem a cavalo para acampar uma noite em que a gente vai, eu falei que, na China, você é conhecida como Zhou, a Encantadora de Cavalos.

Paro de andar e encaro Mushu, boquiaberta de horror.

— Mushu, eu gosto de cavalos tanto quanto qualquer outra pessoa, mas não sou nenhuma encantadora de cavalos, você sabe disso!

— Como assim? — Ela parece genuinamente surpresa. — Não lembra da nossa viagem para a Disney quando éramos pequenas? Você foi naquele passeio de pônei e se divertiu tanto, enquanto eu vomitei no meu pônei inteiro, aí desmontei num pulo e saí chorando?

— Primeiro de tudo, você tinha comido três churros, uma coxa de peru todinha e tomado um balde de refrigerante, então não é surpresa nenhuma que tenha acabado vomitando. Segundo, você mesma disse: era um pônei. Têm metade do tamanho de cavalos de verdade, e tinha um... um cara dos pôneis segurando ele o tempo todo.

— Blá-blá-blá, Whiskas sachê. Tanto faz — responde Mushu. — Você vai se sair bem.

— Ai, meu Deus — reclamo.

— Disseram que têm o cavalo perfeito para você — continua ela, alegre.

Dou tapinhas nas minhas bochechas.

— Isso é um pesadelo. Preciso acordar agora mesmo.

— Ai, Mulan, deixa de drama! Vem, estou morrendo de fome. Shang fez *dumplings*.

O resto da manhã passa tranquilamente. Os *dumplings* de Shang são fartos e deliciosos, e quando James enche a paciência do primo por ter cozinhado, Shang apenas ri. Quando o café da manhã chega ao fim, todo mundo está estufado de comida. Os Li mostram a destilaria para Mushu e eu, onde titio Hong nos guia com cuidado sobre cada passo do processo de produção.

— O primeiro passo é a maltagem — diz ele. — Vocês sabem o que é a maltagem?

Para a surpresa de todos, eu respondo:

— A maltagem é quando você pega grãos de cevada ou qualquer outro grão e os deixa em infusão, antes de espalhá-los para que eles germinem.

— Impressionante — comenta Shang com uma piscadinha.

Uma onda de prazer percorre minha espinha. Penso na visita privada que Shang me deu ontem e tenho que esconder um sorriso.

Eu me viro para titio Hong.

— Na fazenda da minha família, fazíamos tudo do zero, até nossos doces. Tem um doce maltado que fazíamos com trigo e aí amassávamos com arroz glutinoso...

O rosto de titio Hong se abre em um sorriso satisfeito.

— *Mai ya tang*! Ah, meu doce preferido quando era pequeno. Você sabe fazer *mai ya tang*?

O homem soa tão empolgado que faz meu coração se contorcer um pouco.

Se por *você sabe* ele quer dizer que memorizei cada passo que assisti no TikTok... Engulo a culpa e digo:

— Sim, sim, claro.

— Minha mãe fazia do zero — conta titio Hong, e o entusiasmo em sua expressão faz os anos sumirem das feições. — Ela cozinhava o xarope por horas e horas, até estar marrom e grosso e grudento, e meus irmãos e eu, a gente ia roubando colheradas escondido aqui e ali quando ela não estava olhando. Ah, o cheiro do xarope borbulhando era tão bom...

Ele fecha os olhos e respira fundo; então, parecendo se lembrar de quem é, apruma as costas e fala:

— Certo, então você sabe tudo sobre a maltagem, muito bom. Agora, aqui é onde ficam nossos tonéis. Maceramos nosso malte seco e, então, misturamos com água quente no tonel de fermentação. Temos que ter muito cuidado com a água. Nós a acrescentamos em estágios separados e cada um tem uma temperatura diferente... — Titio Hong vira a cabeça e berra: — James!

James, que vinha desfilando atrás de nós enquanto olhava o celular, levanta a cabeça.

— O quê? — questiona ele, irritadiço.

— Quais são as temperaturas apropriadas para a água? — pergunta titio Hong.

Todos os olhos se voltam para James, que grunhe e retruca:

— É sério isso? De novo não.

— Aiya, Er zi — censura titia Chuang —, como pode se gabar da destilaria da nossa família quando não sabe nada sobre o processo?

— É para isso que temos funcionários — dispara James. — Para podermos delegar.

— O primeiro estágio é a 67 graus Celsius — respondo, solícita —, o segundo é a 72 graus Celsius, e para a terceira água, você vai querer que ela esteja entre 80 e 85 graus Celsius.

Faz-se silêncio enquanto todos se voltam para me encarar. Em segredo, agradeço aos deuses da internet. Condução de gado? Não ajuda muito. Mas números? Tudo o que preciso fazer é olhar de relance para eles e ficarão impressos na minha memória.

As titias e os titios assentem, solenes. Titio Hong me dá um tapão nas costas e ri.

— Ah, boa garota!

Shang me analisa com algo próximo de admiração no rosto, e essa visão faz coisas engraçadas com meu estômago. Coisas engraçadas, quentinhas, gostosas.

Titio Hong passa pelo processo de fermentação e, mais uma vez, fico feliz em compartilhar meu conhecimento, baseado em uma combinação entre as minhas leituras sobre uísque, o que Shang me contou ontem e minha única experiência fazendo pão de massa azeda (chamei meu fermento de Eriberto Lepão, mas foi tudo morro abaixo a partir daí).

Poderia jurar que titio Hong parece consideravelmente menos aborrecido pela minha presença agora. Ele me leva até os alambiques.

— Toda destilaria tem seus próprios alambiques distintos — comenta. — E os nossos são ímpares. Usamos o mesmo formato desde o primeiro dia que começamos a destilaria. É o que dá ao nosso uísque seu sabor e odor incomparáveis.

— Como foi que vocês chegaram a esse formato em particular?

— Por tentativa e erro, é claro — explica titio Hong. — Experimentamos formatos diferentes: alambiques mais largos, alambiques mais estreitos. Os mais largos produzem um álcool mais refinado, o mesmo com os mais altos. Os mais baixos e mais estreitos produzem um uísque mais pesado. Gostamos que o nosso uísque tenha um sabor mais pesado, tenha mais corpo, então sabíamos que queríamos um alambique mais baixo.

Embora eu tenha lido tudo o que pude sobre, ver isso pessoalmente — estar cercada por esses alambiques imensos, ouvindo o zumbido e os baques e o vapor das máquinas, e sentindo os ricos odores da fermentação — é bem diferente. Sinto a gravidade do lugar, os ecos dos anos passados, das tentativas e dos erros pelos quais os titios e as titias passaram.

— Como a sua família decidiu entrar no ramo de fabricação de uísque? — pergunto.

Ao ouvir isso, titio Hong dá um pequeno rugido e gesticula para titio Jing e titio Xiaotian.

— Ah, nós três que tivemos essa ideia, não foi?

Os dois sorriem e assentem, mas noto que as sobrancelhas de titia Jiayi estão tão levantadas que praticamente se uniram à linha do couro cabeludo. Encontro seu olhar e inclino a cabeça para o lado, mas ela sacode a cabeça de leve e sorri de um jeito que diz, *Ah, oras bolas, fazer o quê, não é?*

— Quando nos mudamos para os Estados Unidos, vivíamos de bicos — conta titio Hong. — Eu trabalhava em uma fábrica de sapatos.

— Eu trabalhava em uma fábrica de macarrão — fala titio Jing.

— E eu era faxineiro em um prédio de escritórios — conclui titio Xiaotian.

— Pah! — exclama titio Hong. — Você pulava de emprego em emprego, feito um coelho.

Ele se vira para mim.

— E daí, um dia, quando estávamos jantando, nós dissemos: "A gente fazia o nosso próprio *baijiu*. Vamos fazer de novo para vender". Mas ninguém nos Estados Unidos sabia o que era *baijiu* na época, então resolvemos fazer uma bebida daqui. Primeiro pensamos em fazer cerveja, mas não sabíamos muito sobre a manufatura de cerveja, entende? Daí decidimos, ah, uísque. É. E acaba que existem muitas semelhanças no processo de manufatura dele. Começamos na nossa própria garagem, sabe? Só depois de pouparmos dinheiro suficiente conseguimos comprar esse espaço para transformar tudo em uma destilaria mesmo.

Olho ao redor do edifício caro com um respeito e um assombro renovados. Sei o quanto a vida dos imigrantes é dura pelas dificuldades de meus pais, e sempre que encontro uma nova história, eu a trato como uma dádiva valiosa que me foi dada e a guardo em um lugar seguro na tapeçaria infinita de minhas memórias, algo a ser apreciado em momentos tranquilos.

Quando terminamos a visita, já passa do horário do almoço. Saímos em fila, voltando à sede da fazenda, onde há *mantou* no vapor recheado com pato assado que Shang fez mais cedo. Comemos do lado de fora, absorvendo a luz do sol e bebendo refrescantes coquetéis de menta. As bebidas foram feitas fracas de propósito, já que ainda é cedo, e penso no quanto Baba teria gostado dessa viagem. Ele teria se encaixado feito um peixe na água, e ficaria deliciado com a comida, as bebidas e as histórias. Esse pensamento reforça minha esperança de conseguir o contrato. Quando comprarmos a empresa, com certeza haverá outras visitas assim, e outra chance para eu sorver a imagem de meus pais rindo na luz dourada do sol, drinques de menta na mão. É claro, considerando que estou fingindo ser ele, não faço ideia de como esse dia perfeito pode vir a ocorrer, mas sonhar não custa nada.

CAPÍTULO DOZE

À tarde, preparamos as coisas para acampar no dia seguinte.

— Não sei se é sábio dormir em barracas — resmunga Mushu. — E se sofrermos uma emboscada?

Estou confortável com a ideia de acampar, tendo feito isso várias vezes quando era pequena e algumas durante a faculdade, mas admito que a ideia de acampar com a família de Shang torna a coisa mais intimidante. Ainda assim, acampar é acampar, ué.

— E quem faria essa emboscada?

Mushu gesticula vagamente.

— Sei lá, a concorrência uisqueira? Ou alguma coisa na natureza selvagem? Estamos meio longe de tudo aqui, caso não tenha notado.

Balanço a cabeça.

— Temos internet 5G e cinquenta pessoas trabalhando no rancho e na destilaria. Não diria que estamos longe de tudo.

— Tá, mas nós vamos ainda mais fundo na natureza, então aí realmente ficaremos longe de tudo. Se eu fosse da concorrência, seria quando escolheria atacar.

— Por que você escolheria atacar, seja lá como for... Sabe de uma coisa? Deixa pra lá. Tudo bem. — Fecho o zíper da minha mochila e espano as mãos. — Prontinho! Vou dar uma caminhada.

— Não vai me ajudar a preparar minha mochila? — choraminga Mushu.

Encaro a montanha de coisas que ela colocou na cama.

— Por que está levando cinco séruns diferentes?

— Mulan, vamos ficar no sol o dia inteiro. Eu preciso de proteção para a pele.

— É uma viagem de pernoite. Nós vamos literalmente ficar fora só uma noite.

— Só porque você aceita manchas de idade tão cedo não quer dizer que vou aceitar também. — Ela olha feio para mim. — Se vai ficar aí julgando minhas escolhas muito sensatas, então pode sair. Não preciso da sua ajuda.

Ela coloca as duas mãos nas minhas costas e me empurra para fora do quarto.

— Tá bom, tá bom — digo, rindo. — Me avise se mudar de ideia.

Enquanto percorro o corredor, vejo que os vários titios e titias também estão preparando as mochilas.

— Zhou! — chama titia Jiayi. — Terminou de arrumar suas coisas?

— Terminei. Vou só dar uma cami...

— Talvez você possa ajudar o Shang com o jantar — sugere titia Jiayi. Ela se apruma e sorri para mim com as sobrancelhas levantadas.

— Hã... — *Preciso mesmo?* Mas a mulher tem sido a única integrante da família Li sempre gentil comigo, e acho impossível dizer não para ela. — Claro.

— Ah, que bom. Me sinto culpada porque ele não deixou que eu ajudasse, sabe. Vá para o quintal dos fundos, meu filho está preparando as carnes lá.

Meu estômago se revira. Ah, não. Será que isso significa que está abatendo os bichos agora? Com temor renovado, desço as escadas e saio da sede da fazenda. Sigo os sons do cutelo batendo na madeira e encontro Shang debruçado sobre o cepo. Ele está tirando as escamas de um peixe grande. Ao lado dele há uma caixa com dois outros peixes, ainda vivos.

Abro a boca para perguntar se precisa de alguma ajuda, mas em vez disso o que sai é:

— Qual é o negócio com a sua família e matar a própria comida?

Shang mal levanta a cabeça, mas sorri e diz:

— O que você acha?

— Alguma coisa de macho alfa? Para provar que você é o mais alfa de todos?

Shang ri.

— Por que você é obcecada com esse negócio de macho alfa?

— Pergunte isso para o James — resmungo, ao que Shang ri alto.

Em seguida, ele pausa e, enfim, olha para mim, enxugando a testa com o braço. É um movimento muito mais sedutor do que eu gostaria de admitir.

— Então você veio aqui só para me julgar, ou quer ajudar? Quer dizer, fico feliz de qualquer forma.

Minha boca se estica em uma linha fina.

— Tirando um interesse súbito e muito breve em fazer pão de massa azeda, a refeição mais elaborada que já preparei foi um sanduíche de pasta de amendoim e geleia, e deu errado.

— Como é possível estragar um sanduíche desses?

— Não tinha geleia de uva, então usei a de cranberry que tinha sobrado do Dia de Ação de Graças.

— Parece que seria uma combinação bacana, na ve...

— E o que eu achei que fosse pasta de amendoim acabou sendo sobras do molho de carne.

Por um momento, Shang fica em silêncio. Em seguida, ele abre a boca, joga a cabeça para trás e gargalha. É a melhor risada que já ouvi, pura e cheia de uma alegria tão genuína que é fácil imaginá-lo como uma criança. Eu absorvo o jeito como seus olhos se transformam em luas crescentes, o rosto inteiro se suavizando e se enchendo de ternura quando ele ri, e o jeito como coloca uma das mãos grandes no peito. Meu Deus, estou encrencada mesmo.

Quando Shang olha nos meus olhos, tenho a sensação de que algo mudou entre nós. Uma mudança pequena, mas posso sentir. Ele me observa de um jeito novo, como se estivesse me vendo direito pela primeira vez.

— Enfie um pouco de sobras de peru aí no meio e você tem um ótimo sanduíche — diz ele, por fim.

— Certo, mas eu estava esperando pasta de amendoim e geleia, e quando mordi e meu cérebro registrou que *Opa, espera aí, isso não é pasta de amendoim*, foi desconcertante demais. Estragou tudo.

— Vamos fazer assim — sugere Shang —, eu vou te guiar a cada passo.

— Ah! — Solto um gritinho, levando as duas mãos ao rosto. — Você quer dizer — digo, sem fôlego — que vai fazer o macho palestrinha e me explicar tudinho? Mal posso esperar!

Shang me encara com uma expressão de *fala sério*.

— Senti um certo sarcasmo.

— Que bom, porque eu pretendia ser sarcástica mesmo.

Ele gira o cutelo na mão e o estende para mim, o cabo voltado na minha direção.

— Pronto, aqui está. Comece com algo simples: termine de tirar as escamas dessa carpa.

Eu pego o cutelo, depois olho com puro desgosto para o peixe no cepo. Coloco as pontas dos dedos nele, resistindo ao tremor que ameaça percorrer todo o meu ser.

— Segure a lâmina em ângulo, assim — instrui Shang, colocando a mão por cima da minha só por um segundo antes de soltar. — Agora segure o peixe com firmeza...

Sem segredos. Agarro o peixe, contendo a careta, e seguro firme.

— Agora deslize a lâmina para baixo...

Faço isso e uma chuva de escamas prateadas sai voando, salpicando todo o meu rosto. Eu me engasgo e solto o peixe. Olho para Shang, que também está coberto de escamas. Sem dizer nada, ele estende a mão e seus dedos polegar e indicador roçam minha bochecha, deixando um rastro de fogo onde tocaram. Minha boca se parte, mas quando Shang retira a mão, tem uma escama presa entre os dedos.

— Esqueci de falar para você colocar o peixe virado para o lado de lá — fala ele.

É um esforço conter meu riso. Forço minha atenção de volta para o peixe e, dessa vez, me certifico de virá-lo para que, quando eu deslizar o cutelo, as escamas voem para longe da gente. Leva um tempo surpreendentemente longo para me livrar de todas as escamas e, quando enfim termino, minhas mãos estão doloridas pelo esforço. Eu as estico e tento não fazer uma cara de nojo enquanto assisto a Shang estripar habilmente o peixe.

— O que te fez gostar disso? — pergunto.

— Por "isso" você quer dizer cozinhar, ou...

Meneio a cabeça.

— Muita gente gosta de cozinhar. Nem tanta gente assim mataria os próprios ingredientes antes.

Shang sorri, e me ocorre que nunca o vi tão relaxado.

— Bem, o que me fez gostar do abate foi cozinhar, acredite se quiser. Quando era pequeno, minha mãe cozinhava para nós dois. Ela fazia os pratos mais incríveis, e eu passava todo o meu tempo livre com ela na cozinha. Mas aí minha mãe desenvolveu artrite nas mãos, então, aos poucos, fui tomando a tarefa para mim. Passávamos a maior parte de nosso tempo juntos na cozinha, com ela me orientando enquanto eu cozinhava.

Droga, como ele ousa ter um passado tão meigo? Virou uma luta manter minha máscara de Zhou perto dele.

— Isso é muito bacana, mas, como eu falei, bastante gente cozinha sem sentir a necessidade de abater os animais.

Me pergunto se talvez isso tenha saído mais cortante do que pretendia, mas Shang não parece se incomodar.

— Engraçado você dizer isso — comenta ele. — Minha mãe está sempre reclamando sobre o quanto tudo é estéril por aqui. Ela me contava como era lá na China, como sua família abatia o que seria a carne deles, e isso os deixava mais conscientes e cuidadosos do que consumiam. Eles não comiam carne na maioria dos dias; talvez uma ou duas vezes por semana. É claro, não é assim nas cidades grandes, mas minha família, como a sua, não vem de uma metrópole. Isso me fez pensar em como, por aqui, consumimos carnes nessas embalagens arrumadinhas. Meu sobrinho nem sabia que o bife vinha das vacas. Ele falava coisas do tipo: "É bife, vem de um hambúrguer!".

Nós dois rimos e Shang prossegue:

— É fofinho, mas também é triste, de certa forma. Resolvi aprender mais sobre comida, de onde ela vem e como ser um consumidor responsável. Visitei unidades de processamento de carne e o que eu vi... — Ele faz uma careta. — Aquilo me fez não querer comer carne vinda de um lugar desses. Na cidade, costumo seguir uma dieta vegetariana, e é só quando a gente vem aqui para o rancho que eu como carne. E, ainda assim, quero me certificar de que estou respeitando a refeição ao não me afastar do processo. Odeio matar esses animais, só para você saber. Isso me faz perder um pouco do apetite, mas é melhor do que fingir que não estou comendo algo que já foi um bicho vivo.

Shang fala com tanta compaixão... sem nenhum traço de julgamento na voz. Depois de um tempo, tudo o que consigo responder é:

— Uau.

Ele sorri.

— Desculpe, isso soou tão presunçoso para você quanto foi para mim?

— Não, de jeito nenhum. Faz sentido, na verdade.

Penso nas muitas fileiras de carne perfeitamente embalada nos supermercados que frequento e como eu nunca, nem uma vez sequer, pensei no quanto estamos distantes da comida que estamos comendo. Assim como também não pensei no fato de que o bife vem das vacas; sei disso no nível intelectual, claro, mas não tirei tempo para de fato considerar o que isso significa.

— Então — diz Shang —, quer fazer as honras? A família pediu ganso assado.

Meu queixo cai de horror enquanto desculpas se acumulam em minha mente. Baba aceitaria. Mas aqui é onde eu coloco meu limite.

— Eu... não... hã...

Shang ri outra vez.

— Estava só brincando. Não pediria que você abatesse seu primeiro ganso aqui. Isso seria crueldade com o animal.

— Sem mencionar crueldade com a Zhou.

— É, isso também. Mas você pode me ajudar a depená-lo.

Não consigo encontrar uma razão boa o bastante para não ajudar com isso, então lá vou eu. É um negócio exaustivo, perturbador, e sinto câimbras nas mãos quando termino. Além disso, tenho zero apetite para carne de ganso agora. Assisto enquanto Shang limpa o animal e o prepara para o forno.

— Precisamos garantir que a pele esteja bem seca para ficar crocante quando assarmos — conta ele.

— Como você sabe tudo isso?

— Como você sabe quais empresas vale a pena adquirir?

— Por meio de pesquisa de mercado minuciosa e diligência prévia meticulosa — respondo, esperta.

— Tá, o meu caso é um tanto menos clínico do que isso — fala Shang. — Se quer saber, aprendi na maior parte assistindo a vídeos no YouTube. E com a minha mãe. Para ser sincero, sou grato por ter sido criado principalmente por ela. O pouco que me lembro do meu pai era bom, mas não incrível. Ele lembra muito meus titios. Sabe como é, toda aquela besteira de "Você precisa ser um machão".

Minhas sobrancelhas se franzem. Tudo o que achei que sabia sobre Shang apontava para o fato de ser o maior machão. E, no entanto, aqui está ele, suave e vulnerável de um jeito desarmante. Será que tem usado uma máscara também e só agora a estou vendo titubear?

— Certo, acho que está pronto para ir ao forno. — Shang levanta o ganso e o carrega para um imenso forno de pizza que ele preaqueceu. Ele enfia o animal lá dentro e fecha a porta antes de se virar para mim. — Agora vamos preparar o peixe.

Enquanto eu pico vários vegetais, Shang frita o peixe, enchendo o ar com um incrível cheiro de tempero. Ele o coloca pronto em enormes bandejas metálicas, depois faz um molho de pimenta Szechuan de dar água na boca, que ele derrama sobre o peixe. Para finalizar, coloca pimentas Szechuan frescas, pimentões picados e coentro por cima, antes de encharcar tudo com óleo fervendo. O óleo estala e chia ao atingir as guarnições, e eu percebo que estou praticamente babando. Ele pega os vegetais que cortei e os joga em uma panela de arroz semicozido, depois pergunta se eu poderia fazer a salada, antes de voltar a preparar mais um prato delicioso.

Em pouco tempo, a mesa de jantar ao ar livre está rangendo sob o peso de pelo menos dez pratos incríveis, um mais gostoso que o outro. Todos se reúnem e copos são enchidos até a borda e pratos carregados de comida fumegante.

— Zhou, coma mais — encoraja titia Chuang, empilhando enormes colheradas de arroz e porco agridoce refogado em molho de soja no meu prato. — Você é tão magrinha, precisa ganhar um pouco de peso para ficar com quadris de parideira.

Meus pais nunca disseram nada assim para mim, mas cresci próxima de famílias imigrantes suficientes para não me espantar com isso. Agradeço titia Chuang e devolvo o favor colocando comida nos pratos dos mais velhos.

— Zhou, qual é o seu signo? — pergunta titia Chuang.

— Ela já te falou, ela é dragão — responde titia Jiayi.

— Ah, sim! — Titia Chuang bate palmas. — O James aqui é galo, combina muito bem com dragão.

Também estou familiarizada com esse tipo de conversa, mas o fato de que é James quem está sendo empurrado para mim deixa tudo um tanto mais constrangedor. Tento manter o rosto sério enquanto sirvo mais comida no prato de titia Lulu.

— Pah, você está falando bobagem. Já acertamos isso há muito tempo — diz titia Lulu para titia Chuang. — Meu Thomas é rato, e rato é o melhor par para dragão. O rato é o animal mais esperto do horóscopo chinês, é ligeiro e pensa de formas inusitadas. Sempre levará o dragão a um grande sucesso.

— Rá! — exclama titia Jamie. — Vocês duas não sabem do que estão falando. A melhor combinação para um dragão é o meu Ryan. Ele também é dragão. Dois dragões, minha nossa, pode imaginar quanto fogo?

A mulher sorri para Ryan e eu, cheia de insinuações, e só para o caso de não termos entendido a mensagem, acrescenta:

— Haverá muita paixão.

— Mãe! — geme Ryan.

— Ai, meu Deus — murmuro.

Coloco mais comida no prato de titia Lulu, só para descobrir que está cheio demais e acabou caindo um pouco para fora.

— Desculpa! — grito, pegando guardanapos.

As titias todas riem.

— Minha nossa, Jamie, você e a sua mente suja deixaram a coitada da Zhou com vergonha! — exclama titia Chuang. Em seguida, ela se vira para mim e fala: — Zhou, não seja tão tímida, nós sabemos que vocês jovens são cheios de hormônios. Não é nada para se envergonhar, é o que leva a netinhos.

— *Chegaaaaa* — choraminga James. — Se vocês não se comportarem, vamos comer em outra mesa.

— E eu, titias? — trina Mushu. — Eu sou macaco, quem combina bem comigo?

— Ah, você é macaco! — grita titia Jamie. — O Christopher é serpente, vocês dois são o par perfeito! Seus bebês serão tão inteligentes, com certeza vão estudar em Harvard!

Minha prima olha para o sujeito, que beberica seu uísque sour em silêncio, as bochechas ardendo, vermelhas.

— Por que não? — diz ela alegremente e, pegando seu prato, vai se sentar ao lado dele.

As titias e os titios irrompem em risos e aplausos.

— Wah, Jamie, talvez você tenha uma nora até o ano que vem, hein? — berra titio Hong.

Apesar do quanto me sinto constrangida, não posso deixar de rir com eles. Minha família é mais quieta, e eu aprecio a algazarra descontraída dos Li. Pego meu prato e encontro um lugar vazio, que por acaso é ao lado de Shang. Do outro lado dele está sua mãe, e ele está cortando a comida para ela em pedacinhos pequenos.

— Zhou, tudo bem com você? — pergunta titia Jiayi. — Shang comentou que você o ajudou bastante com a comida.

— Ah, eu não diria que ajudei "bastante". Na maior parte do tempo, só fiquei lá assistindo.

— Ela ajudou a tirar as escamas dos peixes e a limpar o ganso — conta Shang.

— E por isso não estou comendo ganso — acrescento, indicando meu prato.

Titia Jiayi ri.

— Eu lembro que, quando era pequena, vi minha mãe matar uma galinha pela primeira vez. Havia tanto sangue! Não comi frango por meio ano depois disso.

Eu rio também.

— É, exatamente.

— Prontinho, Ma — fala Shang, empurrando o prato de comida toda cortadinha para ela.

— Obrigada, Er zi. — Titia Jiayi olha para o filho com ternura evidente. — É um menino muito bom, ele corta a comida para mim por causa da minha artrite, sabe?

Meu coração fica quentinho. O negócio com os filhinhos de mamãe é que são famosos por serem mimados e egocêntricos, sem nunca pensar em ninguém além deles mesmos. Mas Shang é um filhinho de mamãe no melhor sentido possível do termo, cuidando da mãe com uma bondade tão discreta, jamais chamando a atenção para como cuida dela. Talvez eu estivesse errada em julgá-lo como um macho alfa tóxico. Eu o observo por um tempinho e noto o modo como ele sutilmente faz isso e aquilo para deixar as coisas mais fáceis para titia Jiayi, como colocar guardanapos extras perto do prato dela e mover o drinque dela mais para perto. Faz tudo isso sem dizer uma palavra sequer, dando à mãe a dignidade de se alimentar, mas deixando-a ciente de que está lá para ajudar caso ela precise. Tá, eu com certeza não deveria estar percebendo essas coisas em meu potencial sócio. Fingir ser Baba já é antiético demais. Me envolver com Shang só pioraria tudo. Eu me forço a afastar o olhar dele.

A comida, como sempre, está suntuosa. Eu me sirvo um segundo e um terceiro pratos e, quando termino, todos estão recostados nas cadeiras e esfregando a barriga enquanto suspiram, contentes.

— Shang, você será uma excelente esposa para alguém — anuncia James.

— Estamos no século XXI — disparo. — É sério que você ainda está preso nesses papéis antiquados de gênero?

— Ah, o que é isso, relaxa — diz James. — Estou só brincando. Bom trabalho na cozinha, Shang. Seja lá quem for a garota com quem eu me casar, espero que ela cozinhe tão bem quanto você.

— Obrigado — responde Shang, e me dá uma piscadela. Ele obviamente não está incomodado com as provocações do primo.

Após mais alguns minutos de papo, os titios e as titias se levantam, se alongando, e começam a voltar para dentro de casa, deixando os primos, Mushu e eu para trás.

— Certo, rapazes, se preparem, estamos indo para o Porco Guinchante — anuncia James. Então ele parece se lembrar da presença de nós duas e acrescenta: — E moças.

Olho para James com cautela.

— Hã, a gente não vai sair cedo amanhã?

— Vai, sim — confirma ele. — Mas quem liga? Quem precisa de sono quando se é jovem, não é?

— Acho que vou ficar de fora dessa — digo. — Por mais divertido que o Porco Guinchante pareça.

— Negativo — declara James. — De jeito nenhum. Faz parte do nosso ritual. Vamos lá, retoquem a maquiagem, ou seja lá o que vocês garotas precisam fazer, e se encontrem com a gente na frente da casa daqui a dez minutos.

Será que ele é humanamente capaz de dizer alguma coisa que não o faça soar como um completo babaca? Vou na direção de Mushu, que está absorta em uma conversa com Christopher.

— Desculpe, Christopher, preciso pegar minha prima emprestada um segundinho.

Nós duas vamos para o lado mais distante do quintal.

— O que foi? — pergunta Mushu.

— Você ouviu o que James falou? Que nós vamos para um lugar chamado Porco Guinchante?

— Ah, sim, Chris me contou. Eles têm um daqueles touros mecânicos. Sempre quis montar em um.

— Ai, meu Deus, você não está mais na faculdade, Mushu — reclamo. — Um touro mecânico? Sério mesmo?

— E qual é o problema? Parece divertido.

— Aff. — Aperto a ponte do nariz. — Nós vamos sair cedo amanhã, então não podemos ficar até muito tarde.

— Estamos tentando conquistar os clientes — aponta ela. — O que o seu pai faria?

E a isso não tenho o que responder.

O Porco Guinchante é basicamente tão ruim quanto eu esperava. É um bar no centro da cidade, e mesmo a um quarteirão de distância, posso ouvir a música estrondando do lugar. Uma vez que entramos, a batida do baixo é tão alta que reverbera por meus ossos. Consigo sentir meus dentes batendo no mesmo ritmo. Parece ser um cruzamento entre um bar ao estilo Velho Oeste e uma boate, e os clientes daqui devem ser, em sua maioria, pessoas da cidade que ficam nos ranchos próximos e vieram para ter a experiência rancheira total — há um monte de chapéus e botas de caubói sendo usados aqui. Ainda assim, Zhou, ou Mulan Rancheira, mergulharia nisso tudo de cabeça para agradar seu potencial sócio. Dou uma sacudida na cabeça, tentando me animar. Eu dou conta. Sou a Mulan Rancheira. Mulan Rancheira faz coisas tipo cortar lenha e tosquiar ovelhas. O que é uma farrinha em uma boate diante disso?

O grupo abre caminho pela multidão até o bar, onde James pede uma dose de tequila para todos, exceto Shang e Thomas, que serão os motoristas esta noite. A última vez que tomei um shot foi no último ano da faculdade, e minha colega de quarto e eu terminamos a noite nos revezando para vomitar, então tomo devagar, em vez de virar como todo mundo. Mesmo assim, o drinque deixa um rastro de fogo pela minha garganta, me fazendo tossir.

— À vida no rancho! — grita James.

Os outros comemoram junto, Mushu gritando mais alto que os demais. James pede outra rodada e Shang diz:

— Pega leve, cara, temos um dia inteiro de cavalgada amanhã.

— Alguns de nós querem viver de fato enquanto somos jovens — retruca o primo, e vai passando o segundo shot para todos.

Olho para meu copo pela metade em uma das mãos e um cheio na outra. Encontro o olhar de Shang e ele dá de ombros, como se dissesse que eu não deveria beber se não quisesse, mas então James me dá um tapa no ombro e exclama:

— Mas que diabos? Ela não terminou nem a primeira dose! E você acha que tem o que é preciso para administrar uma fabricante de uísque?

— James... — fala Shang em tom de aviso, mas eu chacoalho a cabeça.

— Tem razão — respondo e, em um movimento gracioso, tomo todo o shot e finalizo com o copo pela metade.

James comemora enquanto eu me empenho muito para não me engasgar. Alguém enfia um copo de água gelada em minha mão. Shang. Assinto para ele em gratidão e bebo toda a água. A sensação é como se a tequila estivesse correndo por minhas veias, e no momento seguinte meus membros relaxam enquanto o drinque faz efeito. Talvez não seja tão ruim, afinal de contas, tomar shots. Um calor sobe da minha barriga e preenche o resto de mim com uma alegria quieta e relaxada. Eu mergulho na música, deixando meu corpo oscilar junto com ela. Todos nós vamos para a pista de dança, nos unindo à multidão, e eu me perco na música por mais ou menos uma hora. Faz muito tempo desde que saí para dançar e tinha me esquecido do quanto gosto disso. O único motivo pelo qual paro depois de um tempo é que meus pés, dentro das botas novas, estão me matando. Saio mancando da pista de dança, só para ser puxada para um canto por Mushu.

— Hora do touro mecânico! — berra ela.

Minha prima é a primeira a montar e consegue durar dez segundos inteiros antes de ser arremessada, e nesse ponto James sobe no touro e é jogado longe em dois segundos, sem cerimônia. Mushu me empurra adiante e eu respiro fundo e vou na direção do touro. Não olho para Shang, mas posso sentir os olhos dele sobre mim enquanto subo. No ensino médio, eu fazia ginástica olímpica. Não era boa o bastante para competir em nível regional, mas era razoável, e enquanto me acomodo no touro, meus reflexos entram em ação, minhas coxas se apertando em volta dele, meu centro de gravidade firme, mas o resto de meu corpo relaxado e fluido. O touro começa e eu me movo com ele, respirando de forma controlada e me imaginando como um talo de bambu açoitado pela ventania. Centro forte, parte superior do corpo flexível. A multidão fica cada vez mais ruidosa quanto mais tempo fico ali, e o touro empina mais e mais, até ficar quase humanamente impossível me segurar. Pouco antes de eu perder o controle, o touro desacelera e eu desmonto, o corpo todo vibrando de adrenalina, e faço uma mesura para o aplauso ensandecido do público. Quando me endireito, meus olhos encontram os de Shang. Lá está aquela expressão de novo, como se ele estivesse meio surpreso, meio achando graça. Seus olhos se demoram nos meus antes de descer para meus lábios entreabertos.

— Uhuuu! Aquilo foi incrível! — grita Mushu, me agarrando e me conduzindo além de Shang, de volta para o bar.

Estou sem fôlego e minhas bochechas estão quentes, e não me lembro quando foi a última vez que me diverti tanto. Com a endorfina fluindo, quase me esqueço da dor nos meus pés. Quase.

— Caramba, você foi incrível lá em cima! — grita minha prima.

Sorrio e tomo um gole enorme de água gelada. Shang desliza pela multidão, postando-se ao meu lado. Ele fica perto o bastante para eu conseguir enxergar cada cílio ridiculamente longo.

— Bom trabalho no touro — elogia ele.

Antes que eu possa responder, James, Christopher, Thomas e Ryan cambaleiam até o bar.

— Caramba, Zhou! — berra Christopher. — Quem diria que você era capaz disso?

Eu inclino a cabeça para o lado e digo:

— O quê, porque é difícil?

— A Elle Woods chegou, gente! — grita James.

Sinto uma presença atrás de mim. Eu me viro e vejo um homem alto e robusto desconfortavelmente perto de mim. Cogito recuar um passo, mas eu estava aqui primeiro e ele está meio que invadindo meu espaço pessoal.

— Te vi lá no touro — comenta ele em uma voz grave.

— Ok — digo. Dou-lhe as costas.

— O jeito como você cavalgou, uau. — Ele assovia.

O cabelo em minha nuca se arrepia.

— Sempre soube que vocês, garotas asiáticas, eram selvagens, mas caramba...

Ele meneia a cabeça e me olha com lascívia.

Começo a me afastar, mas Mushu está subitamente atrás de mim, sussurrando.

— Todo mundo está olhando, você não pode simplesmente sair andando. Tem que mostrar a eles que é forte o bastante para enfrentar essas merdas.

— Como é? — sibilo.

— Ah, olha, tem duas de vocês — fala o sujeito, o sorriso se alargando. — Sobre o que as duas estão cochichando?

Dou uma olhada ao redor. De fato, James, Christopher, Ryan e Thomas assistem com interesse, enquanto Shang parece prestes a assassinar o sujeito. Ai, meu Deus, apesar de ir contra todo o bom senso do universo, Mushu tem razão. Se eu recuar agora, sem dúvida James vai relatar isso aos titios e às titias e informá-los de que sou fraca demais para assumir a empresa deles. A Mulan Rancheira com certeza não recuaria. Lutando contra todos os meus instintos, levanto a cabeça para encarar o olhar descarado do sujeito e fecho a carranca para ele.

— Aaah, essa aqui é briguenta — comenta o homem. — Eu gosto quando elas brigam.

Ele olha por cima do ombro e, para meu desalento, esse cara tem amigos o acompanhando, e todos parecem tão prontos para arranjar encrenca quanto ele.

Escolho minhas palavras com cuidado.

— Não queremos encrenca, então por que não esquecemos tudo isso e seguimos nosso rumo, cada um para o seu lado, hein?

— Ou por que não me deixa pagar uma bebida para você e a sua gêmea aqui?

Cerro os dentes. Mushu e eu não nos parecemos em nada, mas é claro que para ele nós somos gêmeas.

— Não, obrigada.

— Escuta aqui, sua vaca...

— Caramba, ela disse não! — dispara minha prima, adiantando-se num pulo.

Ela tropeça, esbarrando em mim, e eu vivo o momento seguinte em câmera lenta ao cambalear. Assisto ao meu drinque se chocar com o peito do sujeito. Água gelada respinga por todo o seu rosto. Assisto à cara dele se contorcer em uma imagem de pura fúria, as veias no pescoço saltando, os dentes rangendo, a testa se avermelhando. A mão dele sobe para me agarrar e meus instintos de sobrevivência entram em ação; eu levanto a mão, a palma para cima. A base dela colide com o rosto dele. Não com força suficiente para quebrar nada, mas é uma pancada razoável no nariz, um lugar sensível, e ele grita de dor.

Tudo acontece em um piscar de olhos. Shang está de súbito entre o homem e eu, e os amigos dele se adiantam às pressas, atrapalhados, punhos estão se projetando, Mushu pegou uma cadeira e a está segurando sobre minha cabeça enquanto berra, e o que diabos está havendo? Eu me abaixo sob o punho de alguém e estendo o pé. Alguém tropeça nele. Quando olho para cima, encontro os olhos de Shang e ele levanta as sobrancelhas, aparentemente impressionado comigo.

— Certo, certo, já chega! — berra o bartender, e um grupo de homens corpulentos aparece, retirando as pessoas de cima umas das outras com facilidade, como se fossem mamães ursos recolhendo seus filhotes.

Um deles me puxa pelo cotovelo. Shang aparece na mesma hora, detendo o cara e dizendo:

— Calma, calma. Já estamos saindo.

Ele coloca a mão gentil nas minhas costas e, juntos, driblamos a multidão e saímos para o ar frio da noite.

Lá fora, apoio as palmas das mãos nas coxas, tentando recuperar o fôlego. Shang me apressa para continuar andando.

— Vamos, antes que aqueles caras saiam procurando mais problemas.

— Mushu...

— Está com os outros.

De fato, alguns passos adiante, minha prima exclama:

— Vejo vocês em casa, maninhos!

Ela acena para mim.

— Vamos lá — chama Shang, e eu cambaleio atrás dele.

Entramos no carro dele e travamos as portas. O silêncio zumbe em meu ouvido.

Bato as mãos nas bochechas. Estão dormentes.

— Ai, meu Deus, o que foi que aconteceu lá dentro? Nós entramos mesmo em uma briga de bar? Uma briga de bar, literalmente?

Shang me olha de soslaio, achando graça, enquanto dá ré para retirar o carro da vaga em que estacionou.

— É, acredito que foi no que nos metemos, sim.

— Ai, meu Deus — repito, ofegante. — Não acredito. Eu não entro em brigas de bar. Eu... eu bebo *matcha lattes*!

Ele solta uma risada abafada.

— Pessoas que bebem *matcha lattes* não entram em brigas de bar?

— Não! — grito. — Ainda mais aquelas que pedem os delas com leite de aveia — acrescento.

Shang joga a cabeça para trás e ri.

— Ah, nossa, definitivamente não presta para brigas de bar, então. Mas sabe do que mais? Para alguém que toma *matcha lattes* com leite de aveia, você se saiu muito bem. Você derrubou, tipo, dois caras lá dentro.

De alguma forma, a despeito do ridículo da noite, a alegria borbulha por meus membros, efervescente como champanhe. Um sorriso lento se espalha por meu rosto, tomando conta de minha expressão.

— Derrubei — admito, baixinho a princípio, depois mais alto. — Derrubei mesmo, não foi? Você viu como eu fiz aquele cara tropeçar? Ele tinha o dobro do meu tamanho e eu o derrubei fácil assim.

O orgulho que sinto neste momento é real. Nada a ver com a persona da Mulan Rancheira, nem com a persona de Zhou, nem nada disso. Pela primeira vez, em um bom tempo, não penso *O que Baba faria?*. Não ligo, não neste momento. Quero me deixar levar pela euforia do que acaba de acontecer.

— Um golpe e tanto — comenta Shang, ainda rindo.

— E como eu soquei aquele cara no nariz...

— Hum, não sei se eu chamaria de soco — observa ele. — Foi mais uma pancada. Mas foi mesmo? Eu vi a sua cara quando você aplicou o golpe, pareceu mais chocada do que o sujeito.

— Isso foi porque eu *estava* chocada! — grito, ofegando de rir. — Eu não... Não estava nem pensando, só levantei a mão... Lembro de ter lido que não se dá um soco com o punho, porque senão você corre o risco de quebrar o polegar, então tem que bater com a base da mão, e eu só... só fui lá e fiz.

Encaro Shang por um segundo, boquiaberta.

— Todos esses anos pensei que meu destino era trabalhar em finanças, mas e se eu deixei passar minha vocação como lutadora de MMA?

— Ah, sim, o UFC saiu perdendo nessa. — Shang sorri para mim. Então seu sorriso se desvanece e ele me olha com uma nova expressão. — Piadas à parte, o que você fez lá dentro... eu realmente não esperava por aquilo.

Meu peito esquenta. A dúvida começa a surgir aos poucos. Será que eu me equivoquei por completo na análise da situação lá no bar? Porém, quando olho de volta para ele, Shang está meneando a cabeça, admirado.

— Quero dizer, aquilo foi... foi bem incrível — elogia ele. — Você é inesperada, de várias formas.

— Formas boas? — provoco.

— Bastante — admite ele, e a seriedade em sua voz faz minha nuca começar a suar.

Roubo outra olhadela, mas Shang parece contente em fitar a estrada, então digo a mim mesma para voltar a respirar normalmente e tentar me esquecer da súbita intensidade do momento.

Por um tempo, viajamos em um silêncio confortável, desfrutando da estrada longa e deserta. Eu espio pelo para-brisa e me surpreendo com a quantidade descomunal de estrelas cintilando no céu escuro. Na cidade, as estrelas nunca estão bem visíveis por causa da poluição, mas agora aqui estão elas, brilhando em toda a sua glória. Paramos em um farol vermelho.

— Nunca vi nada tão lindo — comento.

— É — responde Shang.

Olho de esguelha para ele e o flagro me encarando. Dura apenas um segundo antes que ele desvie o olhar e se concentre na estrada.

E como estou vibrando de adrenalina e álcool, digo:

— Isso foi muito um momento de livro de romance, sabe?

Shang mantém os olhos resolutos na estrada, esperando pacientemente o farol ficar verde.

— Isso o quê?

— Quando falei que nunca tinha visto nada tão, hã... — Minha voz falha. Eu vou mesmo explicar a coisa toda sobre algo ser lindo e ele dizer que sim enquanto olha para mim? Meu rosto todo arde. Não estou tão bêbada quanto precisaria estar para ter essa conversa agora. — Deixa pra lá.

Shang se vira para mim e eu percebo o sorriso malicioso e divertido que está exibindo. Estreito meus olhos para ele.

— Você sabia exatamente do que eu estava falando!

— Não faço ideia — retruca ele, sorrindo por completo agora.

— Você é tão convincente quanto o filhinho da minha prima quando ele jura que não sabe onde todos os biscoitos foram parar.

Shang ri.

— Óbvio assim, hein?

Ele olha de relance para mim de novo, e dessa vez seu sorriso é tão delicado que não posso mais negar. Aquela mudança nele. Não, não nele, mas entre nós. Não somos mais funcionários de duas empresas. Somos duas pessoas cujas máscaras estão se desfazendo, apesar de todos os nossos esforços.

O que Ba...

Silencio a voz em minha mente. Estou tão cansada de imaginar o que outras pessoas fariam! Eu sei exatamente o que quero fazer, e talvez esteja na hora de parar de fingir. Devagar, tão devagar que chega a me doer, eu me inclino na direção de Shang. Os olhos dele se arregalam por um instante, e então ele também se aproxima de mim. No silêncio do carro, o ritmo de nossa respiração é alto demais. Nossos lábios estão a centímetros de distância quando há uma buzinada repentina atrás de nós. Damos um pulo, recuando.

— O farol está verde — solto, a cabeça toda ardendo de vergonha.

— É — murmura Shang. Seguimos por um tempo em um silêncio doloroso até ele dizer: — Você devia descansar um pouco. Estou dirigindo bem devagar porque está muito escuro, então vai levar um tempo para chegarmos em casa.

— Boa ideia — digo.

Meu coração parece não estar mais no meu peito, e, sim, batendo em algum ponto dentro do crânio. Eu realmente quase beijei Shang? Com certeza, vou jogar a culpa na tequila. Tá, não posso remoer isso agora porque, se pensar a respeito por um segundo a mais que seja, vou implodir. Em vez disso, me recosto no banco e revejo a briga de bar em minha mente. Jamais fiz nada nem remotamente próximo disso em toda a minha vida. E embora seja algo que eu nunca mais quero fazer, certamente é uma lembrança que guardarei com carinho por muito, muito tempo. E, apesar do estranho quase-beijo, me sinto tão quentinha e a salvo agora, no carro com Shang, viajando na escuridão, onde a sensação é de que somos as únicas duas pessoas no mundo inteiro... Nunca esperei me sentir tão confortável com ele. Quando meus olhos se fecham e começo a pegar no sono, adormeço com um sorriso nos lábios.

CAPÍTULO TREZE

Mal me lembro da volta para o rancho. Vagamente, sei que Shang me deu uma sacudida de leve e eu acordei com um ronco, só para encontrar rastros de baba no queixo. Depois disso, tenho noção de trechos do resto da noite: eu e Mushu cambaleando para dentro de casa e rastejando — literalmente rastejando — escada acima antes de desmoronar em nossas camas.

A manhã chega depressa demais. Esquecemos de fechar as cortinas ontem à noite, de modo que a luz do sol está estourando pelas janelas sem misericórdia, penetrando minhas pálpebras como uma faca dourada.

Espremo os olhos com força, mas a cada segundo fico mais e mais ciente de uma movimentação no resto da casa. Passos subindo e descendo as escadas, gente papeando, gritando para pedir isso e aquilo, mais passos, e *aff*, por que esse lugar está tão vivo quando nem amanheceu direito ainda?

Um gemido na cama ao lado me diz que Mushu está acordando. Eu me esforço para ficar sentada, fazendo uma careta pelo jeito como meu crânio parece ter encolhido dois números. Minha boca está tão seca que os lábios estão grudados nos dentes. A última coisa que quero fazer é sair da cama, mas ao ver os copos altos de água na penteadeira, me arrasto para fora e vou até lá, onde viro o copo todo. Em seguida, levo o outro para minha prima.

— Beba — digo a ela.

Mushu geme e responde algo que soa como "tifudê".

— Vamos.

Eu a ajudo a se levantar e coloco o copo na frente de seu rosto.

Ela bebe obedientemente antes de desabar de volta no colchão. Revivi um pouco depois de me hidratar, e vou para o banheiro e jogo água fria no rosto antes de escovar os dentes. Há uma batida na porta do quarto. Quando abro, Shang está ali de pé, parecendo novo em folha e carregando uma bandeja de comidas e bebidas.

— Ovos, torrada, café e um Virgin Mary — anuncia ele.

— Virgin Mary? — repito, o nariz franzindo.

— Confie em mim, é a melhor coisa para uma ressaca. Toda essa vitamina C e sais são exatamente o que o seu corpo precisa depois de uma noitada.

Eu me afasto e observo enquanto ele entra e coloca a bandeja na penteadeira.

Ao ouvir o tilintar dos talheres, Mushu se levanta em um pulo. O cabelo está todo amassado e jogado para a esquerda, e ela pisca em nossa direção, os olhos pesados.

— Comida? — pergunta ela.

— Isso — responde Shang.

— Me dá. — minha prima abre e fecha as mãos em um pedido e Shang lhe entrega um prato de ovos fritos.

Aceito o copo de Virgin Mary e o beberico devagar. Shang tinha razão; é mesmo bom. A mistura salgada, ácida e um pouquinho apimentada é exatamente o que meu corpo precisa. Tomo um grande gole e percebo meus sentidos voltando à vida.

— Você colocou copos de água na penteadeira ontem à noite?

— Coloquei, pensei que talvez vocês fossem precisar.

Shang olha para os copos vazios.

— Obrigada — digo, me sentindo subitamente sem graça. Trechos da noite passada estão só agora voltando à minha mente, e tenho vontade de me encolher em uma bolinha e me esconder do mundo. Estou imaginando coisas ou Shang e eu quase nos beijamos ontem à noite? — Hã, sobre ontem à noite...

Um canto da boca dele se curva para cima.

— Você arrebentou. Literalmente.

— Ai, Deus. Por favor, tente esquecer tudo o que houve...

— Desculpe, mas James está contando para todo mundo esta manhã como você nos meteu numa briga.

— Não! — exclamo com um arquejo, horrorizada. — Ai, meu Deus, todos os seus titios e titias vão pensar o pior de mim.

— Na verdade, estão bem impressionados até o momento. Não acharam que você tivesse coragem para começar uma briga de bar.

— Sem querer interromper — interrompe Mushu —, mas tecnicamente acho que fui eu quem começou a briga, não?

— É! — concordo.

Shang inclina a cabeça para o lado.

— Não é disso que me lembro. Mas independentemente de quem começou, eu diria que vocês se saíram bem. Vejo vocês no térreo daqui a pouco. Vamos sair em breve.

Assim que Shang sai, eu desabo contra a parede.

— Não consigo acreditar que literalmente entramos em uma briga de bar ontem à noite.

— É, foi incrível! Todos nós podemos aprender uma ou duas coisinhas com a Falsa Zhou — comento Mushu.

Encaro, chocada e aterrorizada, a fera que o cavalariço está trazendo para mim. É um cavalo preto enorme que parece ter um gênio bem ruim. Eu nem tinha noção de que cavalos podiam ter cara de poucos amigos, mas este aqui com certeza tem. Ou talvez eu só esteja nervosa pra caramba sobre andar a cavalo, e este aqui pareça mais gigantesco do que um cavalo comum.

— Somente a melhor égua para Zhou, a campeã de montaria — anuncia titio Hong, todo orgulhoso.

O resto da família Li assente com aprovação, sorrindo à visão do cavalo bufando.

— Hã... — começo a dizer, depois paro quando Mushu puxa meu braço.

— Posso falar com você rapidinho? — pergunta ela.

Eu me permito ser puxada a alguma distância antes de dar meia-volta e encarar minha prima.

— Não posso montar naquela coisa. Ela vai me matar. Serei jogada longe, e aí ou vou quebrar todos os ossos do corpo, ou ela vai... ah, eu sei o que ela vai fazer... vai pisotear minha cabeça até deixá-la em pedacinhos.

Mushu me encara.

— Tá, primeiro de tudo, isso é bem horripilante. Sua mente vai para lugares bem sombrios, prima. Em segundo lugar, você tem que montar essa égua. Porque, hã, não sei se você se lembra, mas mencionei para eles que você era uma hipista campeã. Eu meio que, talvez, hã, tipo, insisti nesse fato.

— Que fato? — solto, me empenhando muito para não estourar com ela. — O fato de que nunca andei a cavalo na minha vida?

— Não é verdade. Você mesma disse, passeios de pônei na Disneylândia. É a mesma coisa — argumenta Mushu, apesar de, ao olhar de esguelha outra vez para a fera, ela mesma parecer um tanto hesitante. — Vamos lá, Mulan, você montou o touro mecânico ontem à noite e foi incrível nele. A ideia é parecida, né?

Eu nem me digno a dar uma resposta a isso. Apenas olho feio para Mushu até ela abaixar a cabeça, culpada. Em seguida, ela levanta a cabeça de novo.

— E você é a fodona que começou uma briga de bar, lembra?

— Pensei que você é que tinha começado.

— Vamos, gente! — chama James.

Eu respiro fundo.

— Porcaria. — Estreito os olhos para minha prima. — Você precisa parar de falar bem de mim.

— Entendido.

Com isso, nós duas nos juntamos ao grupo. Do pouco que sei sobre cavalos, e a maioria aprendi pelo TikTok, entendo que são criaturas sensíveis e altamente inteligentes e que eu faria bem em tratá-los com o mais absoluto respeito. Assim, quando chego a uma distância de menos de um braço da égua, paro e digo em um tom gentil:

— Olá, coisa linda. Qual é o seu nome?

— Essa é a Rebatedora — responde titio Hong. Ele está segurando as rédeas do próprio cavalo, um bicho de aparência dócil com cor de areia.

— Rebatedora? — repito, incrédula. Eu me seguro. Deus, com a minha ressaca e a ansiedade me esmagando em ondas, é quase impossível sustentar a persona de Zhou-Mulan Rancheira. — Certo, legal. Oi, Rebatedora.

A égua resfolega e eu preciso me segurar para não dar um passo para trás. Engolindo em seco, levanto a mão devagar, me certificando de que ela possa vê-la.

— Posso tocar em você, Rebatedora?

Obviamente, ela não responde, mas inclina a cabeça para minha mão, o que entendo como um convite para lhe fazer carinho. No momento que a palma de minha mão encontra o pescoço dela, a tensão em meus ombros some. Rebatedora é quente, o pelo é macio, mas por baixo disso ela é puro músculo. Tocá-la é um privilégio, e eu a afago com delicadeza. Não consigo descrever a sensação, mas confio nesta criatura. E o modo como Rebatedora se apoia em mim deixa claro que ela também confia em mim.

Será que pode ser fácil assim? Que nós duas por acaso temos essa conexão cuja chance de acontecer é uma em uma milhão, sobre a qual a gente só lê nas histórias?

A resposta, obviamente, é: não.

Rebatedora não decidiu me matar ali, naquele momento, o que é um alívio, mas também não resolveu deixar que eu a monte. Assim que subo — ou melhor, tento subir —, ela se vira, deixando seu traseiro na minha cara.

— Vamos lá, Rebatedora — resmungo, dando a volta para a lateral dela. — Por favor, colabore.

Ao meu redor, todos os outros já subiram em suas montarias. Até Mushu está alegremente sentada em cima de um cavalo castanho-escuro e perguntando ao cavalariço se o cavalo dela obedece à ordem "Eia, eia".

Dou um puxão de leve nas rédeas da égua, não o suficiente para virar a cabeça dela nem nada assim, só para chamar sua atenção.

— Escuta aqui, Rebatedora, não estou boa hoje. Estou meio que na pior, e preciso muito que tudo simplesmente dê certo, sabe? Ainda mais na frente dele. — Aceno com o queixo para Shang, que montou em seu cavalo com uma graça fluida e parece régio feito um príncipe. Rebatedora exala, e eu juro que a égua me entendeu e está dizendo: *Tá bom, mulher.*

Dessa vez, ela me permite subir. Há meio segundo de alívio — estou aqui em cima! — antes que eu olhe para baixo e o pânico arranhe minha garganta. Estou aqui em cima. Estou bem, bem em cima. Isso aqui é bem alto... esta é uma altura normal para se estar quando montada a cavalo? O chão parece a seis metros de distância. Rebatedora se move adiante e meu torso oscila para trás com o impulso. Nem comecei a trotar ainda, ou — Deus me livre — a galopar.

— Não vá depressa, não vá depressa — sussurro. Estou segurando as rédeas com tanta força que os nós dos dedos estão brancos.

— Todo mundo pronto? — pergunta titio Hong.

Não, guincha minha mente. Todos os outros gritam e aplaudem. Shang olha para mim, as sobrancelhas levantadas. Consigo dar um sorrisinho. Titio Hong levanta as rédeas, empolgado, e seu cavalo pega a trilha a trote. Todo mundo o segue. Todo mundo, digo, exceto por Rebatedora. Porque é claro que ela não seguiria.

— Vamos lá, meu bem — tento persuadi-la.

Tento me lembrar dos conselhos que li online sobre como fazer o cavalo andar. Aperto as coxas em torno de Rebatedora e sinto o animal ganhar vida com um tremor. Em seguida, como magia, a égua começa a caminhar. A dar uma corridinha. A trotar?

— Rápido demais, rápido demais — exclamo, puxando as rédeas para trás, e Rebatedora diminui o ritmo. — Certo. Está tudo bem. Está ótimo.

Minha boca está um deserto e, embora só tenha andado a cavalo por cerca de vinte segundos, meu traseiro está cansado e as mãos estão com câimbra.

Muito, muito mais tarde, desejo que minha bunda estivesse cansada em vez de seja lá o que está agora — oscilando entre dormente e dolorida. Meus pés não estão apenas me torturando, estão me esquartejando. E minhas mãos com certeza não estão bem. Eu as abro e estico, mas as rédeas se sacodem e, por instinto, meus dedos se fecham de novo, formando garras em torno delas. Os outros estão a alguma distância na minha frente. Várias vezes, Rebatedora começou a acelerar o passo, e meu coração quase saltava pela boca enquanto eu logo puxava as rédeas para desacelerá-la. Como resultado, fiquei bem para trás e, de fato, perdi completamente de vista o grupo. No entanto, desde que eu siga a trilha, vou chegar ao local do acampamento. Certo?

— Certo — digo em voz alta.

— O que está certo? — pergunta alguém, e eu levanto a cabeça para encontrar Shang vindo em minha direção.

Por dentro, eu praguejo, mas, apesar de tudo, também fico muito feliz em vê-lo.

— Oi — falo quando ele para ao meu lado. — Que coincidência te ver por aqui.

Shang sorri, e me dou conta da facilidade com que os sorrisos dele surgem agora, comparado a apenas dois dias atrás. E tenho que admitir que não odeio isso.

— Como estão as coisas?

— Ah, sabe como é, pegando leve, tipo, me conectando com a minha garota Rebatedora aqui.

— Legal. Te incomoda se eu te acompanhar?

— Não quer galopar com o vento lá na frente?

Shang ri.

— Juro que você acha que eu sou o cara das nossas propagandas. É o cabelo comprido, né?

— É por aí. — Não consigo entender direito o que aconteceu para revelar este Shang, pateta e descontraído e provocador. É uma mudança enorme do Shang que vi na primeira vez, todo reservado e rígido. — Mas sério, de verdade, não vai ser chato andar no meu ritmo?

Ele dá de ombros, franzindo os lábios.

— A Nuvem aqui ficou com uma pedra presa na ferradura e eu levei um tempo para conseguir tirar. O resto seguiu em frente, então eu estava ficando meio solitário.

— Ah. Então sim, claro, eu ficaria feliz em ter companhia — respondo.

Assim que digo isso, meio que me pergunto se fui ávida demais. Mas aí me dou conta de que não me importo; de algum jeito, ao longo dos últimos dois dias, nós dois chegamos a uma camaradagem confortável, quase como se fôssemos amigos em vez dessa relação de negócios esquisita com que começamos. Sinto minha própria máscara caindo e, pela primeira vez, não me importo o bastante para colocá-la de volta. E, de qualquer forma, não faz mal cavalgar com Shang, ainda mais considerando o quanto fica lindo sobre seu cavalo. Ele pode brincar sobre parecer com o cara das propagandas da Wutai Gold, mas não está muito longe disso, com aquele peito musculoso e os braços bem torneados e aquelas coxas que obviamente nunca pularam um dia de treino de perna na academia. E a forma como conduz a montaria com tanta facilidade, movendo os braços com uma elegância casual... não consigo me lembrar da última vez que me senti tão atraída por alguém.

— Então, hã, aquele negócio todo sobre ser campeã de hipismo... — diz Shang. Sua voz vai sumindo e ele me dá um olhar de soslaio cheio de significado.

Um milhão de desculpas passam pela minha cabeça e estou prestes a inventar alguma história sobre uma experiência traumática durante uma competição, mas quando abro a boca, o que sai é:

— É, aquilo pode ter sido um leve exagero.

Ele ri.

— Certo. Ainda assim, fiquei impressionado que a Rebatedora tenha sequer permitido que você montasse. James está tentando cavalgar nela há meses, e ela ainda vira a traseira para ele.

Irrompo em um sorriso enorme.

— Verdade? Eu adoraria ver isso.

— É, ele fica ameaçando mandar ela para uma fábrica de cola.

Reviro os olhos.

— Parece algo que o seu primo diria. — Dou tapinhas afetuosos na égua. — Não se preocupe, Rebatedora. James só late, não morde. Você é excelente em avaliar as pessoas.

— É, a maioria dos cavalos é assim. Mas por que você mentiu sobre ser uma campeã de hipismo?

— Ah. — Mordo o lábio, me perguntando quão honesta eu deveria ser com ele. Estou tão cansada de fingir, e Shang parece ser a única pessoa com quem posso ser sincera, o que é irônico, já que é o único com quem eu não deveria ser. Porém, de alguma forma, sinto que ele aceitaria bem a verdade, e depois de dias interpretando um papel, tudo o que quero é arrancar minha máscara, nem que seja só uma partezinha, e deixar um fiapo de verdade escapar. Assim, digo: — Parecia o tipo de coisa que a sua família apreciaria em um sócio.

— Ah.

Shang franze a testa e não fala por algum tempo. Minha mente está girando, imaginando se falei a coisa errada.

— Não quis dizer... — começo.

— Você tem razão — interrompe Shang. — É o tipo de coisa de que eles gostam. Meus titios e minhas titias têm toda essa imagem do homem americano que é basicamente o Homem de Marlboro. Sabe como é, o caubói estoico que é forte e faz coisas como cavalgar até o pôr do sol e caçar a própria comida e ama uísque e armas.

Assinto lentamente com a cabeça.

— Logo que se mudaram da China para cá, eram vistos como forasteiros e párias, e na época havia comerciais da Marlboro para todo lado. E eu acho que eles sentiram que, para poder se encaixar, tinham que se tornar o Homem de Marlboro.

— É por isso que têm essa atitude ressentida de hipermasculinidade?

— É. Ainda mais com a mídia fazendo tudo o que podia para emascular homens asiáticos, acho que meus titios sentem que precisam ser o extremo oposto: o macho alfa mais tóxico que conseguem. Quer dizer, não estou contando tudo isso a você para fazer pouco caso do comportamento deles, eu só...

— Eu entendo.

E entendo mesmo. Apesar de a representação das pessoas asiáticas na mídia ter melhorado com os anos, não sou tão jovem a ponto de não me lembrar dos personagens estereotipados que atores asiáticos foram com frequência forçados a interpretar. De como os atores ficavam presos no papel ofensivo de "china" com a voz em falsete e as travessuras bobas, e enquanto isso as atrizes asiáticas recebiam papéis hipersexualizados com falas horríveis e desumanizantes que as faziam soar mais como robôs sexuais do que com seres humanos.

— Como seus pais lidaram com isso quando se mudaram para cá? — pergunta Shang.

Pondero por um tempo.

— Toda a filosofia de vida deles é *Mantenha a cabeça baixa e não arrume confusão*. Então, acho que qualquer abuso que tenha acontecido, eles simplesmente abaixaram a cabeça e seguiram a vida.

Minhas palavras pesam no peito enquanto as digo. Penso em Baba e Mama quando tinham minha idade, jovens e vibrantes, morando em um lugar novo onde não eram necessariamente bem-vindos e dizendo a si mesmos que precisavam se encolher, ocupar menos espaço, para que ninguém fizesse escândalo por causa de sua presença.

— É, conheço essa mentalidade. Os pais de diversos amigos meus são assim também. Acho que nossas famílias meio que foram aos dois extremos, não é?

Assinto com a cabeça.

— Hã, para ser sincero, eu tinha uma segunda intenção ao vir falar com você — conta Shang.

— Ah, é?

— Queria pedir desculpas.

— Ah, é? — repito. Que motivo ele teria para se desculpar? Esse tempo todo, sou eu que o estou enganando.

— Aquele dia no Little Chang's — prossegue Shang —, detestei como meu titio disse que é serviço de mulher servir a comida. No que diz respeito à minha família, eu me acostumei a morder a língua e manter a cabeça baixa, mas deveria ter me manifestado naquele dia. Me desculpe.

Chamas sobem pelas laterais do meu rosto.

— Tudo bem, não é... — Assim que digo isso, claro, me dou conta de que, na verdade, aprecio o pedido de desculpas, e a única razão para eu o estar dispensando é porque me acostumei a pensar que não mereço esse tipo de coisa. Mas mereço, sim. E assim, respiro fundo e falo apenas: — Obrigada. Isso significa muito para mim.

— Vou me sair melhor da próxima vez — promete Shang.

Mordo o lábio, incerta sobre o que dizer, mas há um calor se espalhando a partir da minha barriga e irradiando pelos braços, e me sinto tão incrivelmente segura neste momento... como se pudesse abaixar minhas defesas. Quando foi a última vez que me senti assim? Mesmo com Mushu, sempre senti uma leve distância, uma divisão por sermos pessoas tão diferentes, com valores tão diferentes na vida. Deus, o que é que estou pensando? Shang faz parte do clã da Wutai Gold, uma empresa que estou ativamente tentando adquirir, então eu, com certeza, não posso abaixar minhas defesas perto dele. Sem mencionar que não faço ideia do que vai acontecer se de fato comprarmos o negócio. Por que fui tão tola a ponto de pensar que essa farsa era uma boa ideia? Ah, sim, presumi que, depois que eu cuidasse da aquisição, poderia entregar a conta de volta ao meu pai e lavar minhas mãos. Agora, porém, esse pensamento parece risível, ainda mais considerando quanto tempo estou passando com os Li. *Não somente com os Li*, sussurra minha mente, *mas com um Li muito específico*. Uma percepção horrível começa a me ocorrer. Em algum momento, talvez eu tenha que contar a verdade para Shang. Essa ideia é tão horrenda que a empurro lá para o fundo, bem fundo, assim que ela surge. Dou uma sacudidela em mim mesma e forço um sorriso polido, mas não digo mais nada.

Com Shang cavalgando ao meu lado, parece que ele e sua montaria impuseram um ritmo constante e Rebatedora não está mais tentando ir depressa demais ou devagar demais. Afrouxo um pouco os dedos nas rédeas, fazendo uma careta enquanto estico as mãos.

Pela próxima hora mais ou menos, passamos a viagem relaxados, conversando sobre tudo, desde nossas famílias até passatempos (os meus: *spinning* e pintura; os dele: qualquer coisa relacionada a cozinhar). De vez em quando, recaímos em um silêncio confortável, e é como se nos conhecêssemos há anos, em vez de apenas dias. Mais uma vez, não estou pensando: *O que Baba diria?* ou *O que eu deveria dizer nessa situação?*. Minha boca forma palavras sem pedir permissão a meu cérebro, e a sensação é estonteante, como fogos de artifício disparando dentro de mim.

Estamos atravessando o que parece uma floresta encantada, completa com trilhas sinuosas e sequoias altas e majestosas, com a luz do sol descendo entre as folhas para formar manchas douradas. O ar cintila frio e refrescante, e acima de nós há vários pássaros canoros e insetos trinando. É o lugar mais belo que me lembro de já ter visto, e não consigo me cansar dele. Pela primeira vez em anos, sinto que posso realmente deixar tudo, todas as preocupações mesquinhas e toda a bobagem do mundo financeiro, para trás. Por ter que me concentrar tanto em não cair de Rebatedora, entro em um estado quase meditativo, no qual minha mente é forçada a não retornar para os problemas cotidianos do mundo real.

Estou me sentindo excepcionalmente otimista e feliz quando Shang freia o cavalo. Faço o mesmo, puxando as rédeas da égua para trás.

— O que foi? — pergunto.

Ele indica um ponto distante, onde dá para ver um rio. A luz reflete na superfície como um milhão de diamantes, e a vista é tão bonita que suspiro de admiração.

— Tão lindo! É lá que montamos acampamento? Junto do rio? — pergunto.

— Hã, mais ou menos. O acampamento fica do outro lado.

— Ah, tá bom. — Não sei por que ele parece tão apreensivo. — A ponte não é segura, ou coisa assim? Você parece meio preocupado.

— Hã... é mais, tipo... não tem ponte — responde Shang.

Eu pisco.

— Não tem ponte. — Estreito os olhos. — Eu não... Então como é que a gente atravessa?

— Temos que entrar na água e cavalgar até o outro lado.

Solto uma risada.

— Muito engraçado.

A expressão de Shang não muda.

Todas as emoções agradáveis e tranquilas que eu vinha experimentando evaporam.

— Merda, você não tá brincando.

— Não.

Olho para ele, depois para o rio, depois para Shang.

— Tem pessoas que literalmente se afogam em piscinas infantis.

— Você sabe nadar?

— Sei.

— Então provavelmente vai ficar bem.

Provavelmente vou ficar bem? Mas aí penso melhor e não questiono. Afinal, estou aqui para causar uma boa impressão nele e na família dele, e só porque nos conectamos um pouco não quer dizer que Shang não vá se desinteressar se eu fracassar nessa tarefa específica. Por mais que odeie isso, está na hora de voltar a me perguntar *O que Baba faria?*. Lutando contra todos os instintos de sobrevivência dentro de mim que estão gritando *nããão*, eu forço um sorriso confiante e respondo:

— Certo, ótimo.

Cavalgamos até a margem. De perto, a água parece bem mais rápida e funda do que parecia à distância. Não acredito que apenas alguns momentos atrás eu estava admirando o quanto esse rio é bonito. Agora, parece tudo, menos bonito. Um adjetivo melhor seria *feroz* ou, melhor ainda, *mortal*.

Shang desmonta do cavalo e dá a volta até o meu. Por um segundo, me pergunto se está prestes a me dizer que era uma piada, no final das contas, e que é claro que há uma ponte; em vez disso, ele pega as rédeas de sua montaria e as prende às de Rebatedora.

— Pronto, tudo o que você precisa fazer é me seguir.

— Ótimo — consigo dizer.

Eu inspiro. Consigo fazer isso. Não sou o tipo de pessoa que se esquiva de coisas desse tipo. Estou aqui porque mergulhei de cabeça nesta situação, assumindo a identidade de meu pai, e preciso ir até o fim. Não se pode ter bravura se não houver medo antes.

— Pronta? — pergunta Shang, assim que volta a subir em Nuvem.

— Tô.

Shang sinaliza para o cavalo começar a ir em frente e eles descem lentamente rio adentro. Eu encorajo Rebatedora a seguir em frente, mas não há necessidade, já que as rédeas entre os dois cavalos a puxam, e nós nos dirigimos para a água. Ao contrário de mim, a égua parece não ter medo algum, trotando bem feliz. Em instantes, minhas pernas estão submersas na água gelada do rio. É um frio tão penetrante que meu fôlego me escapa em um arquejo.

— Refrescante, né? — fala Shang por cima do ombro.

— É, sim — consigo responder.

Eu me forço a respirar fundo e segurar por alguns segundos antes de soltar o ar. Pelo menos essa parece ser a maior profundidade do rio... só que não: quando nos aproximamos do meio, a água sobe até bater nas minhas coxas. *Isso é normal? E se este foi um ano excepcionalmente úmido e a linha d'água estiver mais funda do que Shang esperava e nós formos levados e...*

Para minha surpresa total, porém, a despeito de todos os pensamentos girando e gritando em minha mente, parte de mim está se divertindo. Não consigo me lembrar da última vez que me senti tão viva. Cada parte minha está presente neste momento. Em meu dia a dia, passo muito do meu tempo fitando a tela do computador e, quando não estou fazendo isso, estou desempenhando um papel, seja o de Mulan Bróder Financista ou o de Mulan Filha Diligente, para poder sobreviver. Agora, contudo, nada em mim está distraído. Todos os meus sentidos estão concentrados neste ponto exato do tempo, quando estou atravessando um rio de verdade a cavalo, com água espantosamente fria rodopiando ao meu redor. Olho para o céu azul infinito e solto uma risada.

Shang olha para mim e sorri, como se soubesse exatamente o que está passando pela minha cabeça. Há tanta compreensão entre nós. Então os olhos dele se arregalam e sua boca se abre. Estou para perguntar qual é o problema quando o sinto. As pernas de Rebatedora cedem, pegas na correnteza. Sinto por um momento que estou flutuando, o terror me inundando por todos os lados. Pelo canto dos olhos, vejo algo azul vívido passar boiando na água, afastando-se de nós. Minha mochila, levada embora com tanta facilidade, sem que eu nem percebesse. Essa visão abre um buraco horrendo no fundo do meu estômago. Nós seremos levadas pelo rio. Vamos nos afogar, e vamos arrastar Shang e o cavalo dele com a gente, e os dois também vão se afogar. Quatro vidas apagadas, fácil assim. O horror é esmagador. E então meus instintos entram em ação e eu aperto Rebatedora e grito:

— Vai! Eia!

Rebatedora escoiceia na água e seus cascos batem nas pedras no leito do rio, nos empurrando para o alto e adiante. A água ainda nos empurra para baixo, mas mais uma vez eu encorajo Rebatedora a continuar.

— Você consegue, meu bem, vamos lá, vamos!

Na minha frente, Shang está fazendo o mesmo, debruçando-se adiante e incentivando seu cavalo a ir mais depressa. De algum jeito, os cascos da égua encontram apoio e eu sinto a gravidade nos pegar enquanto lutamos para subir, passando por mais e mais pedras até alcançarmos águas mais rasas.

Só então solto o fôlego e desabo na sela.

— Bom trabalho, Rebatedora — elogio, e a última palavra sai quase como um soluço. Ela solta um relincho suave, como se soubesse que estou à beira das lágrimas. — Você nos salvou — falo, afagando o flanco dela.

A égua está respirando pesado e sinto uma pontada de culpa. Shang se aproxima às pressas quando saímos do rio e me ajuda a desmontar.

— Você tá bem? — pergunta ele.

— Tô.

Não tô, não. Mal consigo olhar nos olhos dele; em vez disso, me viro para dar um abraço em Rebatedora.

— Você nos salvou, sua coisinha incrível.

Ela vira a cabeça e mordisca minha orelha, me fazendo rir. Uma lágrima desliza por minha bochecha, seguida por outra, e eu as enxugo depressa, não querendo que Shang veja. Preciso me recompor. Preciso colocar a máscara de volta. Porém, quando enfim encontro os olhos dele, Shang parece tão pálido e abalado quanto eu.

— Acho que me borrei — comenta ele, e não consigo evitar: desmorono no chão e rio e choro.

Shang se senta ao meu lado.

— Desculpe, eu deveria... sei lá, ter tomado mais cuidado.

— Choveu muito este ano — digo.

— É. Acho que subestimei quanta chuva teve.

— Acha que os outros chegaram bem? — pergunto. Não quero nem considerar a possibilidade de que não tenham chegado.

— Chegaram — garante Shang, sem hesitar. — Titio Hong e titio Jing estão acostumados a acampar. Sabem mais do que eu sobre os níveis seguros da água e devem ter escolhido outra rota.

Assinto com a cabeça. Embora a última coisa que queira fazer é me levantar, me forço a ficar de pé. Mal posso esperar para chegar ao acampamento e tirar essa roupa molhada — mas é claro que, assim que penso nisso, me lembro com claridade dolorosa da minha mochila sendo levada.

— Minha mochila — gemo.

— É — fala Shang com uma careta. — Aquilo foi muita má sorte. Mas não se preocupe, todos nós vamos dividir nossos suprimentos com você.

Concordo, já sofrendo, revisando mentalmente tudo o que tinha colocado lá dentro. Ainda bem que me disseram para deixar o celular em casa, já que não haveria sinal por aqui. A gente tem que ser grato pelas pequenas vitórias. Montamos de novo nos cavalos e, dessa vez, seguimos em um silêncio exausto.

Quando enfim chegamos no acampamento, o sol está prestes a cair abaixo do horizonte e o ar foi de refrescante para desagradavelmente frio. Todos comemoram quando aparecemos na curva.

— Onde é que vocês dois estavam? — grita James. — Já chegamos há, tipo, uma hora.

— Shang geralmente é o mais veloz entre a gente — comenta Christopher.

Todos eles se reúnem em volta de nós, papeando e sorrindo. Mushu me ajuda a desmontar e titio Jing leva Rebatedora para onde estão os outros cavalos e lhe dá um pouco de comida.

— Uma pedra entrou na ferradura da minha égua — murmura Shang. — E eu errei meu cálculo do rio. Quase fomos arrastados. Zhou perdeu a mochila dela.

Arquejos soam de todos os lados. Titia Jiayi corre até mim e pergunta:

— Zhou, você tá bem?

— Tô, tô sim.

— Seus dentes estão batendo! — exclama ela. — Venha, coloque roupas secas agora mesmo.

— Vou pegar as minhas — oferece Mushu, apressando-se para sua barraca.

Sou cercada por titias tagarelando comigo, preocupadas, e não resisto quando me levam para uma das maiores barracas. De fato, acho a preocupação autoritária delas tranquilizadora. Pela primeira vez hoje, sinto que não tenho que fingir ser valente. Fiz a minha parte, encarei o rio, e agora estou pronta para ser mimada. Mushu volta com roupas limpas e secas, e as titias me entregam uma toalha e esperam do lado de fora para me dar um pouco de privacidade. Retiro as botas horrorosas encharcadas de água com alívio, franzindo o nariz ante o cheiro das meias pingando. Arranco a calça jeans congelante e me envolvo com a toalha. Sem as roupas molhadas horríveis, sinto meu humor melhorar na mesma hora, e vestir as roupas quentes de Mushu é o paraíso.

— Zhou, precisa de ajuda aí? — chama a voz de titia Lulu lá de fora.

— Não, estou bem — respondo, abotoando a camisa.

Saio carregando as roupas molhadas e titia Lulu as tira de minhas mãos.

— Vou secar isso para você — diz ela.

— Ah, hã, obrigada.

— Vem — fala titia Jiayi, passando o braço em torno de meus ombros. — Senta junto do fogo. Ah, coitadinha, você está tão gelada que está tremendo.

Shang está lá fora, montando sua barraca perto das outras. Quando passamos por ele, titia Jiayi estende a mão e puxa a orelha do filho.

— Ai! Ma, o que foi?

— Você deixou essa coitada congelar! — dispara a mulher. — Que tipo de cavaleiro é você? Muito ruim, estou muito decepcionada.

A boca de Shang se abre, mas nenhuma palavra sai. Mordo meu lábio para não cair na risada diante de sua expressão meio perdida, meio ofendida. Acomodo-me na frente da fogueira com um longo suspiro de alívio. É tão quentinho e aconchegante aqui, bem na frente de um fogo crepitante. Estendo as mãos e aproveito o calor percorrendo minhas palmas geladas.

Chacoalhando a cabeça, Shang volta a montar sua barraca.

— Shang, como você perdeu a barraca de Zhou, ela vai usar a sua esta noite — pede titia Jiayi.

Ele faz uma pausa, parecendo prestes a protestar, e então dá de ombros.

— Tudo bem. Acho que vou dividir com você, James.

— Não. Thomas e eu já estamos dividindo.

— Tá bom. — Shang se vira para Christopher. — Posso dividir com você?

— Estamos dividindo — responde Ryan, apontando para o primo com o polegar.

Shang olha ao redor, obviamente fazendo cálculos mentais. O resto do grupo já está separado em pares — os titios e as titias —, deixando apenas Mushu e titia Jiayi.

— Desculpe, minha barraca é pequena demais — fala a mãe dele. — E estou decepcionada com você, Shang. Acho que deveria dormir do lado de fora.

— É — concorda Mushu —, minha barraca só tem espaço para uma mulher, desculpa.

Shang suspira e diz:

— Tá bom.

Ele se vira para terminar de montar a barraca para mim e eu sinto uma pontada de culpa. Apesar de Shang culpar a si mesmo pelo que aconteceu no rio, não posso me forçar a fazer o mesmo. Eu me levanto e vou até ele.

— Precisa de ajuda? — pergunto.

Shang olha para mim rapidamente.

— Claro. Pode pegar o negocinho.

— O negocinho — repito, sem inflexão.

— Sabe, o negócio que vai dentro desse troço.

— Você não fez isso um milhão de vezes?

Shang para de rosquear um dos paus da barraca e levanta a cabeça.

— Fiz. Qual é o seu ponto?

— Bem, eu imaginaria que a essa altura você teria aprendido o nome correto de todas essas peças.

— Ou eu teria aprendido que não preciso aprender os nomes corretos das partes, desde que consiga encaixar tudo direito.

Ele sorri maliciosamente para mim e volta ao trabalho.

— Certo, bom, eu vou pegar o seu negócio. — Estendo a mão, pego um pau aleatório e o entrego para ele. — Aqui o seu negócio.

— Isso pega bem — diz Shang. Seus olhos se iluminam. — Ei, você acabou pegando a coisa certa!

— Sério?

— Não.

É inevitável cair na risada. Ah, não. Esse tempo todo eu pensei que o Shang Profissional era bonito. Mas este Shang, sincero, piadista e sem armadura, é francamente irresistível. Ele sorri, revirando os olhos.

— Que tal assim: você segura esse pau aqui, isso, e eu vou pegar as coisas.

Eu seguro o pau e continuo rosqueando-o no lugar como Shang estava fazendo e, em pouco tempo, a barraca está de pé. Eu a admiro, assombrada.

— Eu ajudei a construir isso.

— Foi.

Abro o zíper na frente e abaixo a cabeça para entrar. É uma barraca espaçosa, com área suficiente para duas pessoas. Shang enfia a cabeça também.

— Gostou?

Hesito apenas por um segundo; afinal, ele foi forçado a ceder essa barraca por minha causa, e tenho praticamente certeza de que dormir ao relento seria imensamente desagradável.

— Hã... sabe, acho que cabemos os dois aqui.

Shang franze a testa, se abaixando e entrando. Ele olha para a área ao redor.

— Sei não...

— Eu não ronco, e me sinto mal com você dormindo lá fora porque minha mochila foi levada pelo rio.

— Se você tem certeza... Mas não se sinta obrigada.

Os olhos dele ardem sobre os meus e sinto um arrepio percorrer minha coluna.

O que é que eu estava pensando? Fiquei tão abalada pelos eventos do dia que, francamente, não estava pensando em nada quando ofereci a barraca, mas, é claro, agora me ocorre que isso quer dizer que vamos dormir juntos, lado a lado. Tudo dentro de mim vira lava e eu engulo em seco, o som alto e claro no espaço fechado. Que versão minha pensou em oferecer dividir o lugar? Mulan Rancheira? Mulan Profissional? Será que meu pai teria dito isso? Uma vozinha dentro de mim sussurra: *Acho que pode ter sido a Mulan Tarada.* Dou um tabefe violento na voz.

— Tenho — consigo responder, depois de uma eternidade. — Desde que você fique do seu lado da barraca.

— Acho que aqui não é grande o bastante para ter "lados" — fala Shang, bem-humorado. — Mas obrigado, vou aceitar a oferta porque vou congelar lá fora. Hum, tem mais uma coisa...

— Pois não? — pergunto, a voz tensa.

— Você não teria um saco de dormir extra em algum lugar, né?

Meu queixo cai. Droga! Nem tinha pensado nisso. *Aff.*

Shang vê a expressão consternada em meu rosto e suspira.

— Foi o que pensei. Tudo bem, o meu é bem grande e podemos abrir o zíper para usá-lo como cobertor e talvez pegar umas toalhas emprestadas para servir de colchonete.

Ele sai da barraca, me deixando sozinha enquanto afundo de joelhos, apertando a ponte do nariz.

O que está acontecendo comigo? Esta manhã, eu teria dito que a coisa mais maluca que já fiz na vida foi entrar em uma briga de bar. Agora, o dia nem terminou ainda e acabei de convidar Shang para dormir comigo. Estremeço em pensar o que mais pode acontecer antes que a noite chegue ao fim.

CAPÍTULO CATORZE

Não existe nada melhor do que comida quentinha depois de um dia inteiro cavalgando. Percebo isso assim que me sento perto da fogueira e titia Jiayi me entrega uma tigela fumegante de lámen. As outras titias reforçaram a refeição com repolho, shiitake, kani e ovos, e é a coisa mais deliciosa que já comi, pelando e apimentado e salgado e *de babar*.

Há mais do que suficiente para todo mundo e o clima é alegre e descontraído enquanto todos nos sentamos em volta da fogueira e saboreamos nosso macarrão. A certa altura, titio Hong abre o cooler e vai passando latas de cerveja para todos. Alternar entre a sopa fervendo e a cerveja gelada é como estar no paraíso. Até James deixa de me aborrecer com suas piadinhas irritantes.

— À família — diz titio Hong, levantando a lata de cerveja.

— À família! — repetimos em coro, e encontro o olhar de Shang e sinto um calor que não tem nada a ver com a comida quente ou com o álcool descendo para as profundezas de meu estômago.

— Garotas, vocês nos impressionaram nesta viagem — comenta titio Hong.

— Obrigada, vocês também impressionaram a gente — responde Mushu.

Todos riem.

— Ah, mas é sério — prossegue o homem. — Para falar a verdade, antes desta viagem, eu pensava que vocês definitivamente não seriam capazes de se virar por aqui. Duas moças da cidade vindo aqui para esse fim de mundo? Rá!

Ele sorri para mim.

— Mas vocês levaram tudo na esportiva. A Zhou e Mushu!

A menção ao nome de Baba deixa a cerveja amarga em minha boca, mas a engulo com um sorriso mesmo assim.

— Obrigada — digo. — Tem sido mesmo um prazer estar aqui com todos vocês, apreciando seu lindo rancho e a destilaria. Vejo o amor e o cuidado que vocês colocaram em cada parte deste lugar, e admiro muito, de verdade.

Titio Hong sorri e assente para os outros titios, que copiam o gesto sabiamente em resposta. Parece que há uma conversa implícita entre os irmãos, e tenho a sensação de que, contrariando todas as expectativas, eu passei no teste. Os primos também parecem satisfeitos. Todos exceto James, que olha carrancudo para mim, mas ele tem sido tamanha pedra no meu sapato que, francamente, a ideia de irritá-lo me delicia.

— É, eu gosto de você, Zhou — conta titia Jiayi. — Acho que dará muitas boas ideias para a empresa.

— Mas ainda teremos o controle criativo — declara titio Hong.

— Com certeza — garanto. — Nossa companhia acredita em trabalhar bem de perto junto com nossos sócios, ainda mais no que diz respeito a decisões criativas.

James funga.

— Isso parece baboseira corporativa para *Vocês não têm poder de decisão em nada, trouxas.*

— De forma alguma — falo, com um sorriso paciente. Já vi meu pai reconfortar clientes relutantes vezes suficientes para saber exatamente o que ele diria nessa situação. — Uma empresa que não está feliz não será lucrativa por muito tempo, então levamos a satisfação muito a sério.

— Ah, muito bom — elogia titio Hong. — Sabe, ao longo dos anos, recebemos muitas ofertas para comprar nosso negócio. Mas esta é a primeira vez que consideramos seriamente a venda, porque acho que é importante se dar bem com seja lá quem comprar. Eu gosto de você, Zhou. A um futuro brilhante!

Ele ergue a lata de cerveja e todo mundo, menos James, estende o braço e bate as latas em um brinde. Eu me esforço ao máximo para ignorar a culpa e a ansiedade se revirando em minhas entranhas ao pensar em um *futuro brilhante*. Pela centésima vez, me xingo por ter tido a ideia idiota de levá-los a pensar que sou Zhou. Nunca mais poderei encarar os Li depois que o acordo for fechado.

Assim que terminamos o lámen, alguém traz a sobremesa — crocantes de flocos de arroz chineses: em vez de marshmallow derretido para juntar tudo, eles usaram xarope de maltose e acrescentaram gergelim torrado para dar um sabor encorpado e amendoado. Como dois pedaços grandes antes de sentir que meu estômago está a ponto de estourar, daí relaxo com uma caneca de chá com leite quente. Há uma confortável calmaria na conversa enquanto todos caem num coma pós-refeição e, durante algum tempo, os únicos sons no ar são o crepitar da fogueira e o piado ocasional de algum bicho ao longe na mata. Quando olho para o céu, me perco nas milhares de estrelas. Há tantas delas, e cada uma brilhando tanto, que elas formam um rio. Não consigo lembrar da última vez que me senti tão em paz.

— Quando começarmos a trabalhar juntos — fala titia Jiayi —, quero dizer, se formos em frente com isso, adoraria te contar algumas das minhas ideias, Zhou.

Fico animada.

— Eu adoraria...

— Pah, que ideias você tem para a marca Wutai? — dispara titio Hong. — Deixe os profissionais cuidarem disso.

Meu estômago se revira. *O que Baba...* Mas aí me dou conta de que, na verdade, não ligo para o que meu pai poderia dizer nesta situação. Minha boca se abre e as palavras saem antes que eu possa contê-las.

— Na verdade, titia Jiayi, adoraria ouvir qualquer ideia que a senhora tenha. Algumas das melhores ideias que recebemos vieram das fontes mais inesperadas.

Sorrio calorosamente para a mulher, que assente para mim em gratidão.

— Bem, isso vai ser um desastre — resmunga James, alto o bastante apenas para eu ouvir.

Eu me viro para ele e lhe lanço um sorriso tão doce quanto arsênico.

— Também adoraria ouvir qualquer ideia que você tenha, James.

Pelo canto do olho, noto Shang tossindo. Parece muito que ele está tentando esconder o sorriso.

— Uuuh — diz titia Chuang —, será que estou vendo um sinal de romance entre você e James?

Eu a encaro, boquiaberta. Será que ela poderia estar mais perdida?

— James, ela falou que adoraria ouvir qualquer ideia que você tenha — prossegue a mulher, empolgada. — Quando uma garota diz isso, significa que...

— Significa que adoraria ouvir qualquer ideia que *qualquer um* aqui tenha — interrompo. Pronto. Isso deve resolver.

Por sorte, a conversa passa para outros assuntos, e eu assinto com a cabeça para titia Jiayi, que olha para mim com uma expressão curiosa. Pela primeira vez, me flagro pensando sobre o passado dela. Sei, por meio de Shang, que seu marido faleceu e me pergunto como isso afetou sua vida. Está óbvio para mim que titia Jiayi é uma mina de ouro de boas ideias, especialmente porque ela é observadora, como eu. Não é espalhafatosa como os irmãos. Prefere ficar nos bastidores, e eu adoraria saber o que é que titia Jiayi observou e a quais conclusões chegou.

Depois de um tempo, titio Hong se levanta, espreguiçando-se e bocejando. Os outros vão logo atrás, bocejando alto e distribuindo boas-noites. Até Mushu sai, dizendo a quem quiser ouvir que é preciso nove horas de sono para acordar com a aparência fabulosa dela.

Sem querer deixar o conforto da fogueira e ainda perdida no mar de estrelas, fico onde estou, dando boa-noite aos outros. Da próxima vez que tiro os olhos do céu noturno, descubro que só Shang continua aqui, me assistindo com uma expressão tão suave e cheia de ternura que meu coração, que seguia um ritmo estável até alguns momentos antes, de súbito começa a bater contra as costelas.

— Oi — digo. — Desculpe, você estava me esperando para ir para a, hã... — Eu hesito. Estava prestes a dizer *cama* quando me ocorre o quanto isso soa íntimo. — Hã, para a barraca? — falo por fim.

— É, mais ou menos isso. Digo, é um espaço pequeno e eu queria garantir que, hã, que tudo está bem antes de... sabe.

Um calor sobe em minhas bochechas e não tem nada a ver com a fogueira. Mas também estou me dando conta de que Shang está nervoso e ter noção disso me faz morder o lábio de alegria. Parte de mim quer enterrar o rosto em um travesseiro e gritar. Claramente, é a parte que fracassou em sair da puberdade.

— Certo, é verdade. Claro.

Eu me levanto e meu pé bate na minha caneca pela metade. O chá se derrama no chão.

— Ops.

Apanho a xícara e noto que minha mão está tremendo de leve.

Shang não parece reparar, caminhando rumo à nossa barraca com as mãos nos bolsos. Porém, assim que estamos lá dentro, ele se vira para mim e diz:

— Zhou, só quero que você saiba que...

— Sim?

Estamos tão próximos, tão dolorosamente próximos um do outro neste momento... Tão perto que consigo ouvir o roçar da manga do suéter dele contra seu torso, consigo ouvir cada respiração dele. Meus batimentos cardíacos soam tão claros quanto um tambor.

— Eu, hã... não vou tentar nenhuma gracinha esta noite — esclarece Shang.

Ele parece tão solene, tão sincero, que solto uma risada abafada. E então, antes que eu perceba, já estou dobrada ao meio, me acabando de rir.

— O quê? — pergunta Shang, parecendo perplexo.

— Desculpe. Foi só que... Você pareceu tão sincero.

— Porque eu estava sendo sincero. Isso é ruim?

Só posso chacoalhar a cabeça enquanto me curvo, tentando conter as risadinhas.

— Não — respondo finalmente. — Não é ruim. Obrigada pela garantia. Eu não estava preocupada com isso, só para constar.

— Tá, ótimo. — Shang se ajoelha e abre o zíper de sua mochila. Ele tira de lá uma bolsinha e pausa. — Hum, só tenho uma escova de dentes.

— Ah, não! Vamos ter que dividir?

— Pode ficar com ela. É nova. — Ele a entrega para mim.

Eu fito a escova.

— Mas daí vou ter que lidar com você de mau hálito a noite inteira. Pode ficar.

— Bem, não quero passar o resto da noite sentindo seu bafo.

Estreitamos os olhos um para o outro, e então eu decido:

— Vou usar minhas roupas molhadas como escova. Só me dê um pouco de pasta e vai ficar tudo bem.

— Hum. Eu nunca teria pensado nisso. Foi bem esperto.

— Não sou só um rostinho bonito, tá? — digo, brincando.

— Não, não é.

Algo na voz de Shang me dá um aperto no peito, como acontece com frequência quando ele está por perto.

Minha nuca se arrepia e tenho que me forçar a não olhar para ele enquanto pego a pasta de dente e saio da barraca. Lá fora, encontro minhas roupas penduradas em um varal e apanho a camisa xadrez. Vou até o local que estamos usando como lavatório, coloco um pouco de pasta em um canto da camisa e começo a escovar, ou melhor, a limpar meus dentes. É um processo desajeitado, mas minha boca fica com uma sensação consideravelmente mais limpa depois, então considero isso uma vitória. Shang está ao meu lado, escovando os dentes enquanto olha para mim.

Quando ambos terminamos, voltamos para a barraca em silêncio. Ele pega outro suéter e uma calça de sua bolsa e os entrega para mim.

— Pode usar esses.

— E você?

— Vou dormir com a roupa que estou vestindo, feito macho.

Reviro os olhos. Estou cansada demais para discutir e, além disso, não gosto da ideia de dormir de jeans. Depois do dia que tive, mereço um suéter macio e uma calça de moletom fofinho, droga. Shang deixa a barraca para me dar privacidade e eu rapidamente visto suas roupas. Como era de se esperar, são muito mais confortáveis do que as de Mushu, mas também são tão grandes que o suéter chega quase nos meus joelhos, e tenho que dobrar as barras da calça para não tropeçar nelas.

— Tô pronta — aviso a Shang.

Ele volta e pausa, os olhos se arregalando quando me vê.

— Que foi? — questiono.

Shang pigarreia e desvia o olhar abruptamente, fechando o zíper da entrada.

— Nada. Hã, hora de ir dormir?

— É.

Agora que a barraca está fechada, o ar parece parado por completo, todos os sons que fazemos dolorosamente claros. O perfume de Shang me envolve. Ele tem um cheiro tão bom... um calor sutil que me dá vontade de me aninhar junto dele e desaparecer.

Subo na "cama", que não passa de um par de toalhas espalhadas sobre o piso. Certifico-me de deitar o mais próximo possível da borda para dar mais espaço a Shang. Estou ciente demais da presença dele, dominando o espaço pequeno.

— Você não precisa, tipo, quase sair da barraca — comenta Shang.

— Estou tentando mostrar consideração.

Shang parece estar tentando conter um sorriso.

— Obrigado, realmente, isso é muita consideração.

Ele se deita na toalha ao meu lado e se posiciona de barriga para cima, um braço curvado atrás da cabeça e o outro por cima do tronco.

Também me deito de barriga para cima e ambos ficamos encarando o teto da barraca. O silêncio se estende entre nós e não é algo tão desconfortável assim.

— Hã... — digo.

Ao mesmo tempo, Shang fala:

— Então...

Os dois param.

— Você primeiro — pedimos ao mesmo tempo.

Solto uma risada. Shang vira a cabeça para mim e eu faço o mesmo. Sob a luz do lampião, os cílios dele lançam sombras compridas sobre as bochechas. Ele está tão perto de mim que chega a me doer.

— Então, isso é esquisito, né? — comento.

— É — concorda ele, rindo. — Apenas alguns dias atrás, éramos desconhecidos, e você era só uma bróder financista tentando tomar conta da empresa da minha família para, quem sabe, desmanchar tudo e vender as partes.

— O quê? — Eu me levanto sobre um cotovelo. — Eu nunca...

— Estou só brincando — responde Shang, sorrindo.

Estreito os olhos para ele e volto a me deitar, ainda olhando feio.

— Mas para ser honesto com você, eu meio que estava com medo disso — prossegue Shang. — Você ouve falar dessas coisas acontecendo o tempo todo, e com o nosso histórico de vendas, sei que nosso valor real está nos componentes, não na marca.

— Isso não é verdade — retruco. — Eu gosto da sua marca.

Shang levanta uma sobrancelha.

— Tá, acho que ela tem muito potencial.

Shang exibe um sorriso que eu gostaria muito de apagar. Possivelmente com a minha boca. *Eca, por que diabos pensei isso? Para com isso, cérebro. Cérebro malvado.*

— Nas mãos certas, a sua marca poderia se tornar muito... — Sou só eu, ou cada palavra saindo da minha boca está soando mais sugestiva que a outra? — Hã, lucrativa.

— Interessante — responde Shang. Agora é a vez dele de se levantar sobre um cotovelo.

Tento ignorar o jeito como minha pressão sanguínea faz parecer que a minha cabeça está prestes a explodir quando Shang olha para mim.

— E o que as mãos certas vão fazer com a nossa marca?

Droga, agora tudo o que sai da boca *dele* soa sugestivo. Mentalmente, me dou uma sacudida para tentar tirar os pensamentos sujos da mente. O que é que eu sou, uma menina de quinze anos com os hormônios à flor da pele?

— Hum, muitas coisas — digo, lutando para manter a voz calma. Eu me apoio sobre o cotovelo de novo para ficar no nível dos olhos dele. — Mas não posso te contar, porque ainda não somos parceiros, e isso seria informação confidencial.

É claro, agora que estou olhando diretamente para ele, me ocorre de novo o quanto estamos próximos. Meros centímetros nos separam. Consigo enxergar cada cílio, a textura lisa de sua pele, e o jeito como as narinas dilatam de leve enquanto ele me encara.

— Humm.

O olhar de Shang vai de meus olhos para minha boca, e resisto ao impulso de morder o lábio. Abro a boca muito de leve, e fico deliciada ao ouvi-lo puxar o ar de súbito. Que bom, não sou a única cuja mente está na sarjeta hoje.

Um momento se passa, durante o qual imagino colocar o braço em torno do pescoço dele e puxá-lo para perto. Mas então Shang de repente se vira e torna a se deitar. Sentindo-me boba, também me ajeito sobre a toalha e ambos voltamos a encarar o topo da barraca. Dessa vez, contudo, o silêncio é carregado e nem um pouco tranquilo ou confortável. O pouco espaço que há entre nós parece eletrizado, e tenho certeza de que se nossos cotovelos se tocassem, mesmo que só um pouquinho, eu entraria em combustão espontânea.

Shang se move e eu paro de respirar. Ele estende o braço acima da cabeça, pausa e pergunta:

— Posso apagar a luz?

A decepção me domina. Talvez eu tenha errado os cálculos, no fim das contas. Minha voz escapa em um sussurro rouco.

— Pode ser.

Ele apaga o lampião e a escuridão inunda o local, tão absoluta e tão depressa que fico um pouco chocada. Nunca conheci um breu assim; lá em casa, estou acostumada a uma cidade que nunca adormece por completo. Sempre há fragmentos de luz vindo das ruas lá embaixo, se esgueirando por minhas cortinas, e ruídos de carros passando. Mas agora há um silêncio completo e uma escuridão absoluta, e na ausência da luz, percebo outros sentidos despertando.

Minha audição ficou mais sensível desde que entramos na barraca, mas agora minha pele parece formigar com a passagem do ar. Enquanto escuto a respiração de Shang, imagino poder sentir seu hálito acariciando minha pele. E seu cheiro — Deus do céu, o cheiro dele está em todo lugar, e é intoxicante. Um cheiro limpo, embora eu não entenda como isso é possível depois do dia que tivemos, mas ele cheira a sabonete e um leve suor e talvez um traço de colônia, e tudo o que posso fazer é me segurar para não enterrar o nariz em sua nuca.

Pelo jeito como está respirando, sei que ele também não está dormindo. Ficamos ali deitados sem dizer nada por alguns instantes excruciantes e, depois de certo tempo, a exaustão do dia recai sobre mim. Apesar de ainda estar bastante ciente da presença de Shang junto a mim, minhas pálpebras ficam cada vez mais pesadas, mais impossíveis de manter abertas. Em algum momento, consigo pegar no sono.

Não faço ideia de quando acordo, mas tenho a sensação de algumas horas terem se passado, talvez uma ou duas, e então desperto e me vejo ainda na escuridão total. Mas algo está diferente. Levo um instante para perceber o que é. Estou quente, quente de uma maneira confortável, me sentindo totalmente segura. E com um susto, me dou conta de que é porque, de algum jeito, enquanto dormia, me virei de lado e me aconcheguei nos braços de Shang. Braços, que estão, neste exato momento, em volta de mim.

O tempo para. Minha respiração pausa enquanto puxo o ar. Não ouso mover um músculo sequer. Fico ali deitada, travada, sem saber o que fazer. Eu deveria sair dos braços dele; senão, a manhã será esquisita. Ainda assim, não quero fazer isso nem um pouco. Está bem frio, mesmo dentro da barraca, e não quero deixar Shang — quero ficar deitada aninhada em seus braços e esfregar a testa na curva do pescoço dele e...

— No que você tá pensando? — murmura ele.

Solto um arquejo baixinho.

— Você tá acordado?

— Tô.

— Há quanto tempo?

— Hum... Desde que nos deitamos?

— Você não dormiu nada? — pergunto, horrorizada. — Eu estava roncando? Você ficou me ouvindo roncar?

— Não havia outra coisa para ouvir.

— Shang! — sibilo.

Ele ri.

— Se vale de alguma coisa, é um ronco muito fofinho.

— Não acredito...

Eu me levanto um pouco e sinto os braços de Shang se apertando de leve em torno de mim, as mãos espalmadas sobre minhas costas. Faço uma pausa, as palavras que ia dizer esquecidas naquele instante. A escuridão ao nosso redor ainda é absoluta, então não é possível ver a expressão dele, mas posso senti-la, o clima à nossa volta se suavizando, as palavras não ditas entre nós se dissipando no ar.

— Desculpe — diz Shang, me soltando.

E é aí que abaixo a cabeça e cubro a boca dele com a minha. Chega de máscaras. Chega de me perguntar o que meu pai faria, ou o que a Mulan Rancheira faria, ou o que a Mulan Profissional deveria fazer. Nada disso. Nem me importo com o fato de que é proibido, de que a minha empresa está tentando comprar a dele, ou todas as maneiras como isso é tão errado. Tudo o que quero fazer neste momento é o que a Mulan real quer fazer: beijar Li Shang.

Nossos lábios se moldam aos do outro perfeitamente, se movendo devagar, com delicadeza a princípio. Já beijei e fui beijada muitas vezes antes, mas isto é diferente. De alguma forma, é novo e excitante, e, no entanto, familiar ao mesmo tempo, como beijar seu melhor amigo. Não faz sentido; Shang está o mais longe possível de ser meu melhor amigo, e ainda assim... E ainda assim, aqui estamos, nossas bocas se movendo em sincronia, aprofundando o beijo até que meu corpo todo parece estar pegando fogo.

As mãos de Shang sobem e descem pelas minhas costas, e eu me movo de leve para que o suéter enorme que estou vestindo suba um pouco, e Shang suspira e desliza a mão por baixo dele. A palma dele acaricia minhas costas com ternura, e eu me arqueio, querendo saborear cada toque dele. Afago o rosto dele, ainda o beijando, antes de deixar a mão descer por seu queixo, roçando aquele maxilar de super-herói dele antes de chegar ao peito rijo. Nunca estive tão excitada em minha vida. Quando coloco a mão por baixo de sua camisa, ele geme baixinho e sussurra:

— Zhou...

O nome atravessa queimando os meus sentidos, penetrando a euforia do momento. É como se o clima tivesse simplesmente se despedaçado. Levanto a cabeça e fico imóvel, pairando acima dele.

— Você tá bem? — pergunta Shang. — Eu fiz...

— Não, tá tudo bem. Você não fez nada. — Pigarreio. — Hã, eu só... Só fiquei com medo de que os outros pudessem ouvir a gente.

— Ah. — Shang engole em seco. — É, bem. É uma preocupação legítima.

Ele retira as mãos das minhas costas com cuidado e eu rolo para longe, grata por estar tão escuro que é impossível que Shang veja o quanto meu rosto deve estar vermelho. Ou culpado. Dou-lhe as costas e fecho os olhos com força. Shang também se vira, embora eu não saiba dizer para que lado. O silêncio se prolonga, se prolonga, até ficar tão tenso que algo tem que se quebrar.

— Espero não ter te deixado desconfortável — fala Shang. — Desculpe se deixei.

Cerro os dentes, engolindo as lágrimas.

— Você não fez nada de errado. — Há um tremor evidente em minha voz.

— Zhou, você tá bem?

Pare de me chamar por esse nome!, tenho vontade de gritar. Está me atingindo como um soco no estômago, a mentira que contei, essa farsa que executei, e agora é tarde demais para voltar atrás. A família dele aceitou Mushu e eu, até conquistei titio Hong, e agora me apai...

Paro de respirar.

Eu me apaixonei? Por Shang? Em tão pouco tempo?

Não, não pode ser. Deve ser desejo ou paixonite. Não acredito em amor à primeira vista. Acredito em matemática. Em moeda corrente. Em trabalho duro e sensatez e, definitivamente, não em me apaixonar por um homem que mal conheço. Um homem que não foi nada além de bondoso comigo, um homem que cozinha tudo para que sua mãe não precise fazê-lo, um homem que corta a comida porque sua mãe tem artrite nas mãos, um homem que ficou para trás e cavalgou a meu lado e entrou em uma briga de bar por minha causa e...

Um homem que acha que sou Hua Zhou.

Quando volto a falar, minha voz é puro aço.

— Estou bem. Isso foi um erro. Peço desculpas. Foi antiético e não vou deixar que aconteça outra vez.

— Ah. — A surpresa e a decepção na voz de Shang são inegáveis. Ele pigarreia e então diz: — Tá bom. É, você tem razão. Estou contente que você, hã... tenha pisado no freio. Vamos descansar um pouco. Boa noite.

Dessa vez, quando pego no sono, não acordo nos braços dele, me sentindo quente e suave e segura. De fato, quando acordo, já é de manhã, e a cama improvisada está fria e visivelmente vazia.

CAPÍTULO QUINZE

Por todo o caminho de volta do acampamento, não suporto olhar nos olhos de Shang e, assim que chegamos à sede da fazenda, corro para dentro do meu quarto. Mushu me segue e fecha a porta após entrar.

— Tá, pode ir desembuchando — diz ela.

— O quê?

— O que houve entre você e Shang?

Eu desvio o olhar.

— Não sei do que está falando.

— Hã, eu tenho olhos, logo, eu enxergo. E vocês dois estavam todos coladinhos e tinha uma química fofinha rolando ontem, e aí do nada, *pá*, hoje de manhã não tem nada além de um silêncio tóxico entre ambos. E eu devo dizer, está estragando o clima, então acho que você deve ao resto de nós me contar o que está acontecendo.

Franzo o cenho.

— Não sei se você está realmente fazendo sentido ou só praticando *gaslighting* comigo.

— É óbvio que estou fazendo sentido — grita Mushu. — O que foi? — Ela arqueja, cobrindo a boca com a mão. — Ele tentou alguma coisa no meio da noite? Ah, aquele desgraçado, eu devia...

— Não! — respondo depressa. — Não, nada do tipo. Na verdade, foi meio que o contrário.

— O contrário? — Minha prima arqueia uma sobrancelha. — Hã... Quer dizer que você tentou alguma coisa e ele não quis? Ai, mulher.

Tá, sei que você deve estar se sentindo humilhada no momento, e é humilhante mesmo, não vou mentir, mas você já fez coisas bem piores.

— Não, não é isso... Espera, eu fiz? Tipo o quê?

— Tipo a vez que o primo Joey comemorou o aniversário dele e você ficou tão empolgada que apagou as velas, lembra?

Eu bufo.

— Eu tinha seis anos!

— Só estou falando que acho que o primo Joey não te perdoou por essa. Ele faz terapia, sabia?

— Porque eu soprei as velinhas de aniversário dele quando éramos pequenos? — questiono, inexpressiva.

— Não estou dizendo que esse seja o motivo, mas também não estou *não* dizendo que não seja.

Há uma pausa enquanto nós duas consideramos o que ela acaba de afirmar.

— Acho que você usou uma negativa tripla aí, então deu a volta completa — observo.

Mushu parece ponderar. Quando abre a boca para discutir, eu continuo:

— Mas enfim! Eu não... nós não fizemos... bem, fizemos, um pouquinho, mas daí eu parei e o clima ficou esquisito.

Os olhos de minha prima se arregalam tanto que parece que vão cair das órbitas.

— Ai, meu Deus! Volta, volta. O que você quer dizer com vocês fizeram? O quê? Não pode só jogar isso assim, do nada.

Solto um longo suspiro.

— Estávamos dando uns amassos, tá? Nada além disso.

— Nada além disso? — berra Mushu.

— Shh!

— Desculpa — cochicha ela. — Ai, meu Deus!

A boca de minha prima vira uma linha fina e ela parece estar *prestes* a explodir.

— Dando uns amassos! — guincha ela.

— Quer gritar isso um pouco mais alto? Acho que não chegou na família inteira ainda.

— Desculpe, mas é que estou tão empolgada por você! Espera, então por que vocês pararam? Ah, não, Shang beija mal?

— Não. — Minhas bochechas esquentam ao me lembrar daqueles beijos incríveis, de tremer o chão. Deus, não. — Longe disso. Mas a certa altura ele disse o meu nome...

— Ah, adoro quando fazem isso. É tão gostoso.

— Ele me chamou de *Zhou* — explico, sem emoção.

— Ah. — Mushu murcha e desaba na cama. — Droga, mas que balde de água fria.

— É. Isso fez eu me sentir tão culpada que simplesmente tive que parar. — Olho pela janela, incapaz de encarar até mesmo minha prima. — Deus do céu, o que é que estou fazendo aqui? Enganando Shang, sem mencionar a família dele. Todas essas pessoas que não foram nada além de gentis com a gente.

Mushu torna a sentar.

— Hã, não foram nada além de gentis com a gente? Tá, espera aí. Digo, você está enganando a todos?

— Estou, sim.

— Tá, tecnicamente, está. Mas você não lembra por que tivemos que fazer isso? A família dele é tão patriarcal que você não poderia ter feito isso como Mulan. E mesmo como Zhou, você não pôde convencê-los só com o seu histórico impecável, porque são machistas demais. Não, você teve que tirar leite de pedra para provar que é macho o bastante para fazer o que for preciso por aqui. Eles não são inocentes nisso tudo.

Eu suspiro.

— É, mas o Shang não é assim.

— Sério? Aquele pedaço de mau caminho estoico não é como o resto da família? — Minha prima parece bem cética, e eu me vejo querendo defendê-lo.

— De verdade, não é mesmo. Pelo menos, acho que não. Sei lá, eu tinha essa imagem dele como... bem... como alguém mais parecido com James ou titio Hong, mas ele fica fazendo coisas que contradizem essa imagem.

— É, bem, a maioria das pessoas não se encaixa perfeitamente em uma categoria. Mas enfim, eu entendo, não é a situação ideal, mas você tem que se lembrar do que é de fato importante aqui.

— A aquisição — digo.

Ao mesmo tempo, Mushu fala:

— Dar umazinha.

Minha boca se fecha com um estalo e eu olho feio para minha prima, que dá de ombros e fala:

— O quê? Estou só falando. Olha, Mulan, você sempre foi muito responsável. Mesmo quando éramos pequenas, você estava sempre tão obcecada por fazer com que todo mundo ao seu redor estivesse feliz... ainda mais seus pais. É tão raro ver o que a Mulan de verdade quer. E, neste caso, o que você quer de verdade é obviamente aquele pedaço de mau caminho.

— A aquisição é o que importa aqui, Mushu — retruco, me esforçando muito para não rir.

— Se você diz. Mas você faz um milhão dessas coisas por ano, enquanto definitivamente não dá umazinha um milhão de vezes por ano, então...

Não consigo evitar a risada.

— Deus, não sei como você me faz rir mesmo quando tudo está uma porcaria.

— É uma bênção ser parente minha — declara Mushu.

— E é mesmo — concordo, e estou falando sério.

Dessa vez, na volta para a cidade, Mushu pede primeiro para ir de carona com Shang, o que me deixa ao mesmo tempo aliviada e aterrorizada. Eu vou no trailer com os titios e as titias, e acabo achando divertido me desviar da tagarelice e das perguntas invasivas infinitas. ("Qual era a sua média na faculdade? 9,8? Aiya, por que não 10?" *Bem, titia, é meio difícil manter um 10 em Princeton. Eu estava cercada por gênios de verdade e tudo o mais.* "Sim, mas você é chinesa, deveria ser melhor do que esses gênios americanos." "Quantos filhos você quer,

Zhou? Acho melhor ter três. É um número bom de filhos para ter. Dois meninos para assumir os negócios e uma menina para cuidar de você quando você ficar velha." *A menina não pode assumir os negócios?* "Ah, que bobagem, claro que não. O serviço da filha é cuidar dos pais.")

Meus pais se mudaram para os Estados Unidos sem o resto dos parentes, então não estou acostumada com o caos de uma família grande como os Li, mas me divirto com isso. Adoro o clima festivo deles, o jeito como o trailer nunca está quieto porque todo mundo está falando por cima uns dos outros. Adoro as discussões bem-humoradas entre os titios e as titias, o jeito como nunca conseguem simplesmente concordar e precisam debater tudo até que alguém — com frequência titio Hong — grite: "Tá bom! Sosseguem, todos vocês!". E daí eles sossegam por cerca de dois minutos antes de começarem uma discussão diferente. Mas o tempo todo estão rindo e dando tapinhas no braço ou nas costas do outro com nítido carinho, e há um fluxo constante de petiscos sendo passados de mão em mão, todos caseiros.

Há os crocantes de flocos de arroz chineses que serviram no acampamento, e aí temos as bolachinhas salgadas de camarão, que eu nem sabia que era possível fazer em casa, embora, pensando agora, é claro que é, por que não seria? Essas são muito superiores a qualquer uma que eu já tenha provado, com sabor real de camarão, alho e cebola, e são totalmente viciantes. Temos biscoitos em formato de tubinho — uma massa de ovo cheirosa, fina feito papel, enrolada igual a um charuto com gergelim espalhado sobre a massa. Perdi a conta de quantos desses eu comi na viagem. Temos também *bak kwa*, a carne seca chinesa, que não é seca como a versão dos Estados Unidos, mas, sim, macia e um misto de doce e salgada, o molho oleoso cobrindo meus dedos. É tão gostosa que dá vontade de literalmente lamber os dedos.

Quando enfim chegamos de volta à cidade, acho que estou cheia demais para comer, mas os Li param em um restaurante chinês e descubro que, na verdade, agora estou com vontade de alguns pratos quentes. Estou prestes a entrar quando Shang chega. Paramos na porta, ambos olhando freneticamente um para o outro.

— Pode ir — diz ele, abrindo a porta para mim.

— Obrigada — fala Mushu, saindo despreocupada de trás dele. Ela entra enquanto levanta e abaixa as sobrancelhas para mim.

— Hã, obrigada — agradeço, abaixando a cabeça e passando apressada.

Lá dentro, o resto da família está sentado, me deixando para ficar junto de Shang e Mushu. Eu xingo o universo dentro da minha cabeça enquanto nos acomodamos em nossos assentos. A mesa redonda está tão lotada que é impossível não ficar roçando o cotovelo com seu vizinho, e a cada vez que o meu encosta no de Shang, nós dois nos separamos com um pulo como se tivéssemos levado um choque.

Os titios, as titias e os primos estão falando uns por cima dos outros como sempre, com Mushu mergulhando de cabeça como se tivesse nascido e crescido nesta família. Shang e eu nos sentamos em silêncio, deixando o ruído passar sobre nós, dolorosamente cientes da presença um do outro.

— Então... — começo.

— Hum... — faz Shang.

Paramos.

— Você primeiro — falo.

— Tá bom. Como foi sua viagem de volta? Te perguntaram sobre a sua média na faculdade? — indaga Shang.

Eu rio.

— Perguntaram, sim. Como adivinhou?

— Eu cresci com essas pessoas — responde ele, bem-humorado.

— Eles não ficaram impressionados com a minha média — respondo.

— O quê, você não tem uma média perfeita? — questiona ele, fingindo estar indignado.

— Tá, mas posso lembrá-lo de que frequentei Princeton? É meio que competitivo por lá.

— Ah, sim, como é que pude esquecer, quando você menciona isso em quase toda conversa?

Eu o encaro, fingindo ultraje.

— Não menciono, não!

— É como aquele negócio que dizem sobre os homens de Harvard: como se descobre se um cara foi pra Harvard? Ele vai te informar em menos de cinco minutos após te conhecer.

— Li Shang, você não acabou de me comparar a um homem de Harvard.

As covinhas aparecem de novo e ele fica tão bonitinho que minha mente agora se resume a *Eeeeeeeeee*. Não posso acreditar que estamos tendo uma conversa real, que voltamos exatamente à mesma troca de provocações, mesmo depois da noite passada. É claro, agora que estou pensando no dia de ontem, volto a me sentir constrangida.

Por sorte, a comida chega e eu, com a barriga cheia de tranqueiras, coloco mãos à obra, muito grata. A refeição é farta, mas ligeira, com todo mundo engolindo a comida. Ao contrário das outras refeições, não nos demoramos depois de comer, por estarmos todos ansiosos para chegar em casa. O grupo se dispersa na casa de titio Hong, e Mushu e eu vamos de carro ao hospital para visitar Baba.

Mama está esfregando vaselina nos lábios dele quando entramos no quarto.

— Oi, Ma.

— Oi, titia Li, como vai? — cumprimenta Mushu.

— Ah, meninas, vocês estão de volta. Como foi a viagem?

Ma deixa o tubo de vaselina e se aproxima para nos dar um abraço.

— Foi boa. Acho que eles ficarão bem felizes em vender a empresa para nós — respondo.

Ela abre um sorriso enorme.

— É sério? Como foi que você os convenceu?

— Ah, sabe como é. — Tenho dificuldade para sustentar o olhar de minha mãe. — Uma coisinha aqui e ali. Tive muitas conversas boas com eles, contei a filosofia da nossa empresa e tal e coisa.

— Ela tosquiou ovelha, cavalgou num cavalo que era um demônio, conduziu vacas — acrescenta Mushu.

— O quê? — Ma me olha, embasbacada.

— Bom, tentei conduzir vacas, mas falhei miseravelmente. Caí em uma pilha de esterco delas.

— Isso é só o termo polido para cocô — explica Mushu, prestativa.

Ma parece dividida entre ficar horrorizada e rir.

— Ah, meu amorzinho. Sabe, Baba e eu sempre quisemos levar você para a fazenda da família na China.

Passo um braço em volta de minha mãe e pouso a cabeça no ombro dela.

— Eu adoraria, Ma. Começo a valorizar a arte da vida na fazenda.

— Minha nossa, quem é você e o que fez com a minha Mulan?

— Como o papai está? — pergunto.

— Não tão mal, acho. O médico diz que os sinais vitais melhoraram e que ele vai estar de pé logo. — Ma suspira. — Mas não tem sido fácil ir para casa sozinha, então tenho dormido no sofá daqui.

— Ai, Ma! — exclamo. — Eu te faço companhia. Desculpe ter saído.

— Bem, você teve que ir. Mas, sim, fique em casa. Estará menos vazia com você por lá.

Eu sorrio e a observo remexer na cama de Ba, deixando-o mais aconchegado e depositando um beijo amoroso na testa dele antes de ir embora. Meus pais colocaram um padrão bem alto de exigência para a vida em casal. Observando os dois, eu sei que nunca aceitarei menos do que esse tipo de amor, um amor tão forte e, ao mesmo tempo, tão terno, um amor que se suavizou com o tempo, como um par de meias confortáveis. Passo meu braço pelo de Ma e Mushu faz o mesmo do outro lado, e, juntas, nós três saímos do hospital e voltamos para casa.

No dia seguinte, vou cedo para o escritório e mergulho no trabalho. Não tiro folga há anos, e faltar dois dias de trabalho para a viagem da família Li me fez sentir que estou atrasada em um milhão de tarefas. A manhã passa voando enquanto tento tirar o atraso de tudo, fazendo uma reunião depois da outra com os analistas e checando com clientes e investidores.

Ouço uma batida na minha porta e o recepcionista enfia a cabeça para dentro.

— Mulan, tem alguém aqui para falar com Zhou.

— Quem é?

— O nome dele é Shang, da Wutai Gold.

— Ah! Certo. Sim. — Eu me aprumo, a mão voando para meus cabelos, alisando qualquer fio rebelde que possa estar ali. Estou tão esgotada. — Que horas são?

— Duas da tarde.

— O quê? — Perdi o almoço sem nem perceber. — Hã. Certo. Shang. Sabe de uma coisa? Vou me encontrar com ele lá fora.

A última coisa que desejo é ter que dizer aos outros para me chamarem de Zhou de novo. E, de qualquer forma, já é tarde demais para isso, Shang está aqui — por que ele está aqui? Pegando minha bolsa e o celular, saio apressada da sala.

Shang está esperando na área da recepção, as mãos enfiadas nos bolsos. Está usando uma camisa social azul-clara com as mangas dobradas até os cotovelos. Eu li online que isso é a coisa mais safada que um homem pode vestir, e concordo plenamente. Deus do céu, ele está lindo.

— Olá, Shang — digo, muito ciente de que vários de meus colegas nas proximidades não estão nem tentando disfarçar o fato de estarem ouvindo.

— Zhou — responde ele, os olhos formando dobrinhas nos cantos.

O recepcionista parece confuso.

— Zhou está...

— Bem aqui! — exclamo. — Mas enfim, vamos sair, perdi o horário de almoço e estou morrendo de fome! — Estou tagarelando, eu sei, mas sigo em frente, praticamente empurrando Shang rumo ao elevador. — Tão bom te ver de novo. Descansou bem?

Só paro de falar quando entramos no elevador e as portas se fecham, e então solto o ar.

Shang parece achar graça.

— Dia puxado?

— É, minha carga de trabalho se acumulou enquanto eu estava fora.

— Você é uma pessoa muito importante — comenta ele, sorrindo.

— A mais importante — corrijo, jogando o cabelo por cima do ombro.

Sorrimos um para o outro, e tento não reparar no modo como as bochechas dele formam covinhas. Faz apenas um dia desde que o vi, mas já havia me esquecido do quanto é bonito pessoalmente. Aqueles olhos castanho-escuros e o jeito intenso com que me observa, meu Deus. O perfume dele enche o elevador, aquele maldito cheiro que me dá vontade de enfiar o nariz em seu pescoço.

— Hum, e então, o que posso fazer por você?

Ele leva um instante para responder, e a maneira como seu olhar me percorre me faz corar. Mais uma vez, me pergunto por que tudo o que digo soa tão sugestivo quando se trata de Shang.

— Você mencionou que precisa repassar alguns números.

Levo um instante para lembrar que, de fato, eu mencionei isso antes.

— Ah, sim.

— E os outros pensaram que seria bom que eu os repassasse com você.

— Ah — consigo dizer.

Não é inédito que um cliente repasse os números nesse estágio, embora seja incomum, e eu estaria mentindo se dissesse que não estava feliz a respeito.

— James se ofereceu para fazer isso — conta Shang.

Minha alegria murcha por um instante.

— Mas eu meio que... hã... disse a ele que eu viria. — Shang enfia as mãos nos bolsos de novo e me dá um sorriso meigo e acanhado. — Espero que não tenha problema para você.

Eu desisto de tentar conter o sorriso que toma conta do meu rosto.

— Ah, não. Não tem absolutamente nenhum problema.

Vamos até um bistrô ali perto para um almoço tardio. Estamos na metade do dia, de modo que o restaurante está praticamente vazio. Escolhemos um lugar perto da janela e eu peço um sanduíche de frango para mim. Shang opta por um bolo de crepe de *matcha*. É difícil não olhar fixamente para ele. Eu me acostumei a vê-lo em suéteres e roupas informais, então vê-lo em roupas formais é uma novidade.

Uma com a qual eu com certeza poderia me acostumar. E, me dou conta com um susto, essa é a primeira vez que somos só nós dois no mundo real, sem a família dele ou Mushu por perto. Esse pensamento me deixa nervosa, como se eu fosse uma adolescente de novo, saindo em meu primeiro encontro.

— Dormiu bem essa noite? — pergunta Shang.

— Dormi, na verdade. Fiquei na casa dos meus pais porque meu... — Eu me interrompo a tempo. Deus do céu, estava prestes a contar para ele que meu pai está doente e minha mãe se sente solitária por causa disso. *Aff.* Lembrar da minha mentira me traz de volta à realidade.

— Porque...? — pergunta Shang.

—Ah, hum, eles ficaram com saudade enquanto eu estava fora.

Os olhos de Shang dançam quando ele sorri.

— Isso é muito bacana, Zhou. Fico feliz que tenha uma relação tão boa com seus pais.

— É — respondo, a voz fraca. Aquela porcaria de nome de novo. Odeio ouvir esse nome vindo da boca de Shang. Cada vez que ele o diz, quero saltar e gritar *É tudo mentira! Estou mentindo pra você!* — E você?

— Ah, sim, depois daquela cavalgada de volta e da viagem de carro, eu estava acabado. Voltei para minha casa, desfiz as malas, lavei a roupa e aí desabei na cama.

Eu arquejo.

— Você lavou a roupa? O que você é, algum psicopata?

— Quer dizer um adulto responsável? Sou, sim.

— Quem é que lava a roupa assim que chega em casa de uma viagem?

Shang encolhe os ombros.

— Elas estavam úmidas, sujas e cobertas de suor e, não vamos nos esquecer, esterco de vaca e provavelmente escamas de peixe também. Teria sido um risco sanitário não lavar.

— É, psicopata mesmo — concluo.

— Acho que o termo correto é transtorno de personalidade antissocial — opina Shang, empertigado.

— Ah, sim. Obrigada pela palestrinha.

Shang tenta conter o sorriso, mas as bochechas formam covinhas mesmo assim.

— Então as suas ainda estão no cesto de roupa suja?

— Se por cesto de roupa suja você quer dizer minhas malas, então, sim.

— Você nem desfez as malas? — Shang me encara, boquiaberto. — Uau. Você, meu amor, é uma agente do caos.

As palavras *meu amor* pairam no ar entre nós como uma placa de neon. Estou quase certa de que meu rosto todo está vermelho feito um tomate, o coração inflando como se fosse escapar pelos vãos entre as costelas. *Não chame a atenção para isso. É só modo de falar.*

A comida chega nesse instante, rompendo a deliciosa tensão. Estou morrendo de fome, então pego meu sanduíche e dou uma mordida gigante. Shang observa, achando graça, enquanto mastigo. Não quero falar com a boca tão cheia, por isso levanto as sobrancelhas como se perguntasse: *O que foi?*

— Nada, é só que nunca vi ninguém dar uma mordida tão grande. É impressionante.

Estreito os olhos, como se dissesse: *Você está me julgando?*

— Não estou julgando.

Reviro os olhos. Está, sim, totalmente.

— Juro que não estou.

Eu enfim engulo e, em seguida, tenho que tomar um pouco de água para não ficar com soluço.

— Eu gosto de dar mordidas grandes.

— Dá pra ver.

— Tá bom, Senhor Julgador Profissional. Estudos científicos comprovam que existe uma razão biológica real para gostarmos de dar mordidas grandes. Isso atinge todos os sensores de prazer em nossa boca, e a sensação de engolir uma mordida generosa também dispara uma sensação de prazer. — Titubeio um pouco quando percebo que, mais uma vez, as palavras que estou dizendo estão saindo muito sugestivas. Logo acrescento: — Além disso, quando nossos ancestrais eram caçadores e coletores, eles tinham que comer depressa sempre que matavam algo.

— Não sei, não, isso tudo soa como pseudociência para mim.

Eu empurro meu prato para ele.

— Tente. Dê uma mordida gigante no meu sanduíche.

Droga, será que isso também soou sugestivo ou eu simplesmente tenho uma mente pervertida quando o assunto é o Shang?

Ele apanha meu sanduíche e dá a mordida. Mastiga lentamente enquanto eu assisto com uma sobrancelha erguida.

— Deus do céu, você consegue comer mais devagar? — pergunto.

Shang arregala os olhos, levanta um dedo e continua mastigando. Quando por fim engole, ele solta um suspiro de alívio.

— Tá, eu corri risco de sufocamento.

— Mas foi bom?

— Bem, é, você tem razão que tem algo de agradável nisso, mas olha só, o seu sanduíche já está pela metade em duas mordidas.

— É isso aí. Agradável e eficiente.

Shang ri e balança a cabeça.

— Então você termina toda a sua comida em menos de cinco mordidas?

— Bem, algumas coisas são mais agradáveis quando dou mordidas menores. Como vegetais, carnes, sobremesas. É só com os carboidratos que tenho o ímpeto de encher a boca. Arroz, macarrão, sanduíches.

Dou outra mordida colossal e Shang sorri enquanto dá uma mordida razoável em seu bolo de crepe.

— E aí, vamos trabalhar no seu escritório? — pergunta ele.

Eu logo chacoalho a cabeça. Mastigo por muito mais tempo do que o necessário para ter tempo de pensar. Quando finalmente engulo, sugiro:

— Que tal no seu escritório?

— O meu escritório? É um espaço bem pequeno em um galpão onde guardamos e distribuímos o uísque. Acho que não é um ambiente muito legal. Qual é o problema com o seu?

— Está sendo fumigado.

Assim que digo isso, me pergunto se escritórios são fumigados mesmo. Por que diabos falei isso?

— Ah. — Um vinco se forma na testa de Shang. — Vocês tiveram uma infestação?

— Isso. De infestos. Digo, insetos. Grilos? Não. Digo, aquele outro negócio, que come madeira.

— Cupim? Minha nossa. Tudo bem. — Shang toma um gole de sua bebida. — Mas que estranho, parecia que o lugar estava funcionando normalmente agora há pouco.

— Ah, sim. A fumigação começa esta noite, então estaremos fora do ar por dois dias.

— Certo. Onde deveríamos trabalhar, então? — pergunta Shang.

Ah, não. Ele está para sugerir a minha casa, e não posso permitir isso por causa de toda a correspondência que recebo enviada para MULAN HUA e do ímã de geladeira customizado que diz MULAN e do diploma universitário emoldurado onde se lê MULAN HUA e do...

— Sua casa — solto.

— Hã? — Shang parece surpreso. — Mesmo? Digo, claro, eu não ligo, mas...

Ele olha nos meus olhos e eu sorrio feito uma maníaca.

— Tudo bem, acho. Se você estiver confortável com isso.

— Estou, claro. — *Estou mesmo? Confortável com a ideia de nós dois trabalhando juntos no apartamento dele?* Agora que o pensamento me ocorre, percebo que estou longe de me sentir confortável, mas não porque não me sinta segura perto dele. Quando muito, é o contrário. Não confio em mim mesma para não me jogar em cima dele. *Para com isso.* Posso ser uma adulta e fazer coisas adultas, maduras e responsáveis, mesmo que essas coisas sejam feitas com o homem mais lindo do mundo. — Sua casa parece perfeito.

Shang mora em um apartamento de um quarto em Bayview, e se alguém me perguntasse alguns dias atrás como eu esperava que a casa dele fosse, eu teria dito: *Imaculada. Fria e austera a ponto de passar uma vibe de psicopata.* Entretanto, quando piso lá dentro e faço uma pausa para tirar os sapatos, me dou conta do quanto estaria enganada.

O apartamento é organizado, sim, mas também transborda vida — vasos de plantas forram as prateleiras, junto com o que parecem ser dúzias de livros de culinária, dispostos com bom gosto por todo o espaço. Em vez da mobília fria e metálica que teria esperado antes, o gosto de Shang pende mais para o natural, com móveis de madeira em tons neutros. Uma mistura eclética de peças de arte decora as paredes. O efeito geral é lindo e aconchegante e — se eu pensar em todas as coisas que vim aos poucos descobrindo sobre Shang durante os últimos dias — muito a cara dele.

Eu o acompanho pela bela sala de estar até a área de jantar. A mesa de jantar é igualmente convidativa — uma peça de madeira sólida na qual cabem seis pessoas, com vasos de suculentas no centro, perto de uma bandeja de molhos. Ali temos molho de soja, óleo de gergelim, gergelim torrado e um vidrinho de molho de pimenta Lao Gan Ma, todos alinhados perfeitamente. Faço uma careta ao pensar na minha mesa de jantar, um espaço que está sempre forrado de vários itens. Livros que eu deveria estar lendo, canetas e papéis de anotação aleatórios, xícaras de café velhas que não me incomodei em retirar, um cachecol que usei no inverno e nunca me lembrei de guardar, mais livros, um cartão fofinho que algum amigo me enviou, pilhas de correspondência de publicidade que pretendo reciclar, mas nunca encontro tempo para isso...

Olhando rápido, a cozinha em conceito aberto está incrivelmente limpa, ainda mais considerando o quanto ele deve cozinhar por aqui.

— Ai, meu Deus, olha como a sua cozinha é impecável. Eu estava certa, você é um psicopata de verdade — declaro. — Vou encontrar uma mão decepada dentro da sua geladeira?

— Não. Eu costumo guardar mãos decepadas no freezer — responde Shang.

Estreito os olhos, vou até a geladeira e abro o freezer. Há potes de plástico rotulados FRANGO TERIYAKI, SALMÃO (SEM TEMPERO), FILÉ AO ALHO E ERVAS, e assim por diante, todos empilhados e organizados.

— Quem faz isso? — exclamo.

— Hã... eu? Você quer conferir a seção da geladeira também?

— Quero, na verdade.

Fecho a porta do freezer e abro a geladeira. Parece estocada por um influencer de redes sociais, toda cheia de fileiras organizadas de recipientes cheios de várias frutas e vegetais. Não consigo me lembrar da última vez que limpei minha geladeira. Deve haver novas espécies de penicilina crescendo lá dentro. Fecho a porta e me endireito.

— Não sei se devo ficar impressionada ou horrorizada.

— Por que não as duas coisas? — fala Shang, abrindo um armário e tirando de lá duas canecas. — Café?

— Sim, por favor.

Há duas banquetas junto do balcão da cozinha. Puxo uma e me empoleiro ali, então descanso o queixo na palma da mão e estudo Shang enquanto ele anda pelo cômodo. Este homem. Este filhinho de mamãe incrível, surpreendente... ai, meu Deus, é isso!

— Sua mãe! — grito.

Shang coloca uma cápsula de espresso na cafeteira.

— Sim, o que tem?

— Aposto que ela vem para cá e limpa a sua casa — declaro, convencida.

Shang ri.

— Quase, mas não. Eu vou na casa dela e ajudo a arrumar as coisas de vez em quando. Disse a ela para contratar uma diarista, na verdade, mas minha mãe se recusa.

— Ah, então *você* tem uma diarista.

— Não. Eu só... gosto de fazer faxina.

— Ninguém gosta de fazer faxina — retruco.

— Já entrou no TikTok? A quantidade de vídeos de faxina por lá prova que você está errada.

— Vídeos de faxina?

Shang pega uma caixa de leite.

— Sabe como é, só vídeos de pessoas limpando o próprio espaço.

— O fato de você saber sobre esses vídeos me alegra.

Ele meneia a cabeça.

— Sinto que muitas coisas a meu respeito te alegram. No pior sentido possível.

— Um pouco, sim. Tá, mas é sério, este lugar é incrivelmente arrumado. Tipo, arrumado nível hospital.

— Já mencionei que faxina é um de meus muitos passatempos?

— Não. Você disse que cozinhar era o seu passatempo.

— E faxina.

— Cozinhar e fazer faxina são seus passatempos — repito.

— São. Isso é um problema? — Shang levanta as sobrancelhas enquanto desliza uma caneca fumegante de café com leite para mim.

— Não, é surpreendente, só isso. Considerando, sabe, sua família inteira, sem mencionar a marca da sua empresa.

Passo as mãos em torno da caneca e inspiro fundo o cheiro encorpado e amendoado.

— Está me estereotipando?

— De leve, sim. — Beberico o café e suspiro. — Caramba, eu sei que já falei isso, mas você faz o café mais incrível do mundo. Tem alguma coisa que você não consiga fazer?

— Várias, na verdade. Beisebol. Basquete. Cálculo.

— Cálculo? Vou ter que confiscar sua carteirinha de asiático? — provoco.

— Lá vamos nós de novo com os estereótipos.

Balanço a cabeça, rindo. Por que é tão fácil conversar com ele? Com um susto, percebo que não me perguntei nem uma vez: *O que eu deveria dizer como Mulan Profissional?* Tem algo em Shang que me desarma. Algo nele estende a mão para mim e sussurra: *Você não tem que interpretar um papel comigo. Pode abaixar suas defesas.* E eu não quero lutar contra isso. Estou tão cansada de lutar contra a Mulan real. Mas isso é tão perigoso. Não posso me dar ao luxo de pegar essa estrada. Isso colocaria toda a aquisição em risco.

Assisto enquanto ele monta uma bandeja de petiscos com embutidos, queijo e frutas, depois vamos para a sala de estar, onde tiramos nossos notebooks e começamos a revisar minha análise da Wutai Gold.

Shang ouve com atenção enquanto explico o modelo financeiro e a avaliação que meu analista criou.

— Isso é tudo baseado no MIC, o memorando de informações confidenciais, que foi enviado para vocês, mais as nossas projeções. Esta avaliação é baseada em um modelo FCD.

— Modelo FCD?

— Fluxo de caixa descontado.

— Isso não quer dizer nada para mim.

— Tudo bem, é só uma forma de avaliar algo com base em fluxos de caixa projetados. Eu tendo a ser bem conservadora, mas acho que há algumas coisas ótimas que podemos fazer com a sua empresa para levantar a margem de lucro.

— Como o quê? — pergunta Shang.

— Bem, acho que poderíamos diversificar bastante o seu público-alvo.

Shang sorri.

— Quer dizer que não deveríamos mirar o produto apenas em homens brancos entre 45 e 65 anos?

— Exatamente. — Eu monto o bocado perfeito de bolacha, geleia, queijo e presunto parma antes de jogar a coisa toda na boca. — Humm.

Seguimos buscando ideias para aumentar o público-alvo, e pela primeira vez em muito tempo percebo que não me sinto frustrada trabalhando, porque, ao contrário de minhas reuniões habituais com bróders financistas condescendentes, não sou forçada a argumentar ou defender minhas ideias ou dizer para a outra pessoa parar de interromper ou falar por cima de mim. Não sou forçada a explicar por que acho que isso seria uma boa ideia ou por que aquela seria uma abordagem mais sensata, e me ocorre então o quanto simplesmente existir no ramo das finanças como mulher, e mulher racializada, ainda por cima, tem sido exaustivo. Porém aqui, com Shang, não preciso fazer nada disso. Quando compartilho uma ideia, ele só escuta e faz uma pergunta aqui e ali para esclarecimento, mas não me desafia. Não banca o advogado do diabo — algo que eu abomino com todo o meu ser, porque o único momento em que as pessoas fazem isso é quando não têm nada em jogo na disputa, enquanto eu tenho que lidar com infindáveis advogados do diabo toda vez que entro em uma reunião.

Fico genuinamente surpresa ao ver que já escureceu lá fora quando Shang diz:

— Quer que eu prepare um jantar para a gente?

— Que horas são? — Checo meu celular. São quase oito da noite. — Ai, meu Deus, não sabia que já estava tão tarde. Desculpe, não pretendia te segurar trabalhando nisso. Posso ir embora agora. Você deve ter outros planos.

— Tenho, cozinhar.

Shang diz isso com tanta simplicidade, de um jeito tão diferente de como é perto dos primos... Não há vergonha nenhuma, ele não esconde o quanto está ansioso por fazer isso toda noite. Também não usa sua máscara perto de mim; percebo isso com uma sensação quentinha que se espalha por todo o meu corpo. Shang sorri para mim.

— Está com fome?

— Sempre. Mas tem certeza? Não quero incomodar.

— Tenho, sim. — Shang vai para a cozinha, onde dá uma olhada dentro da geladeira. — Que tal *chow mein*?

— Parece delicioso.

— É, e vou poder te ver enfiar uma quantidade absurda de comida na boca.

Reviro os olhos, sorrindo.

— Posso ajudar?

— Claro. Lave os vegetais e eu corto. Ei, como é que não reparei em você dando mordidas gigantes quando estávamos no rancho?

— Bom, a gente estava com a sua família por lá, então...

— Então você decidiu agir feito um ser humano civilizado?

— Correto.

Entrego o repolho recém-lavado para ele.

— Mas não liga de fazer isso na minha frente.

— Não — respondo alegremente.

Shang ri.

— Quer saber? Me sinto honrado. Isso quer dizer que você se sente confortável perto de mim.

— É. — Minha voz vai sumindo, espantada. É isso. Chega de máscaras. Chega de me esconder. — Eu me sinto confortável com você, Shang — digo baixinho.

Shang deixa de prestar atenção na tábua de corte. Nossos olhos se encontram e o ar entre nós fica pesado.

— Eu também. — Ele solta a faca e estende a mão, tocando minha bochecha com delicadeza, o polegar roçando minha pele, e é como se eu estivesse sendo tocada pela primeira vez. — Gosto muito de você, Zhou.

Esse nome de novo. Só que, dessa vez, não deixo que isso me afete. Aceito a pontada de culpa e, então, a coloco de lado. É errado, eu sei, mas quero isso demais. Gosto tanto dele, e finalmente estamos aqui, em um espaço onde estamos sozinhos, onde não temos que conversar em sussurros, onde não temos que ser Shang Profissional e Mulan Profissional, onde podemos simplesmente ser. Estendo a mão e passo meus braços em torno do pescoço dele.

— Talvez o jantar possa esperar? — digo.

CAPÍTULO DEZESSEIS

Depois, eu visto uma das camisas de abotoar de Shang e me sento no balcão da cozinha, assistindo enquanto ele cozinha. Sei que o estou observando com um carinho nítido, mas não ligo, porque enquanto anda pela cozinha, Shang me espia várias vezes, como se não suportasse tirar os olhos de mim nem por um minuto. Nós dois gastamos tanta energia tentando ignorar ou deixar de lado nossa atração um pelo outro que é um alívio não precisar mais fingir.

— Você vai queimar meu *chow mein* se continuar olhando para mim — provoco.

Shang solta uma risada abafada, chacoalhando a cabeça. Ele dá uma olhadinha rápida para mim antes de voltar a atenção para a panela *wok*.

— É só que... você está uma graça na minha camisa.

— Eu sei — respondo com toda a confiança do mundo.

— Sabe, é?

— É. Olha, sei que tenho defeitos, mas não ficar uma graça em uma camisa masculina não é um deles.

Meu Deus. Quem é essa pessoa engraçadinha e confiante que se sente confortável na própria pele e consegue fazer piadas sem ficar duvidando de si mesma o tempo todo?

Shang solta aquela risada dele outra vez, aquela que faz os cantos de seus olhos formarem dobrinhas, e é inevitável morder o lábio enquanto abro um sorriso estupidamente grande.

— Ok, bom, nessa você tem razão — admite ele por fim.

Ele termina de fritar o *chow mein* e o serve em tigelas.

— O cheiro está incrível.

Espeto meus palitinhos na tigela e pego um emaranhado imenso de macarrão gorduroso e coberto de molho. Enfio tudo na boca e, aí, tenho que colocar a mão por cima enquanto puxo o ar para dentro e para fora para tentar esfriar a massa. Com certeza queimei a língua, mas ah, meu Deus, valeu a pena. O *chow mein* está com um sabor torradinho da panela *wok*, o macarrão ainda macio e o molho no qual Shang o cozinhou combina com perfeição.

— O melhor *chow mein* que já comi.

— Uau, um belo elogio.

Shang faz o mesmo que eu, apanhando um bocado enorme de macarrão antes de enfiar tudo na boca. Dessa vez, ele soluça depois de engolir e tem que tomar um pouco de água para ajudar a comida a descer.

Dou risada.

— Novato.

— Mas quer saber? Você tem razão. O gosto é melhor quando se dá uma mordida enorme assim. Uau, quem teria imaginado?

— Eu. Eu teria imaginado.

O olhar de Shang fica afetuoso.

— Você é incrível, Zhou. Tem alguma coisa em você que simplesmente... — Ele meneia a cabeça. — Posso ser eu mesmo por inteiro com você. Só com você.

É como se meu coração estivesse explodindo de alegria e murchando de culpa ao mesmo tempo.

— Concordo — digo baixinho.

Deus, eu quero tanto contar a verdade a ele... Toda a verdade. Ou, no mínimo, a parte mais importante: que meu nome nem é Zhou. Mas ele também tem razão no fato de que, por ironia, apesar da minha farsa, sinto que posso ser totalmente eu mesma com ele, e apenas com ele.

Shang se recosta no balcão, olhando para mim, então se abaixa e me beija. Coloco minha tigela na bancada e o beijo de volta. Ele afaga meu rosto com uma das mãos e eu adoro. Adoro ele tocando meu rosto, adoro passar os braços em volta do pescoço dele, adoro beijá-lo, apesar de nossas bocas estarem cheirando a *chow mein*. A mão de Shang percorre minha garganta, os dedos mexendo no colarinho da camisa, fazendo minha pele formigar. Com algum esforço, eu o afasto com gentileza e digo:

— Não se meta entre meus carboidratos e eu.

Shang solta um grunhido.

— Sério mesmo?

— Sério mesmo. — Apanho a tigela de novo. — Mas eu como depressa.

— Isso — sussurra Shang, com um soco no ar.

— Viu? Agora você está feliz por eu dar mordidas enormes.

O riso de Shang enche a cozinha.

— É, tem razão — responde ele, abaixando a cabeça e capturando minha boca com a dele mais uma vez. — Estou feliz por isso.

Não consigo me lembrar da última vez que estive tão feliz. Talvez quando estava na faculdade e me vi cercada por gente tão apaixonada por números quanto eu. Ou na primeira vez que meus pais me levaram para a Disneylândia. Naquela época eu com certeza estava feliz, explodindo de entusiasmo. Entretanto, não consigo lembrar da última vez que senti essa felicidade prolongada, duradoura. E mais do que somente felicidade, contentamento.

Faz mais de uma semana que voltamos do rancho: dias felizes, arrebatadores, nos quais Shang e eu somos praticamente inseparáveis. A cada manhã, vou trabalhar com um sorriso imenso e tonto e uma caneca cheia de *latte* que Shang preparou em sua máquina de café espresso. No almoço, nos encontramos em um restaurante próximo e ficamos de mãos dadas por baixo da mesa feito adolescentes. Depois do trabalho, fujo do escritório e encontro Shang para jantar. Ele cozinhou para mim mais duas vezes, e me levou para um lindo restaurante francês em outra noite.

Daí vamos para casa, a casa dele, e passamos o resto do dia nos braços um do outro. Na cama, conversamos sem parar. Uma vez, papeamos por tanto tempo que o céu passou de preto para lilás antes de enfim pegarmos no sono, apenas alguns minutos antes de o despertador tocar. Tive que tomar três cafés nesse dia, mas valeu a pena.

Em nosso quinto dia juntos, Shang foi ao meu apartamento. Fiz o melhor que pude para arrumar a casa antes. Como precaução adicional, juntei tudo o que consegui encontrar que dissesse MULAN e levei a caixa com itens incriminadores para guardar na garagem dos meus pais. É claro, meu apartamento não chegava nem perto do nível de perfeição do dele, mas ao menos não parecia o caos que normalmente parece. Porém, quando Shang abriu o closet para guardar suas roupas, foi atacado por minha pilha de tranqueiras desmoronando por cima dele. Eu basicamente morri de vergonha, mas Shang riu antes de me agarrar e me apertar, e então, enquanto beijava o topo da minha cabeça, disse:

— Vamos para a Container Store.

A Container Store. Eu só tinha ouvido falar dessa loja, mas nunca havia colocado os pés nela. Fiquei muito intimidada com todos os recipientes de vários tamanhos, desde aqueles grandes o bastante para guardar um corpo humano até os tão pequeninos que não faço ideia de para que servem. Talvez para clipes de papel? Shang pegou minha mão e me guiou pelo estabelecimento, escolhendo diversos recipientes, e em meia hora já estávamos voltando para minha casa. Se eu estivesse lá sozinha, teria zanzado pelos corredores, ficando cada vez mais intimidada e frustrada, e duas horas depois teria ido para casa com as mãos vazias.

De algum jeito, Shang deixou até a arrumação divertida. E isso nem é um exagero. Ri um milhão de vezes com ele enquanto passávamos pelas minhas coisas e ele levantava alguns itens questionáveis, como o fouet de fios de aço de uma batedeira elétrica (só que eu perdi a batedeira há muito tempo) e calcinhas fio-dental minúsculas que ganhei de brincadeira no meu aniversário de 21 anos.

— Na verdade, talvez não devêssemos jogar isso fora — disse Shang, pigarreando e colocando as calcinhas de lado.

— Para! — falei, rindo, pegando-as e as enfiando em um saco de lixo. Ou tentando enfiar. Shang se jogou por cima de mim e acabamos rolando no chão, rindo, antes que isso inevitavelmente se transformasse em beijos e um pouco mais.

O dia seguinte era um sábado, então trabalhamos mais um pouco na minha casa. Várias vezes Shang me perguntava:

— O que você acha, gostaria disso? Ou talvez de algo assim?

E a cada vez, eu tive que pausar e me questionar: *Do que eu gosto? O que a Mulan real quer para este espaço?*

Quando o sol se pôs, com o incentivo de Shang, eu havia conseguido me livrar daquela parte de mim que está constantemente imaginando: *O que Baba pensaria? O que meus colegas pensariam?* E transformamos minha casa em um espaço para o qual sei que ficarei ansiosa para voltar, o que é um passo enorme para mim. Nunca dediquei muito tempo ao meu apartamento. Sempre foi apenas um lugar para eu dormir depois de reuniões infindáveis no trabalho, e de manhã, eu mal olhava o entorno antes de sair correndo porta afora. Agora, contudo, me vejo pausando em momentos aleatórios — pegando um copo de água, por exemplo, ou tirando o casaco — e olhando ao redor com uma sensação de conforto e orgulho. Este é o meu apartamento; ele não é grande ou chamativo, mas é... bonito. O sofá, agora que não está coberto por casacos e outras peças de vestuário, é até aconchegante. A cozinha é minúscula, porém funcional, e com a ajuda de Shang acrescentei prateleiras flutuantes e coloquei vasos de ervas ali, enfeitando a área. O quarto é um lugar onde eu agora quero fazer mais do que apenas dormir: naquele sábado à noite, Shang dormiu aqui, e de manhã nos demoramos por um bom tempo na cama, lendo, conversando, tomando café.

Estou tão feliz que, se eu fosse outra pessoa, com certeza me odiaria. Mas a felicidade não é total. Para começar, meu pai ainda está doente, ainda numa cama de hospital. Sua recuperação é lenta, e me certifico de visitá-lo o máximo que posso enquanto equilibro o trabalho e minha relação recém-descoberta com Shang. Sem mencionar o fato de que ainda estou mentindo para ele sobre quem eu sou. A cada dia, prometo a mim mesma que contarei a verdade, e a cada manhã, ele me acorda com um beijo suave e sinto minha determinação fraquejar. *Só mais um dia,* digo a mim mesma. *Me dê só mais um dia dessa felicidade.* O que temos é tão precioso, tão inestimável, que não consigo suportar a ideia de um fim, porque talvez isso seja o meu fim.

Que coisa estranha para se pensar, quando estamos juntos há apenas alguns dias, mas já não consigo me enxergar voltando a viver sem Shang. E sei que ele sente o mesmo, porque já me deu uma chave para a casa dele, já abriu espaço em várias gavetas para mim, já está falando em termos de futuro:

— Para o Dia de Ação de Graças, você quer...

E:

— Para a Páscoa, será que vamos...

E:

— Para o Natal, você acha que...

E eu não quero interromper o que temos. Quero pensar em passar o Natal juntos, vestindo suéteres feios combinando e bebericando gemada. Quero fazer viagens de fim de semana e planejar viagens mais longas, e quero muito apresentá-lo a meus pais. Quero isso tudo, cada uma dessas coisas, cada momento disso, e saber que tudo pode desaparecer por causa dessa mentira horrível e idiota que contei é excruciante.

Na terça-feira, Mushu fala:

— Não te vejo há três dias, e isso são três dias a mais do que eu aguento. Vamos jantar esta noite e papear?

Sinto uma pontada de culpa. Virei uma daquelas pessoas que somem em um buraco negro só porque estão em um relacionamento.

— Claro — digo a minha prima.

Envio uma mensagem a Shang avisando que não vou voltar a tempo para o jantar e ele pergunta:

Tudo bem. Mas você ainda vem? Bjo

Eu sorrio e respondo:

Vou sim. Bjo

O jantar com Mushu é exatamente o que eu precisava para colocar os pensamentos em ordem. Ela é a única que sabe de toda a verdade, por isso posso ser honesta e pedir seus conselhos. Enquanto nos acomodamos em nossos lugares no restaurante, uma sensação de alegria e conforto me inunda. Estava com saudade de passar um tempo com minha prima.

— E aí — fala ela —, Shang é tão bom de cama assim, hein?

Eu tusso.

— Mushu! Ai, meu Deus!

— O quê?

— Ainda nem pedimos nossos drinques.

Mushu chama a atenção de um garçom e, quando ele se aproxima, pede:

— Pode nos trazer uma garrafa de chardonnay, por favor? Obrigada. — O garçom anui e sai, e ela se volta para mim. — Certo. Agora pode me contar tudo? Não poupe nenhum detalhe!

Eu suspiro.

— Ah, Mushu. Estava precisando disso.

— É, eu também. Você mergulhou de cabeça na vida de casal e se esqueceu de mim.

Minha prima faz beicinho.

— Desculpe, você tem razão. Meio que me deixei levar pelo Shang. Ele é tão... — Volto a suspirar.

O garçom retorna com nosso vinho e, depois que ele foi servido, levantamos nossas taças.

— Ao amor — propõe Mushu.

— Não sei se é amor — retruco.

Ela revira os olhos.

— Te conheço a vida toda e nunca te vi desse jeito, nunquinha. Nem mesmo com Nick, e você ficou com ele por dois anos. O negócio, prima, é que eu só... sei que nós brincamos bastante e é difícil alguém me levar a sério...

— Eu te levo a sério — falo.

— Não é culpa sua — acrescenta ela. — Eu não me levo muito a sério. Acho que nunca senti que merecia ser levada a sério. Mas enfim, o que estou tentando dizer é que falo com toda a sinceridade quando digo que acho que esta é a primeira vez que estou tendo um vislumbre da Mulan real, e eu gosto dela.

Um nó se forma em minha garganta. Mushu e eu sempre fomos próximas, mas nunca esperei que ela pudesse me enxergar tão bem.

— Eu encho sua paciência por ser a filha perfeita e tudo o mais, e é porque sinto que você está sempre interpretando um papel. Mas agora, essa coisa com o Shang, eu sei que não é um papel. É apenas... você. E fico feliz por você. Então não vá ficar toda estúpida e estragar tudo porque acha que é algo que você não deveria fazer ou coisa do tipo, tá?

Assinto com a cabeça, apressada, escondendo o quanto as palavras de minha prima me emocionaram.

— Ao amor — digo, brindando minha taça na de Mushu.

Um calor sobe do meu pescoço para o rosto. *Será que ela está certa? Isso é amor?* É claro, assim que me pergunto isso, tudo fica dolorosa e espantosamente óbvio. Reconheço por fim essa emoção, como encontrar um amigo perdido há muito tempo, e a compreensão me deixa um pouco embargada.

— Uau — exclama Mushu. — Estou com ciúme? Estou, sim. Estou também feliz por você? Demais! — Ela se levanta da cadeira e me dá um abraço. — Minha prima, apaixonada.

Eu rio e enxugo os olhos enquanto Mushu volta a se acomodar no assento.

— Mas estou apavorada. O que ele vai fazer quando descobrir que, na verdade, não sou Zhou?

— Ah, sim, uuuh. Tinha me esquecido disso — diz Mushu.

— Como raios você conseguiu se esquecer disso?

— Não sei, tem muita coisa acontecendo comigo. Tenho uma vida social agitada, como você sabe...

— É claro — concordo com um sorriso.

— Então nem sempre guardo todos os detalhes. Mas enfim, certo. O negócio da Zhou. Ufff. — Minha prima toma um gole de vinho e olha para longe por um tempo, pensando profundamente. Então, ela estala os dedos. — Já sei. A solução perfeita.

Eu me debruço adiante, ansiosa.

— O quê?

— Você deveria mudar legalmente seu nome para Zhou.

Eu murcho. Por um momento, pensei mesmo que Mushu tivesse encontrado uma solução real.

— Por que não? — prossegue ela. — Digo, ele é seu pai, então não é inconcebível que você queira levar o nome dele.

— Então eu seria Zhou Júnior? — questiono, bem-humorada.

— Isso aí.

— Tá, tirando todas as implicações legais, sei lá, não gosto da ideia de continuar a mentira. Quero ser honesta com Shang. Não quero um relacionamento baseado em uma mentira.

A expressão de Mushu fica triste.

— É, eu sei. Então por que não conta para ele?

— Dois motivos: não quero estragar tudo com a aquisição, e não quero perder Shang.

Dizer as palavras *perder Shang* já me deixa minha garganta seca.

— Ah, prima. Isso é dureza.

— E essa coisa toda da aquisição, não sei por que não pensei nisso antes: no fato de que trabalharíamos bem de perto com a família dele depois que comprássemos a empresa. Acho que pensei que talvez meu pai já estivesse melhor a essa altura e eu poderia entregar a conta para ele, conforme o planejado, e não teria muita interação com eles e nada disso importaria a longo prazo. Não previ nada disso acontecendo. — Eu respiro fundo. — Não previ me apaixonar por Shang e meu pai ainda estar no hospital.

Mushu estende a mão por cima da mesa e segura a minha.

— Eu sei. Mas em breve tudo estará terminado. Você vai chegar ao fim do processo de negociações e fechar o acordo, e seu pai vai melhorar e as coisas ficarão menos indefinidas, e então você poderá contar tudo a Shang.

Dou um sorriso fraco para ela e aperto sua mão.

— Deus do céu, espero que você tenha razão.

De manhã, acordo nos braços de Shang. Fico ali por alguns momentos, saboreando a proximidade dele, depois estendo a mão em busca de meu celular. Estou no meio de um bocejo quando destravo a tela e encontro dezessete chamadas perdidas de Mama. E de Baba. Meu coração dá um pulo e me sento abruptamente, abrindo as várias mensagens de texto deles. Ao meu lado, Shang se move e afaga minhas costas, mas minha atenção está totalmente focada no telefone.

Mulan, Baba recebeu o sinal verde para ir para casa!
Venha para o hospital assim que vir isso!

— Ah, meu Deus — exclamo.

Shang se senta e beija meu rosto.

— Você tá bem?

— Tô, é só... Meu pai vai receber alta.

Durante esses últimos dias, contei a Shang detalhes vagos sobre Baba estar no hospital. O rosto dele se abre em um sorriso.

— Isso é ótimo! Você vai ver ele agora?

— Vou, assim que me vestir.

— Quer que eu vá com você? — pergunta Shang.

Meu estômago se revira de culpa. Quero aproveitar a alegria deles ao vê-lo, porque é claro que ficariam exultantes em saber que encontrei alguém que me ama tanto como Shang. Mas, se eu fizer isso, meu disfarce será descoberto e tudo vai por água abaixo.

— Hã, eu adoraria, mas...

A compreensão transparece no rosto de Shang e ele parece tão meigo que eu morro um pouquinho por dentro.

— Quer saber? Sem problema, você deveria ver seu pai sozinha agora. Digo, ele está acabando de sair do hospital e tudo o mais, provavelmente não ia querer um cara aleatório aparecendo do nada.

Conhecendo meu pai, tenho certeza absoluta de que adoraria conhecer Shang de imediato, mas me forço a concordar.

— É, acho que é melhor eu vê-lo sozinha desta vez. Mas adoraria que você conhecesse minha mãe e ele em algum momento.

— É? — diz Shang, sorrindo e passando o braço em torno da minha cintura. — Isso seria bacana. Porque você já conheceu minha família inteira, então parece justo que eu conheça a sua.

— Eu sei. Também quero isso.

Eu me estico para beijá-lo e tento não pensar em como minhas mentiras foram crescendo e viraram esse emaranhado caótico, cheio de nós. Ainda assim, digo para mim mesma que, agora que Baba está indo para casa, tudo vai ficar bem. Vai, sim.

Eu me sinto uma criancinha de novo quando coloco os olhos em meu pai. Ele parece cansado, mas está de pé e sem as roupas do hospital, e lágrimas surgem em meus olhos quando corro na direção dele e passo os braços ao seu redor.

— Baba!

— Mulan.

Afasto a cabeça para poder observá-lo.

— Ai, minha nossa. Como está se sentindo, Baba?

— Surpreendentemente bem. Se eu soubesse o quanto um descanso de duas semanas seria revigorante, teria tirado um há muito tempo.

— Ah, você — censura Mama, bem-humorada. — Pare de falar besteira.

Ele ri.

— Mas me sinto bem mesmo. Só com as costas um pouco doloridas.

— É? Digo, se tudo o que o senhor sente é um pouco de rigidez, eu diria que está muito bem — falo, enxugando os olhos.

Ma entrega uma tangerina descascada para Baba.

— Aqui, você deveria comer alimentos nutritivos.

— Obrigado — agradece meu pai. Ele se volta para mim de novo. — Conte-me tudo o que aconteceu no escritório.

— Não vai falar de trabalho já — dispara Ma.

— Ah, você tem que me dar esse desconto — pede Baba. — Nunca fiquei tanto tempo afastado do trabalho.

— Bem, não se estresse demais — alerta Ma.

Não o estresse, penso. Ótimo. Cancelo a possibilidade de contar a ele o que fiz com a família de Shang. Foco em nossas outras contas, dando-lhe um resumo detalhado das atualizações importantes, e Baba ouve por um tempo, mas aí ele levanta a mão. Eu paro de falar.

— Desculpe interromper, minha querida, mas tenho a sensação de que seremos chutados daqui em breve, então vamos para as coisas importantes: alguma atualização sobre a Wutai Gold?

Meu maxilar se cerra com força enquanto mentalmente corro para inventar uma história passável.

— Sim, na verdade as coisas estão progredindo bem com eles no momento. Estamos passando pelo processo de negociações e amanhã vamos assinar os papéis.

— Ah! — O rosto de Baba se ilumina. — Maravilhoso. Como isso aconteceu? Você liderou a coisa toda?

— Isso. — Acho quase impossível sustentar o olhar dele.

— Ah, Mulan. — Meu pai estende a mão e segura a minha, e quando olho para ele, fico chocada em ver que está com lágrimas nos olhos. — Estou tão orgulhoso de você.

— Ba, eu não sabia que a Wutai Gold era tão importante para você.

— Não é isso. — Ele aperta minha mão afetuosamente. — Sim, pensei que seriam uma boa aquisição, mas, pelas minhas conversas com eles, achei que não iam querer ter você cuidando desse contrato. Meu plano era que você comparecesse às reuniões e os conquistasse comigo a seu lado. Então, o fato de ter conseguido cuidar disso e trazer o contrato é... — Sua expressão se suaviza enquanto ele olha para mim com orgulho. — Muito impressionante. Você é a flor que desabrocha na adversidade.

— Ah, Ba... — Meus olhos se enchem d'água outra vez.

— E isso me diz que você está pronta para se tornar uma sócia da firma e, em breve, assumir meu lugar como sócia executiva.

Quero me tornar sócia há tanto tempo que, por um segundo, não absorvo a magnitude das palavras dele. E quando isso ocorre, tenho vontade de gritar de alegria e frustração, porque não é assim que eu queria virar sócia. Por anos tenho dado tudo de mim no trabalho, a primeira a chegar e a última a sair, indo nos finais de semana quando necessário, indo para casa apenas quando o resto do mundo já parece estar dormindo, e estava feliz em fazer isso, porque estava fazendo um bom trabalho. E agora que enfim vou conseguir o que queria, não parece mais tão gostoso. Parece terrível, parece uma maldição. Está maculado, e é tudo culpa minha.

Mas Baba está olhando para mim com uma expressão familiar, a mesma que exibe sempre que faço algo certo — quando caí da trave na ginástica, mas subi de novo e terminei a coreografia; quando me formei em Princeton; quando fechei meu primeiro contrato na firma. É uma expressão que valorizo, e não tenho coragem de arruiná-la, não neste momento. E definitivamente não enquanto meu pai ainda está se recuperando.

Então eu o abraço e digo:

— Obrigada, Ba. Estou honrada.

— Estou tão orgulhoso de você — repete ele, dando tapinhas carinhosos em minha bochecha. — Você é a melhor filha que um pai poderia querer.

— Só porque tenho o melhor pai. — Dou tapinhas no braço dele e me aprumo. — Agora tenho que correr, mas vou passar na sua casa mais tarde, depois do trabalho.

Baba sorri.

— Te vejo depois.

Mantenho a cabeça baixa o caminho todo até o estacionamento, o rosto ardendo de vergonha e raiva por minha ousadia, minha tolice. Quando chego à privacidade do meu carro, seguro o volante com força e solto um grito. Levantando a cabeça, vejo que choquei um transeunte. Faço uma careta e balbucio um "Desculpa", mas a pessoa sai, apressada.

Solto um suspiro pesado e deixo a cabeça cair sobre o volante. Ouço uma batida incisiva na janela do carro. Assustada, me levanto em um pulo. É Ma. Eu abro a janela, o coração martelando com tanta força que o sinto na garganta.

— Oi, Ma. O que está fazendo aqui embaixo?

— Você esqueceu o celular — explica minha mãe, oferecendo-o para mim.

— Ah, obrigada. Eu estaria encrencada sem ele.

Pego o aparelho, mantendo os olhos nele em vez de em Mama.

— O que está havendo, Mulan? — pergunta ela.

— Nada — respondo rápido. Rápido demais.

Ma apenas olha para mim sem dizer nada até eu ceder.

— É só que... Está tudo uma bagunça, tá bom, Ma?

— Ah, Mulan. O que foi? Me conta.

— Não, não posso... Ah.

Assisto, impotente, enquanto minha mãe dá a volta pela frente do carro e desliza no banco do passageiro.

Ela fecha a porta e dobra as mãos no colo.

— Certo. Agora me conte.

Aperto o telefone para impedir minhas mãos de tremerem.

— Não sei nem por onde começar — sussurro.

Embora Ma saiba da mentira que inventei para salvar a aquisição, tenho quase certeza de que não percebe a extensão da farsa toda e como ela saiu do controle a essa altura.

— Que tal começar me contando sobre esse rapaz bacana com quem você anda saindo?

Dou um pulo, a cabeça girando para encará-la.

— Você sabia?

— Como poderia não saber quando minha própria filha está apaixonada? — Ma passa meu cabelo por trás da orelha com gentileza.

— Ma — falo com um soluço, sentindo que tenho cinco anos de idade. — Acho que vou estragar tudo.

— Comece do começo.

E assim eu faço. Conto tudo a ela. Ma escuta com atenção total, soltando um arquejo aqui e ali, um *hmm* triste quando apropriado, mas, independentemente do que faça, ela mantém a mão no meu braço, e o amor em seu rosto nunca some de lá, nem um pouquinho, nem mesmo quando conto como Shang está se apaixonando por mim como “Zhou”.

Quando enfim termino, ainda me sinto terrível, mas um pouco mais leve, como se o peso esmagando meu peito tivesse aliviado um pouquinho, só o suficiente para me dar espaço para respirar. Solto uma expiração longa, derrotada.

— Então é isso. E agora não sei o que fazer.

— Ah, Mulan — repete minha mãe. Ela coloca a mão no meu rosto. — Você sabe o que fazer, sim. Você sabia esse tempo todo.

Levanto meu olhar para o dela, e sei que Ma tem razão. Eu sei o que fazer, sim.

— Preciso esclarecer as coisas com ele. Com a família dele.

— Sim — concorda Ma. — E precisa fazer isso antes de finalizar o acordo. Uma parceria de negócios não pode acontecer baseada em uma mentira. Quanto ao rapaz... — Ela olha pelo para-brisa com um sorrisinho. — Acho que, se ele te ama, vai superar isso.

— É uma mentira bem grande para superar. Tecnicamente, ele nem sabe o meu nome.

Minha mãe ri.

— Ma!

— Desculpe, mas é engraçado, um pouquinho.

— Você não pode dizer isso — choramingo. — Não ia gostar se outra pessoa fizesse isso comigo.

— Ah, eu atacaria a casa da pessoa com um cutelo.

Solto um grunhido.

— Viu? É bem ruim!

— Estou só brincando. Ou será que não? Mas sinceramente? É ruim, sim. Mas segundo o que você me contou, parece que isso levou a um amor verdadeiro. Quem sabe, se você não tivesse se passado por Zhou e feito todas essas coisas ridículas, você e Shang talvez não tivessem se conhecido. E vocês estão tratando bem um ao outro, com amor e respeito, então acho que vão superar isso. Ele verá que você foi tola, sim, mas, por baixo da tolice, Shang deveria saber que tem um coração bom.

Assinto com a cabeça, sentindo lágrimas escorrerem por minhas bochechas.

— Espero que sim.

— Agora vá lá e faça a coisa certa.

CAPÍTULO DEZESSETE

Naquela noite, não durmo nada. Fico deitada na cama, me virando para cá, depois para lá, depois de volta, e assim por diante, sem parar, até desistir e acender o abajur da mesa de cabeceira. Shang e eu conversamos ao telefone mais cedo para dar boa-noite, mas não queria contar por telefone, então me segurei o tempo todo. Agora, quando confiro o celular, encontro uma mensagem dele.

Tô sentindo falta de alguém. Ela é a mulher mais engraçada que eu conheço.

Sorrindo, envio de volta:

Mais engraçada? Isso foi o melhor que você encontrou pra dizer?

Estou para largar o telefone quando aparecem os três pontinhos.

Shang:
E a mais bonita. E a mais inteligente. E a mais descolada.

Eu:
Agora sim! Obrigada.

Eu largo o aparelho, depois o apanho de novo.

Eu:
Ei, amanhã cedo você pode se encontrar comigo antes da reunião?

Shang:
Prometi para minha mãe que eu a levaria para a reunião. Posso buscá-la cedo e te ver no escritório antes do horário marcado, pode ser?

Mordo o lábio inferior. Não é o ideal ter a mãe dele no escritório também enquanto conto a verdade, mas posso puxá-lo de canto para ter um pouco de privacidade. Tudo o que sei é que preciso contar a ele antes de contar para a família toda. Aff, que timing terrível para isso tudo.

Eu:
É, pode ser. Se der, pode chegar uns vinte minutos antes? Eu me certifico de ter café da manhã pronto para a sua mãe, assim ela pode comer enquanto espera.

Shang:
Obrigado, muito atencioso de sua parte. Bjo

Coloco o telefone de volta na mesa de cabeceira, desabo na cama de novo e tento me forçar a dormir. Funciona tão bem quanto seria de se esperar.

Na manhã seguinte, acordo num susto quando meu despertador toca. Grunhindo, desligo o alarme e começo a me levantar. Devo ter dormido por menos de uma hora. Me sinto mal, como se tivesse uma ressaca, apesar de não ter bebido nada ontem à noite. Então a realidade me atinge e eu me aprumo. Hoje é o dia em que vou contar a verdade a Shang. E à família dele. E torcer para que não acabe com todo o nosso acordo.

Quem eu quero enganar? Isso com certeza vai acabar com o acordo, ou no mínimo vai atrasar tudo. Mas minha mãe tem razão: não posso seguir em frente com um relacionamento, seja ele pessoal ou profissional, baseado em uma mentira. Na melhor das hipóteses, os Li dão risada e dizem que sabiam esse tempo todo. Na pior das hipóteses, eles chamam seus advogados e processam a firma até o último centavo, e Baba perde a empresa que passou as duas últimas décadas construindo do zero. Sem mencionar que eu perco o melhor relacionamento que tenho em anos. Ou desde sempre. Ótimo. Nada demais.

Eu me visto sem pressa, passo maquiagem com cuidado extra e escolho um terninho azul-marinho. Assinto para meu reflexo e digo:

— Você parece alguém que está prestes a acabar com a própria vida. — Não, negativo demais. — Você parece alguém com uma missão. Uma que é impossível.

Uau, eu sou uma droga em discursos motivacionais. Solto a respiração num sopro, pego as chaves e saio do apartamento.

Conforme prometido, passo para comprar duas dúzias de bagels e quatro potes diferentes de cream cheese a caminho do escritório. Sei que estou exagerando e devo estar tentando amenizar minha culpa alimentando todos em demasia, mas ao menos a mãe de Shang não ficará com fome enquanto tenho a conversa mais constrangedora do mundo com o filho dela. Quando chego ao escritório, instruo a todos para que, por favor, simplesmente não me chamem de Mulan quando o pessoal da Wutai Gold chegar.

— Quer que a gente te chame de Zhou? — pergunta Josh, o analista.

Acho que correu a notícia de que pedi para que Mushu e Gerald me chamassem de Zhou da última vez.

— Não — respondo.

Estou tão cansada de ser Zhou. A última coisa que desejo é ouvir alguém me chamando assim.

Todos olham para mim com confusão evidente. Mushu levanta a mão.

— Pois não? — falo, exausta.

— Tem algum nome que você prefira que seja usado por nós, ou você está, tipo, na sua era anônima agora, tipo um rapper ou um iogue?

— Ah, é verdade. — Eu suspiro. Deus, estou cansada demais até para colocar minha máscara de Mulan Profissional e dizer algo competente. É claro que eu não pensei em um nome para mim mesma. — Só... Preciso fazer uma coisa, será que vocês todos poderiam... não mencionar meu nome, de forma alguma, até depois de eu fazer essa coisa? Se precisarem de mim, sei lá, batam no meu ombro ou digam "Ei" bem alto ou algo assim.

Minha prima assente com um sorriso satisfeito.

— É, ela está em sua era iogue, sim. Esta é a Mulan Transcendente. Ops, desculpa, não Mulan. Aquela cujo nome jamais deve ser proferido.

— Certo, fico feliz que isso esteja resolvido.

Entrego os bagels para um estagiário e o instruo para colocá-los de um jeito bonito na sala de reuniões. Em seguida, sinalizo para Mushu me seguir para dentro da minha sala. Assim que temos privacidade, eu me viro para ela e conto:

— Vou contar a verdade para Shang.

— Caramba, ok — diz ela.

— Hoje. Agora mesmo. — Confiro meu relógio. — Bom, daqui a alguns minutos. Ele está vindo para cá antes da reunião com a Wutai Gold.

Mushu arregala os olhos.

— Sério? Antes da reunião?

— É, e tem que ser antes da reunião porque... — Respiro fundo. — Porque também vou contar a verdade para a família dele.

Mushu solta um assovio.

— Uau. Você pensou bem nisso?

Assinto com a cabeça.

— Não posso ir até o fim com a aquisição sabendo que menti para eles esse tempo todo.

— Certo. Estou do seu lado, não importa o que aconteça.

— Obrigada, Mushu.

— Embora eu ache que você esteja cometendo um equívoco terrível. Estou te dizendo, mudar seu nome legalmente é o caminho.

— É, tá, obrigada.

Eu me chacoalho, sorrindo de leve enquanto minha prima deixa a sala. Como é que ela consegue me fazer rir até numa hora dessas?

Confiro meu celular outra vez. Shang já deveria estar aqui a essa hora. Levanto a cabeça, olhando pelas paredes de vidro do escritório, meio que esperando vê-lo chegar com a mãe, mas a área da recepção segue vazia. Abro nossa conversa e começo a escrever uma mensagem, mas aí a apago. Ele deve estar a caminho, e não quero que ele use o celular enquanto dirige.

Os minutos se arrastam, dolorosamente lentos. Eu me sento à mesa, batucando com um pé, nervosa, pegando o celular de vez em quando caso tenha perdido algum recado. Nesse instante, chega uma mensagem. Mas não é de Shang. É da mãe dele.

> Titia Jiayi:
> Oi, Zhou, aqui é titia Jiayi. Meu filho me pediu para mandar mensagem para você porque ele está dirigindo. Houve um acidente de carro na estrada, parece que chegaremos atrasados na reunião. Shang lamenta muito.

— Não! — choramingo em voz alta. — Droga.

Logo digito uma resposta agradecendo pelo aviso, então enterro a cabeça entre as mãos. E agora? Não quero pegar Shang de surpresa com a notícia na frente da família dele; depois de tudo o que nós compartilhamos, ele merece ser informado disso com privacidade. Minhas palmas estão tão suadas a essa altura que o celular escorrega e cai no chão. Mal registro esse fato. *Respira*. Mas não consigo. Há um punho em torno do meu peito e ele está me espremendo. *Para com isso. Para. Controle-se.* Eu me forço a respirar fundo e contar até cinco antes de soltar o ar em uma exalação longa e contínua.

A resposta me ocorre lentamente. É tarde demais para cancelar a reunião agora; os Li provavelmente estão todos a caminho. A segunda melhor opção seria protelar. Isso! Posso dizer a eles que houve um pequeno atraso, que o departamento legal ainda está arrumando alguns detalhes — é, isso é bom, todo contrato tem seus pormenores — e que estaremos prontos hoje, só que um pouco mais tarde. Ou amanhã, o que for melhor para os Li. E assim que eu puder ficar sozinha com Shang, vou na mesma hora contar a ele.

Agarro o apoio de braço da cadeira, apertando e afrouxando a mão enquanto repasso o novo plano. Não é exatamente um plano brilhante, mas é decente, e é o melhor que posso esperar sob essas circunstâncias. Os Li não ficarão felizes por desperdiçarem seu tempo, mas são pessoas de negócios — atrasos e pequenos incômodos desse tipo não lhes são estranhos.

Quando eles chegam, estou tão preparada quanto é possível estar. Eu os cumprimento na área da recepção, dando um aperto de mão firme em cada um, dizendo a todos como é bom vê-los de novo. Estou conduzindo-os para a sala de reuniões quando Shang e a mãe chegam. Ele sai às pressas do elevador assim que as portas se abrem e cumprimenta a família, mas só para de andar quando está na minha frente.

— Oi, desculpe não ter conseguido chegar aqui antes — diz ele.

— Tudo bem, não se preocupe com isso — respondo.

Faz-se uma pausa desconfortável enquanto nós dois notamos que todos no escritório — tanto os Li quanto meus colegas — estão nos observando. Pigarreio.

— Mas enfim, fico feliz que esteja aqui. Vamos entrar.

A última coisa de que preciso é o resto da família de Shang e meus colegas descobrindo sobre meu relacionamento com ele. Não estamos exatamente nos escondendo, mas ainda não anunciamos nada oficialmente, e este com certeza não é o momento mais auspicioso para fazer isso.

Todos se enfileiram para entrar na sala de reuniões. Mushu é a última, e fecha a porta após passar.

É agora. Eu me posto na cabeceira da mesa de conferências e forço um sorriso enquanto olho para os rostos cheios de expectativa.

— Bom dia a todos, estou muito feliz que tenham vindo para cá hoje.

— É bom te ver de novo, Zhou — diz titio Hong. — Você é uma mocinha impressionante e estamos empolgados em vender nossa empresa para vocês.

James observa, carrancudo, mas todos os outros anuem, simpáticos.

— Obrigada, titio Hong — falo. — Estou muito honrada por terem decidido vender a Wutai Gold para nós. Sei o quanto a empresa significa para todos e prometo que faremos o que for melhor para ela, preservando o seu legado. E é por isso que estamos tomando um cuidado extra com os contratos, para nos certificar de que tudo esteja perfeito.

As palavras parecem pesadas, caindo de minha boca, desajeitadas e obviamente falsas. Eu continuo.

— Há alguns detalhes que ainda precisam ser acertados, mas...

Há uma batida na porta. Franzo a testa para Mushu, que se levanta em um salto.

— Vou avisar para não interromperem — anuncia Mushu, correndo até a porta. Ela a abre e sai.

Encaro os Li mais uma vez. Estão um pouco menos contentes agora, exceto por James, que parece muito convencido.

— Está dizendo que o contrato não está pronto? — pergunta ele.

— James — fala Shang em tom de alerta.

— Bem... — começo, minha voz fraquejando. Isso não é nada bom. De fato, é ruim. Bem ruim.

Há outra batida na porta.

— Estamos em uma reunião aqui — aviso. Meus nervos estão em frangalhos, e posso ouvir o tom estridente em minha voz. Não tem como ficar pior.

E então a porta se abre e Baba entra, vacilante, segurando uma bengala e exibindo um sorriso enorme.

— Ah, desculpem por interromper, mas insisti que precisava conhecer todos vocês pessoalmente enquanto assinamos esse contrato tão memorável.

Ninguém fala nada. Todos o encaram. Meu cérebro implode. Fico ali, travada, minhas entranhas disputando sobre o que fazer. No momento, a parte de mim que está gritando para eu simplesmente levantar e sair correndo e nunca mais parar está ganhando.

E então James solta:

— Quem é você?

— Desculpem, esqueci de me apresentar. Sou Zhou. Hua Zhou. O sócio executivo desta firma.

Eu estava enganada. Dá para ficar pior, no final das contas.

Depois disso, não há como salvar a reunião. A sala de conferências explode em barulho — em sua maioria, questionamentos zangados disparados como uma metralhadora, sobrepondo-se uns aos outros.

— Tenho certeza de que há uma explicação... — começa titia Jiayi, mas ela é logo calada pelos outros.

— Como assim, você é o sócio executivo? — James exige saber.

— Talvez haja muitos sócios nesta firma? — arrisca titia Lulu.

— Também tem vários Hua Zhous aqui? — retruca titio Jing.

Dentro do puro pânico se acumulando em mim, minha maior preocupação é a saúde de meu pai. Todo esse choque e esse horror desagradáveis não podem ser bons para o coração dele.

— Ba — chamo —, o senhor poderia, talvez, esperar na sua sala, e eu explico tudo daqui a pouquinho?

Baba olha confuso para o grupo raivoso ao seu redor, depois de volta para mim. Por um momento, parece que vai discutir comigo e insistir em ficar, mas aí ele anui. Erguendo a mão, ele se vira para os Li e diz:

— Peço desculpas. Parece que minha chegada causou alguma confusão. Vou sair. Confio que minha filha vai resolver isso. — Ele caminha para a porta e, ao partir, acrescenta: — Foi muito bom conhecer todos vocês. Uma honra mesmo.

Meu pai deixa para trás um silêncio horrível, profundo, um buraco negro que suga tudo para seu centro. Tenho vontade de me encolher em uma bolinha minúscula e sumir, mas, de alguma forma, me forço a olhar para eles. A ver a única face que preciso ver.

E quando a vejo, é devastador. Shang me encara como se me visse pela primeira vez, e ele não gosta do que está vendo. Finalmente compreendo o conceito de coração partido. Todos os relacionamentos que tive no passado, a sensação de quando terminaram, não foram nada comparados a ver essa expressão no rosto dele. A decepção e a tristeza. Sinto não apenas meu coração, mas toda a minha alma se despedaçando.

— Eu...

Minha voz fraqueja, mas de algum modo, nas profundezas do meu ser, encontro um grãozinho de força. Não posso desmoronar agora, apesar de sentir vontade. Não mereço o luxo de desmoronar. Ainda não. Foi isso que plantei, então é isso que vou colher.

— Peço desculpas. Tenho algo a contar para vocês. O motivo real por trás do atraso. E o motivo é que Hua Zhou é, como acabam de ver, meu pai, não eu. Eu me chamo Hua Mulan. No dia anterior àquele em que vocês deveriam se reunir com meu pai, ele teve um ataque cardíaco e foi hospitalizado. A última conversa que tivemos foi sobre a Wutai Gold e o quanto essa aquisição significava para ele, e eu não queria perdê-la. Senti, pela sua reputação e pela correspondência que vocês trocaram com meu pai, que não me levariam a sério como filha, uma mulher, então senti que não tinha outra escolha a não ser fingir que, esse tempo todo, Zhou era eu. Queria fazer a coisa certa pelo meu pai e, ao fazer isso, agi de forma muito errada com todos vocês, e por isso lamento muito e peço desculpas.

Minha voz treme enquanto falo, mas consigo ir até o fim sem desabar. Olho para Shang, desejando que compreenda, que se compadeça, mas ele ainda parece tão desapontado que sei, sem sombra de dúvidas, que tudo terminou entre nós.

— Bem — diz titio Hong, levantando-se da cadeira. — Estamos indo embora agora.

— Eu falei — resmunga James em voz alta enquanto se põe de pé.

Há murmúrios descontentes por todo lado enquanto eles se levantam e saem da sala de conferências. Espero até Shang se aproximar de mim. Estendo a mão para tocar seu braço, mas paro antes de fazer contato real.

— Shang...

Ele abaixa os olhos, virando o rosto de leve para o outro lado.

Minha garganta fecha. Eu o deixo ir. Não consigo conversar com ele sem irromper em lágrimas agora, e não posso permitir que isso aconteça além de tudo o mais. Simplesmente fico ali de pé, assistindo a todos partirem. Minha prima se apressa até mim, passando um braço em torno de meus ombros e apertando.

— Obrigada, Mushu — murmuro.

Solto uma fungadela, depois junto os caquinhos que consigo reunir e deixo a sala de conferências. Finjo não notar todos olhando por cima de suas baias enquanto abro caminho até o escritório de Baba.

Eu bato antes de entrar.

— Ba.

Meu pai está olhando pela parede de vidro.

— Eles foram embora, então?

— Foram.

— Você fingiu ser eu?

Agora me sinto como uma criança que quebrou o vaso inestimável de meu pai.

— Isso. — Minha voz é um sussurro.

— Por quê?

— Eu... Pelos seus e-mails com Shang, estava claro que eles não concordariam em tratar com ninguém além de Zhou.

Baba enfim se vira para olhar para mim.

— Essa é a razão superficial. Qual é a razão real?

— Não sei, Ba. Você tinha acabado de ter um ataque cardíaco. Pensei que íamos te perder. — Minha voz falha nesse instante. — Não queria perder você, e não queria perder o contrato, porque era como se estivesse perdendo você.

— Mulan — diz Baba, e embora sua voz esteja triste, há um mar de amor em seus olhos.

— Desculpe, Ba. Eu estraguei tudo.

Como muitos pais chineses, Baba não é do tipo que abraça, mas faz isso agora, embora um tanto desajeitadamente. Em seguida, ele me solta e diz:

— Me deixe te contar da vez que deixei uma porteira aberta e perdi todas as ovelhas da vovó e do vovô.

Eu rio e soluço ao mesmo tempo.

— Você não fez isso.

— Ah, eu fiz, sim. Eles tinham treze ovelhas, e todas se foram, rápido assim. Era o sustento deles. Quase passamos fome, se não fosse pela ajuda de nossos vizinhos e da família.

— Ba — repito em meio às lágrimas.

— Todos nós cometemos erros, Mulan.

Um erro. Parece ridículo pensar em toda essa confusão horrorosa como um erro. Seria mais um fracasso em larga escala. Estou grata por Baba não me odiar como todo mundo odeia agora, mas ainda me restam os destroços gigantescos que eu mesma criei, e não tenho ideia de como consertar as coisas.

CAPÍTULO DEZOITO

Eu nunca, nem uma vez, odiei morar sozinha. Adoro a solidão que meu apartamento me dá, o modo como é o único lugar quieto ao qual posso voltar depois de um dia de trabalho longo e caótico. Esta noite, contudo, quando passo pela porta, o silêncio bate fundo. Parece tão vazio, tão desprovido de alma... Eu me posto no corredor e vejo o fantasma de Shang no sofá, lendo um livro. Quando olho direto para o sofá, ele desaparece. Mas ainda posso sentir seu cheiro.

— Estúpida — digo em voz alta, só para ouvir algum ruído no silêncio mortal. Tiro os sapatos e saio andando, depois volto para guardá-los direito. Mesmo agora, não posso negar que a paz que vem de ter um lugar organizado e acessível é gratificante.

Guardo o casaco, depois vou ao banheiro lavar as mãos. Até o banheiro está impecável. Shang e eu visitamos a Target, onde encontrei uma bandeja bonita de vidro, junto com um dispensador de sabonete e um porta-escova de dentes, e só essa mudança pequena já valorizou toda a área da pia. Para todo lugar que olho, meu apartamento está repleto de lembranças de Shang. Como? Só saímos por alguns dias.

A tristeza dentro de mim cresce até virar um rochedo, me esmagando. Olho para o espelho enquanto lavo as mãos. Pareço cansada e exaurida, sem lembrar em nada alguém de vinte e poucos anos. O pesar e a preocupação marcam meu rosto. Jogo um pouco de água fria no rosto, depois saio do banheiro e vou para a cozinha.

É pior aqui, já que é onde Shang e eu passamos a maior parte de nosso tempo juntos. Tirando o quarto, digo. E aqui trabalhamos como uma equipe, eu lavando os ingredientes enquanto Shang os picava. Ele cozinhando a carne e os vegetais enquanto eu ligava a panela de arroz elétrica. Um beijinho rápido em sua nuca enquanto eu passava por ele, um aperto no braço quando ele passava por mim, a mão afetuosa roçando meu cabelo. Uma centena de formas de tocar um ao outro. Não conseguíamos manter nossas mãos longe um do outro, nem enquanto cozinhávamos, e não era nem sexual em boa parte do tempo; éramos apenas nós dois querendo estender a mão e nos tocar, como se fôssemos extensões do mesmo espírito.

Lágrimas ardem em meus olhos. Tiro o celular do bolso. Enviei uma mensagem para Shang mais cedo, mas tudo o que ele respondeu foi:

Preciso de um tempo.

Não é descabido, nem cruel. Ele nem falou nada rancoroso ou ofensivo para mim, e eu sei que merecia ouvir algo assim. Mereço ser chamada de mentirosa, de desonrada, de covarde, e ele não disse nada do tipo. Mesmo agora, depois da forma como o traí, Shang continua gentil. Ele precisa de tempo. Eu posso lhe dar isso, pelo menos.

Enxugando as lágrimas, guardo o telefone de volta no bolso e chacoalho a cabeça, como se tentando me livrar das lembranças de Shang com o movimento. Solto o ar num sopro.

— Vamos lá, Mulan — falo em voz alta. — Recomponha-se.

Só porque tornei tudo uma bagunça gigantesca não significa que eu deveria deixar meus bons hábitos novos para trás também. Vou preparar o jantar para mim. Abro a geladeira e ali está a última gota.

O interior está cheio de recipientes enfileirados, organizados, todos cheios de ingredientes frescos. É o lembrete final de Shang que me despedaça. Soltando um breve grito de dor e fúria, eu bato a porta da geladeira. Deus do céu, ele era tão bom pra mim. Tão, tão bom. E eu não fiz nada além de arruinar tudo.

— Para — digo em alto e bom som para o redemoinho de raiva e ódio a mim mesma girando dentro da minha mente. — Para.

Em vez de parar, ele aumenta de intensidade, me esmagando. Eu me agacho no chão, abraçando os joelhos junto ao peito. Até ficar de pé parece demais no momento. Tudo é demais, absolutamente tudo. Durante a vida inteira, me senti pressionada para esconder meu verdadeiro eu, porque tudo nela é centrado nos homens. Em tentar impressioná-los, ou provar que estão errados, ou garantir que não se decepcionem. Meu pai, meus colegas de escola e, mais tarde, meus colegas de trabalho, meus clientes, e agora os Li. Com todos eles, me esforcei para vestir a máscara certa, e sou tão boa nisso! Fiz isso por tanto tempo que já nem conhecia mais meu eu real.

Até Shang aparecer.

A vida inteira venho usando máscaras — e é como se tivesse que encolher a barriga o tempo todo, e apenas com ele fui capaz de deixar tudo pra lá e relaxar por completo. Um soluço me escapa quando penso em como eu era quando estava perto de Shang. Ainda era a bróder financista esforçada, responsável, intelectual e confiante, e ainda era a filha amorosa e diligente. Mas também era algo além. Era uma palhaça perto dele. Era divertida, boba, atrevida. Quando foi a última vez que fui atrevida antes de Shang entrar na minha vida? Estava tão reprimida que minha ideia de risco era atravessar fora da faixa em uma rua vazia. Mas Shang trouxe à tona essa parte de mim. Também trouxe à tona a parte egoísta, aquela que, pela primeira vez, não está pensando *O que Baba faria?*. A parte que sabe exatamente o que quer e não tem medo de ir atrás, não importa o quanto isso seja irresponsável. Shang me trouxe de volta a mim mesma, uma eu mesma que achei ter desaparecido. E não quero perdê-la de novo.

Essa compreensão me traz um pouquinho de paz. Fungando, eu me endireito e levanto do chão. Vou até o banheiro e jogo água fria no rosto de novo antes de olhar no espelho. Meu reflexo me encara de volta, e eu me vejo então: uma pessoa com muitos defeitos, alguém que cometeu tantos erros, tomou tantas decisões ruins... Mas também alguém que tomou decisões ruins pelos motivos certos. Alguém motivado por amor e dever. Alguém motivado, ponto.

Eu me forço a voltar para a cozinha, abrir a geladeira de novo e, dessa vez, pego uma bolsa de tecido no armário e começo a retirar coisas da geladeira.

Dez minutos depois, estou de volta ao meu carro. Faço um telefonema.

— Ma, não se incomode em cozinhar.

Quando chego, meus pais me recebem com sorrisos felizes, porém confusos.

— O que você tá fazendo aqui? — pergunta minha mãe.

Levanto a bolsa de ingredientes.

— Vou fazer o jantar pra vocês.

— Minha nossa — fala meu pai. — Acho que temos alguns comprimidos antidiarreicos sobrando da nossa última viagem.

— Ba! — disparo, e ele ri. — Ei, Baba, podemos conversar um segundinho?

— Sempre.

— Vou deixar vocês papearem — diz Ma, tirando a sacola de ingredientes de minhas mãos e indo para a cozinha.

Na sala de estar, me jogo no sofá com um suspiro. Agora que estou aqui de fato, vendo meu pai em pessoa, acho difícil saber por onde começar.

— Hã, então...

Eu me debato mentalmente. Baba está olhando para mim com tanta expectativa nos olhos, que é paralisante. Expectativas. É isso. É de onde vou começar.

— Quando eu era pequena, ouvi a titia e Ma conversando, falando como Ma não podia ter mais filhos por minha causa.

A expressão de Ba entristece e parece que ele está prestes a dizer algo, mas se contém e gesticula para eu continuar.

— E a titia comentou: "Que pena você ter precisado fazer aquela operação horrível por causa da Mulan. E ela nem é um menino!". E, desde então, eu soube que tinha que compensar vocês dois por isso, e venho compensando a vida inteira. Sinto um medo intenso de decepcionar você e Ma porque...

— Ah, Mulan — fala Baba. — Você trabalha tanto. Você é... — A voz dele falha aqui, e ele inspira fundo, trêmulo. — Ah, Nu er, lamento muito que tenha ouvido sua titia dizer isso. Eu nunca, nem por um momento, me arrependi de ter você como minha filha. Você vale por dez filhos homens. Vinte!

Um peso que nunca tinha percebido que existia de repente some de meus ombros.

— Sério mesmo? Você nunca desejou secretamente um menino?

— Rá! — grita minha mãe da porta.

Baba e eu tomamos um susto.

— Mulan, que bobagem é essa? — vocifera ela. — Acha mesmo que seu baba e eu preferiríamos ter tido um filho?

— Ma, mas a titia...

Ela bufa e acena com a mão, dispensando a ideia.

— Ah, minha irmã. Ela está presa aos costumes antigos. E você não se lembra dos seus primos? Kenny e Keith? Eram umas pestes. Em menos de uma hora da visita, eles quebraram a nossa TV. Aposto que a titia só disse aquilo porque estava com inveja por não ter uma filha.

Eu rio em meio a minhas lágrimas.

— Ah, Ma.

Minha mãe se aproxima, apressada, e me envolve em um abraço de urso.

— Você é tudo o que desejávamos.

— E mais — acrescenta Ba, estendendo a mão e agarrando a minha.

— Me desculpem por ter estragado tudo com a Wutai Gold — digo quando Ma me solta. — Eu sei que você queria muito essa aquisição.

— Ah, Mulan. Queria, sim, mas não pelos motivos que você acha. Queria que *você* fizesse essa aquisição. Queria que você os analisasse, não só com sua mente, mas com seu coração e seus instintos. Você é tão boa com números. Mas o que fazemos é muito mais do que isso. Qualquer um pode olhar para eles e tomar uma decisão de comprar ou não comprar, mas quer saber o meu segredo? Por que eu tenho uma taxa de sucesso tão alta?

Concordo com a cabeça.

— Porque procuro por algo que não está no papel. Procuro resiliência. É a coisa que leva alguém a ser bem-sucedido, porque essa pessoa vai se erguer de novo e de novo, não importa quantas vezes seja preciso. E é isso o que vi na Wutai Gold. É isso o que vejo em você. E eu queria que visse isso por si mesma. É preciso um dom especial para ver como uma empresa passando por dificuldades pode se tornar bem-sucedida por causa das pessoas por trás dela.

As peças se encaixam dentro de mim. Então era por isso que ele queria que eu conquistasse a Wutai Gold.

— Eu entendo.

— Sei que entende. E estou orgulhoso de você. De tudo o que você se tornou. — Ele toca minha bochecha e sorri, assentindo com a cabeça. — Vamos começar a preparar o jantar?

— Vamos — digo, enxugando as últimas lágrimas.

Nós nos levantamos, eu dando um último aperto no braço de meu pai, e vamos até a cozinha, onde Ma tirou a carne de porco, as cebolinhas, o repolho e os outros ingredientes que eu trouxe.

Conversamos enquanto pico as cebolinhas como vi Shang fazer, depois as misturo com a carne de porco moída. Acrescento gengibre, vinho Shaoxing, sal, pimenta, molho de soja, óleo de gergelim e molho de ostra, mexendo tudo com um par de palitinhos. Em seguida, levo a tigela até meus pais, bem como um pacote de massa pronta de *dumpling*, e anuncio:

— Vamos fazer jiaozi.

— Minha nossa, Mulan, onde você aprendeu a fazer isso? — pergunta minha mãe, pegando a massa de *dumpling* e colocando nela uma porção de recheio de porco.

Minha boca forma uma linha fina antes de enfim responder:

— Shang.

— Ah — exclama Ma, sua expressão se suavizando. — E como estão vocês dois? Conversaram?

Balanço a cabeça, mantendo o foco no jiaozi que estou montando.

— Ele falou que precisa de tempo.

— O tempo cura todas as feridas — diz Ba. — É um ditado chinês.

— Quase certeza de que não, Ba.

— Tenho certeza de que existe uma versão chinesa.

— Existe, na verdade — comenta Ma. — Em chinês, dizemos que "O tempo é um grande remédio".

— Hum — murmuro, amassando as bordas de meu jiaozi para fechar e colocando-o num prato. — Eu gosto disso.

A despeito de tudo estar desmoronando, sinto algo parecido com paz, bem aqui na cozinha dos meus pais, fazendo jiaozi com eles. Dobrar a massa é uma ótima maneira de canalizar a frustração e a tristeza dentro de mim, e o bate-papo fácil mantém minha mente distante da confusão desoladora de minha vida. E a conversa que tive com eles retirou um peso enorme de mim. Um peso que eu carregava há décadas, um peso que provavelmente teria carregado para o resto da vida se não tivesse conhecido Shang. Não faço ideia do que vai acontecer entre nós dois, mas espero que um dia eu possa receber a chance de agradecê-lo por tudo que fez por mim.

Com três pares de mãos trabalhando, não demora muito até toda a carne de porco ter sido usada e nós terminamos com dois pratos enormes de *dumplings*. Eu esquento a panela *wok*, depois ajeito os *dumplings* dentro dela com cuidado. Jogo um pouco de água e fecho a tampa. No meio do cozimento, despejo uma mistura com amido de milho, aí fecho a tampa de novo antes de começar a preparar o molho. Quando me viro, encontro meus pais olhando para mim com espanto.

— Você realmente aprendeu tudo isso com Shang? — pergunta Ma.

Encolho os ombros, as bochechas esquentando.

Meus pais trocam um olhar.

— Eu venho tentando convencê-la a aprender a cozinhar pratos básicos esses anos todos, e foi só um rapaz aparecer e, *puf*, ela é uma chef — comenta minha mãe.

Solto um grunhido.

— Ai, Ma, não é assim.

Os dois aplaudem quando eu finalmente anuncio que os jiaozi estão prontos e os disponho em um prato. Coloco outro prato por cima e viro os dois, revelando a camada crocante que estava no fundo. Meus pais soltam *uh* e *ah* diante disso. Eu dou um passo para trás e admiro meu trabalho.

— Uau, nem consigo acreditar que realmente funcionou.

— Essa foi a primeira vez que você preparou esse prato sozinha? — pergunta Ba.

— Foi. Não tinha certeza se ia queimar tudo ou não. Mas enfim, sirvam-se.

Molhamos os jiaozi no molho caseiro e damos nossas mordidas.

— Mulan! — exclama minha mãe, a boca ainda cheia. — Isso está uma delícia, minha nossa. Estou chocada!

— Tá bom, Ma, não precisa, tipo, ficar tão surpresa. — Como um pedaço e meus olhos se arregalam. — Uau, isso aqui está ótimo. Bom trabalho, eu.

— Estão deliciosas. Melhores até do que as que a sua mãe faz.

Ma bate no braço dele.

— Mas seu pai tem razão. Essa está mais gostosa.

Eu suspiro.

— Bom, se a sua firma for processada até o talo, eu abro um restaurante de jiaozi.

— Não adianta se preocupar com isso agora — fala Ba.

E, de algum jeito, sentada aqui na casa dos meus pais comendo *dumplings*, consigo não me preocupar com nada, só por um tempinho.

Depois que terminamos de jantar, eu me permito uma olhadinha no celular. Nenhuma mensagem de Shang, mas tem uma de Mushu, me convidado para sair e tomar uns drinques. Beber me parece uma boa ideia no momento, então respondo e digo que vou me encontrar com ela em nosso bar de sempre. Despeço-me de meus pais com um beijo e saio, e meia hora depois estou no coração da cidade, em um bar sofisticado chamado Flor de Gengibre.

Minha prima chega fabulosa como sempre, em um vestido de seda com uma fenda que exibe suas pernas.

— Você está bonita — elogio.

— Obrigada. Você está cansada.

— Grossa.

— Bom, você é linda, então pode se safar com uma cara cansada — argumenta ela.

— Depois do dia que tive, eu estou mesmo cansada.

Sirvo vinho para Mushu e fazemos um brinde.

— Lamento pelo jeito como as coisas aconteceram — fala minha prima. — Você tá bem?

Tomo um longo gole de vinho.

— Tão bem quanto possível nessa situação, acho.

— Você vai ficar bem — diz ela com firmeza. — Eu te conheço. Você é forte. Mais forte do que qualquer um que eu conheça, inclusive eu mesma.

— Obrigada, Mushu. Sabe, você se subestima.

— Na verdade, não. Só estou dizendo fatos. Olha pra mim, eu aceitei esse emprego na Facai Capital porque não tinha ideia do que fazer depois da faculdade, e realmente pensei que já teria descoberto a essa altura, mas não.

— Você vai. Eu sei. Você é vibrante demais, capaz demais para não descobrir.

Mushu tosse e agita a mão na frente do rosto.

— Tá, já chega disso. Vamos mudar de assunto, antes que eu me sinta desconfortável demais e dê no pé.

Sorrindo, conto a ela sobre ter cozinhado com meus pais.

— Own, isso é muito fofo! Mas espera, você faz jiaozi agora? Quem é você e o que fez com a minha prima?

— Foi isso que meus pais disseram também. Eu sou mesmo uma cozinheira tão ruim assim?

— Você não era ruim, só... nunca cozinhava.

Eu dou risada.

— É verdade.

— E aí, o que vai fazer sobre a Wutai Gold? — pergunta ela.

— Vou pedir desculpas para eles, é óbvio, mas não tenho certeza de quando e como fazer isso. Duvido que algum deles vá querer me ouvir agora. E têm todo o direito de não querer.

Mushu olha para mim com preocupação.

— E Shang?

Eu suspiro.

— Ele falou que precisa de tempo, então...

Tomo outro gole de vinho e olho pela janela por um tempo, deixando a mente vagar. É uma noite de semana, logo, a área não está movimentada demais. Estou observando um casal descer a rua de mãos dadas quando a menção da Wutai Gold chama minha atenção. Eu me volto para Mushu.

— Como é?

— Não falei nada.

Giro na cadeira, analisando o lugar. Podia jurar que ouvi alguém dizer *Wutai Gold*. E então o vejo. James, sentado a duas mesas de nós. *Aff*. Pego o cardápio de bebidas e o seguro levantado como um escudo. Eu me debruço adiante e sibilo:

— James Li está aqui.

— Onde? — Mushu olha ao redor.

— Não olhe. Ele está ali, à esquerda da gente. — Inclino a cabeça.

Minha prima espia por cima do cardápio, depois se abaixa atrás dele de novo.

— Você está certa.

— Bem quando pensei que o dia não podia piorar.

— Bom, pelo menos ele não nos viu.

Concordo, agradecendo aos céus pelo Flor de Gengibre manter luzes bem, bem fracas. O lugar está com apenas metade do salão preenchido, e a maioria dos clientes conversa em voz baixa, ao contrário de James, que parece ser a única pessoa falando em um volume normal. Reviro os olhos para a barulheira desagradável. Só que aí consigo captar mais da conversa dele e, pela primeira vez, acho que talvez haja algo de bom na voz alta de James, afinal.

— Acho que ele está... — Minha voz vai sumindo enquanto olho por cima do cardápio, dessa vez para o homem sentado na frente de James. Meu queixo cai. — Não pode ser.

— O quê? — pergunta Mushu.

— Ele está tomando drinques com Richard Foreman.

— Quem?

Eu suspiro.

— Mushu, eu te amo, mas você está no ramo errado.

— Diga isso pra alguém que se importe. Quem é?

— Nosso maior rival, lembra? O cara que ficou tão obcecado com a minha mãe que tentou destruir a Facai Capital?

A boca de minha prima forma um círculo perfeito.

— Aaah, aquele cara. É, agora me lembro. Por que James está se encontrando com ele? — Ela arqueja. — Você acha que estão planejando uma vingança?

Um fosso se abre em meu estômago e o desespero me inunda.

— É bem possível.

Definitivamente consigo ver James conversando com Richard sobre o que fiz, e Richard usando isso em benefício próprio, talvez aconselhando James sobre como usar a situação como uma oportunidade para nos processar.

Presto mais atenção, fechando os olhos para focar melhor nos dois. Há espaços vazios na conversa, mas consigo entender o grosso do assunto e, de algum jeito, é ainda pior do que eu esperava.

James:

— Graças a Deus que o acordo não deu certo.

Richard (rindo):

— A Facai Capital é peixe pequeno, não vale nem gastar tempo falando neles.

James:

— Não sei por que Shang não aceitou sua oferta para conversar. Juro, amo meu primo, mas ele simplesmente não é um visionário.

Richard:

— Não, não é. Ele não deveria ser o CEO da sua empresa.

James:

— Não mesmo, cacete. Não sei por que votaram nele para isso. Minha família toda age como se ele peidasse arco-íris.

Richard:

— Ainda bem que você e eu nos entendemos. Sua empresa é tradicional demais, é uma relíquia, um dinossauro. Não vai sobreviver além da sua geração. Você sabe disso, não sabe?

James:

— Sei, é por isso que venho insistindo com eles para vender faz tempo. Só não previ Shang querendo vender para a Facai Capital.

Richard:

— Bem, agora que isso não é mais uma opção, devíamos fazer nossa jogada. Minha equipe está preparando uma proposta agora mesmo, e eu posso enviá-la para você na segunda-feira.

James:

— E o nosso acordo ainda está de pé?

Richard:

— Você receberá uma boa parte do pacote.

James:

— Que bom. Eu mereço, porra, depois de toda a merda que tive que aguentar.

Eles brindam os copos.

James:

— Só por curiosidade, o que você vai fazer com a Wutai Gold? Aquela vadia da Facai Capital, seja lá qual for o nome dela de verdade, ficava tagarelando sobre diversificar nossa base de clientes.

Richard:

— Como eu falei, a Wutai Gold é uma relíquia. A marca vale pouquíssimo, considerando a base de clientes envelhecida. O valor real está na informação privilegiada. Sua receita, sua técnica. Tudo o mais será separado por partes e vendido.

Há um instante de silêncio.

James:

— Caramba. O fim de uma era. Não posso dizer que não vou ficar triste.

Richard:

— Tenho certeza de que a sua comissão pela venda deixará a tristeza mais suportável.

James (rindo):

— Porra, se vai!

Eu ouvi o bastante.

— Vamos sair daqui — cochicho para Mushu, que assente com a cabeça.

Colocamos algum dinheiro na mesa e então nos levantamos e saímos com toda a discrição que conseguimos. Lá fora, noto que minha prima pegou a garrafa de vinho enquanto saía.

— Eu tenho boas prioridades — explica ela quando me vê olhando para a garrafa.

— Dane-se o vinho. Ai, meu Deus. Richard Foreman e James.

— É, isso é muito errado. Então ele está tentando fechar esse acordo pelas costas de todo mundo?

— Não sei se isso é possível. Ele ainda precisaria que a diretoria concordasse, mas acho que vai deixar que pensem que é um acordo parecido com o nosso, quando não é. Esse cara vai destruir a empresa — concluo.

— Droga, e em troca de quê?

— Você não ouviu? Em troca de dinheiro. James vai receber uma parte da bolada.

— Aquele verme! Nós deveríamos marchar lá para dentro e dizer para ele o quanto ele é um merda.

Por mais que eu fosse adorar fazer isso, eu me forço a tirar um instante para ponderar.

— Não, temos uma vantagem. Eles não sabem que nós ouvimos essa conversa.

Mushu franze a testa.

— Você vai contar ao Shang?

— Eu tenho que contar.

Pego o celular e ligo para ele. Estou tão distraída pelo que acabo de descobrir que nem hesito, até ouvir o tom de chamada. Luto contra o impulso de desligar, mas continuo no telefone, contando os toques. Depois do quinto, ele atende.

— Oi — diz Shang.

— Shang, não desligue — peço depressa. — Sou eu, Mulan. Hã. Zhou. Mas eu sou Mulan, na verdade. Enfim, preciso te contar uma coisa sobre James e a Wutai Gold. Eu ouvi...

— Hã, Mulan, vou te cortar aqui mesmo — fala Shang. — Não posso mais discutir questões da empresa com você. Tenho certeza de que entende. E ainda preciso de um tempo para pensar. Tenha uma boa noite.

Com isso, ele desliga.

Eu olho para o telefone, as emoções formando uma tempestade dentro de mim.

— Ele desligou.

— Droga. Lamento. Você tá bem?

Inflo as bochechas, soprando o ar para fora.

— Eu... não posso pensar nele agora. A empresa da família dele está em apuros. Preciso alertá-los.

— É, não acho que algum deles vá conversar com você. Ou comigo. Ou com ninguém da Facai Capital.

— Ai, Deus, você tem razão — falo com um grunhido. Paro. — Talvez titia Jiayi fale comigo.

— A mãe de Shang? Sério? — Mushu parece cética. — Quero dizer, sem ofensa, mas se eu fosse a mãe dele não falaria com a pessoa que magoou meu filho.

Faço uma careta.

— Eu sei. Mas ela é tão gentil e parece ser a pessoa mais sensata da família. Enfim, vale a pena tentar, né?

— Claro, acho. Vai ligar para ela agora?

— Está tarde. Vou mandar uma mensagem.

Levamos quinze minutos para compor o que pensamos ser uma mensagem decente o bastante para enviar. Começo pedindo desculpas por tudo mais uma vez, depois digo que tenho informações urgentes sobre a empresa, envolvendo Richard Foreman e James, e que embora eu compreenda que titia Jiayi não tenha motivo algum para confiar em mim, realmente preciso repassar essa informação para alguém da Wutai Gold.

Aperto enviar e solto o ar.

— Pronto, foi. Certo, vou para casa. Com um pouco de sorte, de manhã vou acordar e descobrir que este dia todo não passou de um pesadelo.

Infelizmente, quando acordo no dia seguinte, não descubro que o dia anterior foi apenas um pesadelo. Contudo, há uma resposta de titia Jiayi.

Titia Jiayi:
Olá, Mulan. Nós devíamos conversar. Encontro você no Lamian Paradise às 11h

Eu me sento depressa. Caramba! Não acredito que ela está disposta a se encontrar comigo depois de tudo o que houve. Logo digito uma resposta.

Muito, muito obrigada, titia. Estarei lá.

Não vou trabalhar e passo a manhã correndo de um lado para o outro em meu apartamento, tentando passar o tempo fazendo várias tarefas. Diversas vezes, penso em Shang e em como fazer faxina é o passatempo dele. E agora não consigo tirá-lo da mente enquanto limpo. Eu ensaio o que vou dizer para titia Jiayi.

Chego ao Lamian Paradise bem antes das onze e me acomodo em meu assento, ansiosa. Isso é ainda pior do que esperar pelo início das provas finais. Quando titia Jiayi chega, eu salto da cadeira e a cumprimento, constrangida, sem saber se ela ia querer um abraço meu. Por sorte, ela quer, me envolvendo em seus braços. Fecho os olhos e contenho as lágrimas. É uma batalha difícil, mas eu venço.

Nós nos sentamos e eu sirvo um pouco de chá de crisântemo na xícara dela.

— Muito obrigada por aceitar se encontrar comigo, titia.

Titia Jiayi assente com a cabeça.

— Estou curiosa sobre o que você tem a dizer. Mas antes disso, só preciso perguntar: por quê?

Umedeço os lábios antes de responder. Ensaiei isso uma dúzia de vezes, mas agora que ela está sentada na minha frente, parecendo preocupada e triste e tão terrivelmente presente, todas as palavras cuidadosamente elaboradas se dissiparam de minha mente.

— Não queria decepcionar meu pai — digo, por fim.

— Ah. — Titia Jiayi toma um gole de seu chá. — Entendo isso. Estive me perguntando, sabe, desde que descobrimos tudo. Porque você parecia uma moça tão boazinha, não alguém que mentiria para nós. Mas existe outro motivo pelo qual você sentiu que precisava fazer o que fez.

Olho para ela, confusa.

— O fato de ser uma mulher, e você tem razão: não haveria nada que você pudesse dizer para convencer meus irmãos se não tivesse mentido. Eu sei disso, é um fato. Cresci com eles e tive que mentir e fazer as coisas de formas dissimuladas e indiretas para ser ouvida.

A culpa se retorce feito uma cobra em minha barriga.

— Obrigada por dizer isso. Ainda não desculpa o que fiz, mas aprecio o reconhecimento dessa parte. Lamento muito, muito mesmo.

— Eu sei — diz titia Jiayi simplesmente. — Posso ver no seu rosto. Você não é alguém acostumada a mentir.

— Não.

— Outra pergunta: e o meu filho?

Achei que não podia me sentir pior, mas agora me sinto. Ah, como sinto.

— Acho que ele provavelmente não quer mais nada comigo. Não o culpo, aliás.

— Não isso — fala ela, acenando a mão com displicência. — Digo, o que vocês têm, ou tinham, o que é isso?

Fico tão desnorteada que despejo a resposta antes que me dê conta.

— Amor.

Aí está, a verdade nua e crua em sua simplicidade.

Titia Jiayi sorri, e seus olhos formam dobrinhas nos cantos, iguaizinhos aos de Shang. Naquele momento, ela se parece tanto com o filho que um nó se forma em minha garganta. Tomo um gole de chá para tentar removê-lo.

— Ah, eu sabia — afirma a mulher. — Porque eu também podia ver no rosto de Shang, sabe? Nunca o vi tão feliz antes.

— Também nunca estive tão feliz — respondo baixinho. — Mas não vem ao caso agora, de qualquer maneira, porque, como eu te falei, ele não quer nada comigo.

— Ah, isso. — Ela agita a mão de novo. — Que bobagem. É claro que ele quer. Só precisa de um tempo para ficar emburrado um pouco. Ele pode ser bem amuado, sabe, o Shang.

Eu rio.

— É bom saber. Mas, para ser justa, se eu fosse ele, também estaria bem emburrada.

— Ah, sim, é claro. Se eu fosse meu filho haveria trovões para todo lado. Mas deixa pra lá, ele vai superar isso.

— Espero que você tenha razão.

— Certo, então agora me conte, o que é essa coisa urgente sobre James e a Wutai Gold?

Eu me debruço adiante e conto tudo o que ouvi ontem à noite. Fico surpresa em descobrir que titia Jiayi não parece nem um pouco chocada pela notícia. De fato, mal reage até eu terminar de falar. E então ela diz:

— Humm.

Só isso? Acabo de expor toda uma conspiração que o sobrinho dela criou para esfaquear todos pelas costas e tudo o que ela diz é *Humm*?

— Você parece surpresa — titia Jiayi.

— É, meio que estou, porque estava esperando que você, sei lá...

— Ficasse zangada? Chocada?

— É, na verdade, sim.

Titia Jiayi sorri.

— Vocês, jovens, sempre com reações tão exageradas.

Mordo o lábio, pensando em como os Li são espalhafatosos perto uns dos outros.

— Mas é realmente chocante, esse fato? — continua titia Jiayi. — James sempre quis vender a empresa. O coração dele nunca esteve ali.

— É, mas essa firma para quem ele quer vender... não vai preservar o legado da Wutai Gold.

Titia Jiayi suspira.

— O legado da Wutai Gold. Você já ouviu esse ditado: Zhong nan qing nu? Macho pesado, fêmea leve. Quer dizer: *Homens valem mais do que mulheres*. Esse é o real legado da Wutai Gold.

Fico triste ouvindo suas palavras. Nada disso é novidade para mim, é claro, mas ouvir isso vindo dela de alguma forma torna as coisas ainda piores.

— Por anos, meus irmãos me mandaram calar a boca, ficar quieta, ouvir quando homens estão falando. Ainda me importo com a empresa, por isso, quando tenho boas ideias, as sugiro para eles. Mas não posso simplesmente apresentar a ideia, ah, não. Se apresentasse, todos a ignorariam porque veio de uma mulher. Não. Tenho que dizer em pedacinhos, aqui e ali, fazer com que pensem que a ideia é deles mesmos. E é cansativo, mas eu faço isso. Me sacrifico pela família, porque os amo. — Titia Jiayi repousa a xícara na mesa. — Mas não amo a Wutai Gold.

Olho para ela, vendo-a de verdade pela primeira vez. Não como titia, ou mãe, ou irmã, mas como uma pessoa por mérito próprio, um indivíduo com seus próprios sonhos e metas. Pela primeira vez, enxergo além das marcas de riso no rosto dela e posso imaginar titia Jiayi como uma jovem, se mudando da China para os Estados Unidos, cheia de vivacidade juvenil e esperança no futuro.

— Como foi pra você, logo que chegou aqui? — pergunto.

Os olhos de titia Jiayi ficam com uma expressão distante.

— Empolgante. Ah, tão empolgante! Sabe como os Estados Unidos se chamam em chinês? Mei Guo. *País lindo*. E ele é. São Francisco é muito bonita, não é? Logo que cheguei, pensei: este é um lugar diferente. E eu serei uma pessoa diferente. Eu observava os americanos, sabe, especialmente as mulheres daqui. Até o jeito como elas andam é diferente. Andam com propósito, passadas grandes, como se todas fossem tão importantes, indo para reuniões importantes e tomando decisões importantes. Pensei comigo mesma: sim, é assim que eu vou ser. Serei uma pessoa importante também.

— Você é importante — falo, minha voz quase falhando de tanto fervor.

Titia Jiayi faz um ruído zombeteiro.

— Não sou, não. Quando eu tento andar como eles, meus irmãos e minhas cunhadas comentam: "Por que está andando feito homem, Jiayi? Ande como mulher. Não nos faça passar vergonha". Toda vez que tentei fazer uma mudança, eles me impediram, disseram para não ser idiota, o que os outros iam dizer? Isso é uma frase chinesa que as pessoas sempre falam: Ren jia kan. *Todo mundo vai olhar*. Não faça isso ou aquilo, porque ren jia kan. Tudo o que eu fizesse fora da norma, eles diziam: "Pare com isso! Ren jia kan!". E isso me constrangia o bastante para parar, porque o que poderia ser pior do que ser julgada por ser diferente? — As últimas palavras saíram altas o bastante para que cabeças virassem em nossa direção, e titia Jiayi sorri e arrebata: — Viu? Ren jia kan.

Assinto com a cabeça. Também conheço essa frase. Nem tanto por Baba e Mama, mas de outros pais que reprovavam a forma como os meus me criaram.

— A questão é que eu sentia medo. Meu marido havia falecido, eu tinha um filho e apenas um diploma de ensino médio da China. Não falava inglês como vocês, crianças, falam, então não podia arranjar um emprego de verdade. Então eu obedeci aos meus irmãos. Eu era, e ainda sou, grata por terem cuidado de mim e de Shang. Eles construíram a Wutai Gold do nada, e eu agradeço a Deusa Misericordiosa todos os dias por ter nos abençoado com isso. Mas o que eles parecem ter esquecido é que fui eu quem deu a ideia de começar uma destilaria de uísque.

— O quê? — grito. Minha cabeça está girando diante dessa nova informação.

Os cantos da boca de titia Jiayi se curvam para cima em um sorrisinho.

— Ah, sim. Lá na China, quem você acha que fazia todo o nosso *baijiu*? Eu e as outras titias, é claro. Éramos nós que colhíamos os grãos, fermentávamos, e fomos nós que construímos nossa própria destilaria caseira usando baldes e massa para manter tudo selado a vácuo e tudo o mais. Tudo o que os homens faziam era tomar a bebida quando ficava pronta. O que eles sabem sobre destilação? Não conseguíamos encontrar *baijiu* com facilidade logo que nos mudamos para cá, então eu fazia a bebida na nossa garagem. E um dia falei para meus irmãos: "Por que não fazemos uma quantidade maior e vendemos para nossos vizinhos?". E foi o que fizemos.

— Isso é incrível, titia — digo. Ainda não consigo digerir a enormidade dessa notícia. Pensar que sem esta mulher sentada na minha frente não haveria a Wutai Gold é desnorteante. E saber o modo como os homens da família continuamente a menosprezam e a humilham a despeito de suas contribuições é enfurecedor. — Lamento muito que você nunca tenha recebido o reconhecimento que merece.

Titia Jiayi dá de ombros.

— Esse é o legado deles.

— Odeio que tenham feito isso com você.

— É, bem. É quem eles são. Está tudo bem, eu vejo a geração mais jovem, como você e Shang, e tenho esperança. São tão fortes, olha só você, Zhou, digo, Mulan: você tem um porte ereto, se veste como homem, fala como se soubesse que todos vão ouvir, e deviam mesmo, porque você é uma pessoa muito inteligente.

Olho para meu terninho.

— Eu me visto como homem?

Titia Jiayi ri.

— Andei ouvindo suas ideias, sabe. Durante nossas reuniões. Você é muito competente. Meus irmãos são muito tolos por não quererem trabalhar com você. Está bem claro que, se eles se importassem mesmo em salvar seu precioso legado, deveriam trabalhar com você.

— A senhora gosta mesmo das minhas ideias?

Minha criança interior está sorrindo de empolgação ao ouvir isso.

— Gosto. Por que não gostaria? Elas são muito boas.

Não sei se é a conversa ou o chá ou ter ouvido a história de titia Jiayi, mas uma ideia começa a brotar em minha cabeça.

— Talvez eu tenha tido uma agora mesmo que poderia provar para a sua família que tenho o que é preciso para salvar a marca deles, mas vou precisar da sua ajuda.

Titia Jiayi se debruça, os olhos brilhando. Mais uma vez, fico espantada com a vivacidade dela. Mais uma vez, vejo a versão mais jovem de titia Jiayi, o rosto brilhando com um milhão de possibilidades, o coração querendo fazer algo ousado, algo que fará ren jia kan. E me dou conta de que talvez esta não seja apenas a minha segunda chance, afinal. Talvez seja também a segunda chance de ela se pronunciar. De finalmente ser ouvida e reconhecida por toda a sabedoria que carregou consigo e compartilhou com sua família. De reivindicar seu crédito por ajudar a tornar a empresa aquilo que ela é hoje.

— Estou em conluio com a minha futura nora — diz titia Jiayi.

Eu rio.

— Tá bom, titia, calma lá, você está indo meio depressa demais para mim.

— Agora falamos de negócios.

E é o que fazemos.

CAPÍTULO DEZENOVE

O bom de ser a vice-presidente de uma firma de private equity é que eu tenho um milhão de contatos em várias indústrias. E sei exatamente para quais ligar agora. Volto para o escritório caminhando de cabeça erguida, e me lembro do que titia Jiayi disse, sobre como as mulheres aqui andam com propósito. É verdade, e eu saboreio a caminhada. Isso só é possível por causa de todos os sacrifícios que pessoas como ela fizeram. Ignoro todos os olhares de outros funcionários e aceno com a cabeça para Mushu, que se levanta em um pulo e me segue até minha sala.

— Como foi? — pergunta minha prima.

Eu a atualizo o mais depressa que posso e então declaro:

— Vamos mostrar para eles que vale a pena salvar a Wutai Gold, e que eu sei exatamente como fazer isso. Faça uma lista.

Mushu pega o celular e olha para mim cheia de expectativa.

— Certo, aquele banquete que vai acontecer amanhã...

— O das Mulheres Empreendedoras?

— Isso. Quem está organizando mesmo?

Ela nem para pra pensar.

— Alicia Lopez.

— Ah, legal! Eu a conheci em uma conferência ano passado.

Rolo pela minha lista de contatos e encontro o nome da mulher. Clico em ligar e coloco a chamada no viva-voz.

Ela atende no segundo toque.

— Mulan! Mulher, faz um tempo. Como vai?

— Oi, Alicia! Faz tempo demais. Estou aqui com Mushu. Minha prima a cumprimenta.

— Oi, Alicia, como estão as crianças?

— Monstrinhos adoráveis, como sempre. Kevin tem dentes agora, você acredita nisso? Deixa a amamentação superdivertida. Só que não.

— Ai — digo, me encolhendo. — Mas enfim, eu sei que você está bem ocupada, então vou direto ao assunto. Estou ligando para falar sobre o Prêmio Mulheres Empreendedoras.

— Sim, o que tem ele?

— Está tarde demais para patrocinar?

— Patrocinar? Está brincando? Claro que não. Nunca é tarde demais. Certo, vou colocar a Facai Capital na lista.

— Na verdade — interrompo —, você poderia colocar a Wutai Gold em vez disso?

— A fabricante de uísque? Sério? — Alicia faz uma pausa. — Eu vi os comerciais deles. Por que querem patrocinar nosso evento? Eles sabem que não é algo celebrando homens cis héteros brancos, né?

— É, eles estão pensando em mudar sua marca, diversificar um pouco.

— Ok. — Alicia soa hesitante.

— Vamos doar duas caixas grandes do melhor uísque Wutai Gold.

— Fechado — responde ela de imediato.

Eu rio.

— Essa foi fácil — comento, gargalhando.

— Uísque grátis? Você está falando a minha língua.

— Em troca de faixas e cartazes da Wutai Gold no evento.

— É justo.

— E o evento vai ser no Regency Court?

— Isso mesmo.

— Ótimo! Obrigada, Alicia.

— Te vejo lá!

Encerro a ligação e me viro para Mushu.

— Quem nós conhecemos no Regency Court?

— A gerente de eventos, Brooke Tanaka, trabalhava na Phillips & Jones.

— Como você se lembra disso tudo? — pergunto, maravilhada. Mais uma vez, procuro em minha lista de contatos, localizo o nome de Brooke e ligo para ela.

— Não, não o taupe, eu disse bege — dispara a voz de Brooke pelo telefone. — Oi, Mulan, está um caos total aqui. Como vai?

— Não vou demorar. Você está cuidando da cerimônia do Prêmio Mulheres Empreendedoras?

— Estou, por isso o caos. Hã, alguém pode tirar o Ricky lá de cima? Ele está quebrando um milhão de códigos de saúde e segurança neste momento. Desculpe, o que você estava falando?

— Os drinques serão preparados por uma equipe daí?

— Isso.

— Estamos fornecendo uísque para o evento e eu gostaria de ter um ou dois coquetéis usando ele, seria possível?

— Claro, vou te passar o contato da bartender.

— Obrigada, Brooke.

— Puta merda, Ricky...

A ligação é encerrada abruptamente.

Mushu e eu nos encaramos.

— Engraçado como eu pensava que a indústria financeira era a mais estressante para se trabalhar — comento. — Parece que planejamento de eventos é ainda pior.

— Sério? Parece ótimo para mim. Você pode mandar nas pessoas para lá e para cá, ter um faniquito por causa de taupe em vez de bege...

Uma mensagem de Brooke chega.

Brooke:
Oi, desculpe, desliquei por enqano. Aqui está o contato da bartender.

Ligo para Susie, a bartender, e explico a situação e o que eu gostaria que ela fizesse.

— Não se preocupe — diz Susie. — Deixa comigo.

Ela desliga.

— Ah. — Dou uma olhada para Mushu. — Isso foi rápido.

— Gostei da Susie. Já tenho um crush nela.

— Você nem sabe qual é a aparência dela.

— Não sou superficial — argumenta minha prima. — Aliás, eu gosto desse plano, exceto pela parte de fornecer duas caixas grandes do melhor uísque Wutai Gold. Posso perguntar como você vai conseguir isso? Vai acabar com sua poupança? Desviar dinheiro da firma? Estou sempre a postos para um desfalque.

— Mushu, você realmente não deveria estar em finanças. — Solto um suspiro. — Não, a mãe de Shang vai fornecer o uísque.

— Caramba, titia Jiayi mandando bem. Sabe, aposto que daria uma excelente gângster. Ela é meiga, gentil, levemente assustadora.

— Não discordo. Mas nosso trabalho não terminou. Quem nós conhecemos na mídia? Queremos que saibam sobre o novo visual da Wutai Gold.

Mushu dispara nomes de assessores de imprensa e influencers, e botamos mãos à obra ligando para eles, um por um. Em seguida, cobro um favor de uma empresa de design que adquirimos alguns anos atrás e peço para criarem um design simples e elegante para a Wutai Gold. Quando terminamos, estou exausta. Eu relaxo em minha cadeira e deixo a cabeça cair para trás.

— Ah, não! — exclamo, me aprumando de súbito. — Agora precisamos encontrar as roupas certas.

Mushu se levanta num pulo.

— É isso aí, precisamos, sim! Venha, vamos fazer compras. Eu conheço o lugar perfeito.

— Isso nunca é um bom sinal — digo, lembrando com uma clareza dolorosa das roupas que ela me fez comprar para o rancho.

— Quando foi que eu me enganei?

— Nem vou responder a isso.

Rindo, deixamos o escritório em busca das roupas perfeitas para o banquete.

Fico surpresa que a butique para onde minha prima me leva é bem incrível. É uma loja pequena e discreta a um quarteirão da Union Square chamada, simplesmente, Posy's.

— Posy Lee é uma sino-americana de segunda geração cujos designs misturam roupas inspiradas nas chinesas com a moda americana moderna, o que resulta em trajes lindamente únicos — diz ela, apresentando a marca.

Posy e eu olhamos fixamente para Mushu, antes de cairmos na risada.

— O quê? — questiona minha prima.

— Você memorizou isso da nossa bio no site? — pergunta Posy.

— Eu tenho memória fotográfica — responde Mushu.

— Você literalmente não consegue se lembrar de nada sobre finanças — observo.

— Me deixe esclarecer — pede ela. — Tenho memória fotográfica quando se trata de coisas com as quais eu me importo.

Estou prestes a provocá-la de novo quando percebo que, de fato, Mushu está certa. Quando se trata de coisas assim, seu conhecimento é praticamente enciclopédico. Ela provou isso várias e várias vezes, o dia inteiro. Tudo o que eu precisava fazer era indagar *Quem é a pessoa encarregada de...* e Mushu me respondia na mesma hora. Ela conhece todo mundo na cidade.

— Mushu — falo, assombrada —, seu talento está sendo desperdiçado na Facai Capital.

— Eu sei — concorda ela com sua habitual confiança descontraída.

— Não, é sério.

Ela para, parecendo levemente espantada.

— Tá bem. Digo, claro, mas não é como se eu estivesse me afogando em ofertas de emprego.

— Não. Mas estamos prestes a comparecer a um banquete para empreendedoras — lembro-a. — E acho que é isso que você deveria ser. Você não precisa de uma proposta. Você vai criar sua própria empresa.

— Fazendo o quê? — questiona minha prima.

— Planejamento de eventos — declaro.

— Ah, ela seria totalmente perfeita para isso — comenta Posy. — Seria mesmo, Mushu.

Minha prima franze o nariz como se fosse dizer para nós duas que estamos sendo ridículas, mas aí sua expressão se torna vulnerável.

— Vocês acham mesmo?

— Sim! — respondemos Posy e eu em uníssono.

— Bem. — Mushu olha para os próprios pés. — Ah, merda. Tá. Vou pensar a respeito.

Posy e eu sorrimos uma para a outra.

— Certo — comemora a mulher —, agora que já fizemos isso, vamos procurar as roupas perfeitas para vocês duas.

Passamos a hora seguinte experimentando vários trajes, cada um mais bonito do que o outro. Posy gosta de usar sedas chinesas meticulosamente bordadas, e vários dos vestidos têm elaboradas criaturas como dragões e fênices. Outros têm delicadas flores de ameixeira em um ramo elegante.

Mushu pega um vestido vermelho frente única com um tigre bordado no quadril.

— Na frente, superprofissional; atrás, só festa — diz ela, dando meia-volta e mostrando as costas.

Espiando de meu provador, ergo o polegar.

— Me mostra o seu — pede minha prima.

Eu saio do provador e Mushu e Posy arquejam.

— O que vocês acham? — pergunto.

— Você está uma deusa — fala Mushu.

— Do tipo autoritária — acrescenta Posy.

— Isso é bom?

— É, sim, quem quer ser do tipo piedoso? — retruca Mushu. — Todas as gostosas são vilãs.

Eu viro para olhar no espelho. O vestido que estou usando é dourado, com um dragão girando em torno dele em um tom de dourado mais escuro. Toda vez que me movimento, o tecido cintila sob as luzes, fazendo parecer quase como se o dragão se mexesse. As mangas são longas e não mostra muita pele, mas delineia meu corpo do jeito ideal e, de alguma forma, me faz parecer perigosa como disseram Mushu e Posy, da maneira mais sedutora. É impossível tirar meus olhos da peça. E sei, sem sombra de dúvidas, que este é o vestido certo para mim. É, ao mesmo tempo, feminino e poderoso. Exatamente como quero ser daqui para a frente. Chega da fachada de macho alfa. Quero ser eu mesma, feminina e forte.

— Posy, você tem mãos de fada — comento.

A mulher faz uma mesura.

Mais tarde, quando saímos, eu me maravilho diante de nosso sucesso:

— Mal posso acreditar que conseguimos mesmo encontrar as roupas para amanhã.

— Viu? Tudo o que você precisava fazer era confiar em mim — declara minha prima.

Na tarde seguinte, Mushu vem para minha casa e nós nos arrumamos para o evento juntas. Quando terminamos com o cabelo e a maquiagem, eu coloco o vestido e analiso meu reflexo no espelho. Estou atordoante, literalmente; cada vez que pego um vislumbre de mim mesma, fico chocada. Quem é essa mulher linda e fodona que parece pronta para enfrentar o mundo? Sou eu. E eu tenho uma empresa para salvar.

O Regency Court é um hotel de luxo no coração de São Francisco. A cerimônia de premiação ocorre no Grand Ballroom, o grande salão de bailes, e o nome combina perfeitamente com o local. Com cinco mil lugares confortáveis para convidados, o espaço, já opulento, foi decorado com requinte para o evento. Há arranjos espetaculares de flores para todo lado, junto com mesas lindamente postas e iluminação de última geração que deixa o amplo salão com uma aparência acolhedora e íntima.

Assim que chegamos, Alicia Lopez cumprimenta Mushu e eu.

— Ai, meu Deus — grita ela —, olha só vocês duas! Estão arrasando.

— Obrigada! Você também está incrível — digo.

— Está mesmo, você não acaba de voltar da licença-maternidade? — pergunta Mushu.

— Isso, é por isso que meus peitos estão incríveis. — Alicia nos conduz mais para dentro do salão. Ela nos instruiu a chegar cedo, então ainda não há convidados. — Os cartazes que vocês enviaram chegaram bem e nós os colocamos no bar.

Realmente, há um cartaz enorme de cada lado do bar. O design é simples, mas instigante, mostrando uma garrafa de uísque Wutai Gold com uma mão de aparência feminina perto dela, segurando um copo cheio com líquido âmbar.

— Oi — diz a bartender. — Vocês são Mushu e Mulan?

— Susie, a bartender — fala Mushu com um suspiro, seu rosto se iluminando. Ela se vira para mim e comenta: — Viu, eu te falei que ela era gostosa.

A mulher ri.

— Obrigada. Você também é. Venham provar os drinques. Eu criei dois. Este é o ponche Wutai Gold. É uma releitura divertida de uma ideia antiga. Leite, extrato de baunilha, e acrescentei banoffee batido.

— Banoffee? — pergunto.

— Toffee de banana.

Tomo um gole e fecho os olhos em êxtase.

— Ai, minha nossa, isso é uma delícia! Tem gosto de sobremesa.

— Adorei. É tão rico e cremoso, mas ainda dá para sentir as especiarias do uísque — observa Mushu.

Tomo outro bocado e o deixo se demorar na minha língua, saboreando a doçura reconfortante.

Susie sorri.

— Estou feliz que tenham gostado. O segundo coquetel é o Drinque Bem-Estar. Leva limão espremido na hora, mel, gengibre e cúrcuma. Só coisa que faz bem. Tirando o uísque, é claro.

Ela dá uma piscadinha enquanto empurra os copos para nós.

— Ah, isso definitivamente tem gosto de algo que eu beberia fazendo ioga — fala Mushu.

Todas rimos.

— É tão gostoso — elogio. — Não consigo me decidir de qual dos dois eu gosto mais. Ambos são brilhantes. Obrigada, Susie. Todo mundo vai adorar.

Brooke Tanaka chega, parecendo tão esbaforida quanto soou ao telefone. Ela abraça e beija todo mundo.

— Vocês todas estão incríveis — diz ela. — Como estão os drinques?

— Perfeitos — respondo.

Brooke abre um sorriso radiante.

— Susie é um gênio. Não, a mesa doze não pode ter peônias, porque Gilly Anders é alérgica.

Fico confusa por um momento, aí percebo que ela está falando com seu ponto eletrônico. Brooke suspira e se volta para nós.

— Não sei por que pensei que ser gerente de eventos era uma boa ideia.

Eu cutuco Mushu e ela avança com um tropeço.

— Hã, Brooke, eu estava pensando, será que eu poderia perguntar umas coisas para você sobre planejamento de eventos um dia desses?

A mulher fica de queixo caído.

— Mushu! Você está pensando em começar?

— Talvez?

— Ai, minha nossa! Você vai ser excelente nisso. É totalmente a sua vocação.

Minha prima sorri, acanhada.

— Sério?

— Sim. Você seria perfeita nisso. Não existe trabalho melhor no mundo... espera, por que estão retirando os lírios? Tenho que correr.

Com isso, Brooke sai apressada.

Mushu se volta para nós, os olhos brilhando.

— Ufa, que adrenalina!

Sorrio para minha prima. Não me lembro da última vez que a vi tão animada com alguma coisa.

— Mulan — chama alguém.

Todas nos viramos para deparar com titia Jiayi.

— Caramba — exclama Mushu.

Concordo com ela. A mãe de Shang optou por um vestido preto brilhante digno do Met Gala. A peça tem um colarinho rígido que mergulha em um decote profundo, revelando seu colo farto. Nem sinal da senhora tímida, quieta e despretensiosa que conheci. No lugar dela está uma imperatriz.

— Titia Jiayi — digo —, você está... Uau!

— Obrigada, querida, você também está muito bonita. E você, Mushu, muito sexy.

Apresento-a a Alicia, que não para de agradecer pela doação de uísque. Susie apresenta os coquetéis para titia Jiayi, e ela vira o Drinque Bem-Estar em uma só golada. Quando nos vê encarando fixamente, ela dá de ombros e explica:

— Ah, não quero estar sóbria quando meus irmãos vierem para cá, eles vão me dar dor de cabeça.

— Eles concordaram em vir? — pergunto, nervosa.

— Sim, claro. Falei que é um grande evento com gente de negócios para eles fazerem novos contatos.

— E mencionou que essa gente de negócios são todas mulheres? — pergunto.

Titia Jiayi me lança um olhar e começa a tomar o ponche. Seus olhos de cílios pesados se arregalam.

— Minha nossa, esse aqui é muito bom, como beber uma sobremesa.

— Obrigada, senhora — fala Susie.

— Espera aí — exclama Alicia. — Então os seus irmãos, que compõem o resto da diretoria, não sabem que esta é a cerimônia do Prêmio Mulheres Empreendedoras?

— Não — fala titia Jiayi alegremente, bebendo mais ponche.

Preocupada que isso possa irritar Alicia, eu digo:

— Hã, acho que...

Mas um sorriso diabólico surgiu em seu rosto antes de ela declarar:

— Excelente. Adoro uma tramoia. Adoro ainda mais quando envolvem mostrar aos homens que as mulheres devem ser levadas a sério.

Solto um suspiro de alívio.

— Certo, Mushu e eu vamos, hã... sumir por um tempo. Há um risco real de que a família Li possa ir embora quando me vir, e eu quero garantir que tenham um tempo para absorver tudo isso e ver as reações das convidadas a esses coquetéis.

Titia Jiayi estende a mão e aperta a minha antes de assentir para mim, querendo dizer: *Você dá conta*. Minha prima e eu saímos do salão de baile e localizamos o toalete. Por sorte, o Regency Court é tão chique que o lugar dispõe de *chaises longues*. Nós nos sentamos e expiramos devagar.

— Você se saiu bem — comenta Mushu.

Olho para ela.

— É? Acha que eles vão gostar?

— Falando em termos objetivos, aqueles coquetéis são deliciosos, e eu nem gosto de uísque. Todo mundo vai adorar, e se os Li não botarem a cabeça no lugar por tempo suficiente para enxergar isso, aí já não é culpa sua.

Chacoalho a cabeça, soltando uma risada sarcástica.

— Mushu, o que eu faria sem você?

— Nada de bom.

— Concordo.

Passamos a meia hora seguinte papeando na *chaise longue* enquanto ouvimos o ruído crescente da multidão lá fora. Então os sons de centenas de pessoas conversando e rindo se reduzem e são substituídos por alguém falando em um microfone.

— Acho que agora é seguro ir para lá.

Deixamos o banheiro e nos esgueiramos de volta para o salão de baile, onde encontramos nossos lugares marcados. Brooke e Alicia tiveram a consideração de nos colocar a duas mesas de distância da mesa da Wutai Gold. Longe o bastante para não sermos vistas, mas perto o bastante para eu poder observá-los.

Reconheço Shang antes que minha mente perceba, como se todo o meu ser estivesse posicionado para vê-lo. Sei que é ele antes mesmo de ver seu rosto, pela silhueta, agora familiar, pela forma como se senta, pelo formato da cabeça e pela largura dos ombros. Ele está de smoking e, minha nossa, como está lindo.

Engulo em seco e pego meu copo d'água, desejando que minha pulsação desacelere. Espero que não me veja. Ainda não. Mas também desejo que me veja. Quero ver a expressão no rosto dele quando me vir usando este vestido. Quero saber se ainda tenho um efeito sobre ele, do jeito que ele tem sobre mim.

Alicia está no palco, agradecendo a todos por terem vindo.

— Esta noite, estamos animadas para celebrar as empreendedoras mais dinâmicas, mais empolgantes, mais influentes — anuncia ela, sua voz alta e clara nos alto-falantes. Todos aplaudem e comemoram.

Bem, quase todos. Posso ver que os titios Li estão abertamente confusos, olhando ao redor e franzindo a testa. Titio Hong se debruça e diz algo para titia Chuang, que, por sua vez, parece estar se divertindo. James parece entediado, mexendo no celular com uma das mãos, o outro braço jogado sobre as costas de sua cadeira. Até o jeito como está sentado, de alguma forma, é babaca. Como ele faz isso? Sentar-se de um jeito babaca? Será que se esforça para ser babaca, ou isso é natural?

— A julgar pela sua careta, você está olhando para James — conclui Mushu.

Eu tomo um susto e relaxo os lábios, voltando minha atenção de novo para Alicia.

— As mulheres que estamos homenageando esta noite não apenas se destacaram em indústrias predominantemente masculinas, como também deixaram o mundo um pouco melhor para outras mulheres — prossegue ela. — O sucesso de seus negócios abrirá o caminho para futuras gerações de modo que, com sorte, quando chegar a hora de nossas filhas entrarem no mercado de trabalho, elas não tenham que lidar com tanta bobagem patriarcal quanto nós, né?

Ela pisca para a audiência, que aplaude e grita.

A família Li agora está nitidamente desconfortável. Titio Hong olha ao redor, cauteloso, como se esperasse que algo brotasse em algum momento para o encurralar. Suponho que, tecnicamente, isto seja mesmo uma armadilha.

— Antes de começarmos a entregar os prêmios, eu gostaria de tirar um momento para agradecer aos nossos patrocinadores. A noite de hoje só foi possível graças às seguintes empresas: Pigeon & Heart, Small Galaxy Travel... — Conforme Alicia lê a lista, todos aplaudem cada um deles. — E, por último, mas não menos importante, Wutai Gold, que teve a generosidade de doar o belo uísque que acredito estarmos todos desfrutando, não?

Mais gritinhos, embora também haja um murmúrio confuso espalhado pelo salão de baile, provavelmente vindo de pessoas familiarizadas com as campanhas de propaganda para o macho alfa da empresa.

— E agora, nosso primeiro prêmio: Marca Mais Promissora do Ano vai para a Rabbit Habit! — anuncia Alicia, recebendo uma salva de palmas entusiasmada. — Quem não ama produtos de origem ética e livres de crueldade...

Conforme ela segue falando, um pouco da tensão deixa meus ombros. Assisto à CEO da Rabbit Habit subir ao palco para aceitar o troféu. Por um tempo, me perco no momento, saboreando esta noite, este evento que celebra mulheres que trabalharam pra caramba para romper as barreiras. Aplaudo com força quando a CEO da Rabbit Habit termina seu discurso de aceitação, comemorando com todo o público. Mais prêmios são entregues e, a cada vez, aplaudo vigorosamente, grata por estar presente aqui.

Quando todos os prêmios foram distribuídos, os garçons surgem com os aperitivos. Eu me levanto da mesa e me afasto do lado do salão onde os Li estão sentados. Em vez disso, visito outras mesas, conversando com muitas convidadas e perguntando se eu poderia gravar um vídeo rápido com elas. Todas aqui são muito gentis e encorajadoras e empolgadas, e em pouco tempo tenho material suficiente. Volto para o meu lugar e abro o programa de edição de vídeo. Com a ajuda de Mushu, criamos um vídeo de um minuto de duração e o subimos para todas as plataformas de redes sociais de que conseguimos nos lembrar. Armada com seu celular, minha prima começa o trabalho de compartilhar o vídeo, tagueando cada influenciadora que ela conhece, o que são muitas.

Assisto à contagem de visualizações subir, devagar a princípio, constante, depois explodindo de uma vez, crescendo exponencialmente, e umedeço os lábios secos, incapaz de acreditar que está funcionando tão bem. Quando a refeição chega ao fim e as pessoas se levantam para passar para a pista de dança, o vídeo já passou de duzentas mil visualizações, e estou pronta para encarar os Li.

CAPÍTULO VINTE

É Shang quem me vê primeiro. Está de pé no bar, segurando um copo de ponche Wutai Gold e franzindo a testa, pensativo, enquanto beberica, quando levanta a cabeça e me vê. Ele dá uma segunda olhada, a boca se abrindo aos poucos enquanto os olhos se arregalam, me observando. Seu olhar é surpreso e admirado e intenso, tudo ao mesmo tempo, e ele coloca o copo no bar sem nem se importar antes de vir até mim.

— Isso é coisa sua? — pergunta.

Aquiesço, buscando pistas no rosto dele de como se sente sobre tudo isso. Está zangado? Decepcionado? Traído?

— Nós mencionamos isso quando estávamos procurando ideias sobre como alcançar uma nova audiência. — Há um leve tremor na minha voz.

— Mencionamos, sim — responde Shang suavemente.

— Sugeri para a sua mãe e ela adorou a ideia.

Shang inclina a cabeça para trás por um segundo e solta um *oooh.* Ele volta a olhar para mim.

— Então foi assim que você conseguiu uísque suficiente para o banquete. — Shang olha por cima do ombro para onde sua família está sentada. Titia Jiayi levanta seu coquetel e pisca para o filho. Shang solta uma risada abafada. — Ela não está nem tentando esconder o fato de que está observando a gente.

— Hã, é. Sabia que a sua mãe é foda?

— Sabia — responde ele simplesmente. Seu olhar me percorre outra vez, mais devagar agora. — Zh... Mulan. Droga.

— Desculpa — digo às pressas. — Nunca pretendi te enganar daquele jeito. Bem, tecnicamente, pretendi, mas nunca pensei em levar as coisas tão longe. Não sabia que ia me apaixonar por você, era para ser apenas negócios.

Shang faz uma cara estranha, então continuo falando.

— Suponho que isso talvez deixe tudo ainda pior, na verdade. Olha, eu não estava pensando direito, tá? Decisões ruins foram tomadas. Por mim, sim. Acho que só pensei...

— Mulan — interrompe Shang —, espera aí.

Minha boca se fecha.

— Volte um pouquinho. Você se apaixonou? Por mim?

Dou de ombros, sentindo o rosto avermelhar.

— Sim, claro, não é nada de mais. Me apaixono por muitas coisas. Crepúsculos. Cachorrinhos. Um *latte* de abóbora com especiarias muito bom.

Ele só me observa com uma expressão vaga de quem acha graça.

Solto um suspiro.

— Sim, Shang. Eu me apaixonei por você, tá? E sei que o que fiz foi muito irresponsável e eticamente tenebroso, e você nunca mais quer me ver, então talvez a gente possa seguir em frente e deixar essa coisa toda de se apaixonar para trás. Preciso te contar algo sobre...

— Por que acha que nunca mais quero te ver? — pergunta ele, com uma confusão genuína.

Eu gesticulo.

— Hã, por causa de toda essa história de "eu fingi ser Zhou"?

— Você estava fingindo quando cozinhamos juntos? Ou quando nos aconchegamos no sofá e maratonamos *Amor às Cegas?* Ou quando nos beijamos?

— Não! Claro que não. Nada disso foi mentira. Era só a coisa do meu nome, mas todo o resto foi real.

Shang dá um passo em minha direção.

— Exatamente. Eu sei disso. Estava lá com você o tempo todo, lembra? Sei que aquela era você de verdade.

Outro passo, e de repente ele está tão perto de mim que chega a me doer.

Quero tanto estender a mão e segurar a dele, mas, se Shang recuar, não sei se eu aguentaria. *Por favor, segura a minha mão.* Ele não o faz. Em vez disso, estica a dele e afaga minha bochecha.

— Tudo o que eu falei é que precisava de tempo — diz Shang com delicadeza. — Quando aquilo tudo aconteceu, minha mente ficou uma bagunça. Não conseguia pensar direito. Diabos, eu fui para casa e fui cozinhar e só... esqueci o que estava fazendo e fiquei ali de pé por séculos com a faca em uma das mãos e uma pastinaca ainda não descascada na outra. Eu não estava pensando direito. Então, sim, pedi um tempo, mas, Mulan, eu nunca, nem uma vez, pensei que estava tudo terminado entre a gente. Desculpe por não ter deixado isso claro. Desculpe por ter te deixado pensar isso.

Não pode ser real. Depois de tudo que fiz, todas as mentiras que contei, ele não pode ser tão gentil, tão amoroso. Levanto a mão e belisco minha bochecha (aquela que não está na mão de Shang no momento). Dói.

— Isso é real — concluo, maravilhada.

— É, sim.

— Você não está terminando comigo?

— Não.

— Por que não?

— Porque estou apaixonado por você, Hua Mulan.

Este momento é perfeito e não quero me esquecer dele nunca. Do jeito como meu corpo inteiro canta, das palavras que Shang acaba de dizer, da entonação exata de sua voz. Quero gravar cada detalhe em meu cérebro, costurá-lo no tecido da minha memória para poder pegá-lo no silêncio da noite e revê-lo de novo e de novo.

Fico na ponta dos pés enquanto Shang abaixa a cabeça e nossas bocas se encontram em um toque dolorosamente doce. Eu me perco no beijo, apoiando-me por completo em Shang, sentindo suas mãos segurando a parte de trás da minha cintura, me puxando com os braços para mais perto. Minhas mãos estão perdidas nos cabelos dele, e não consigo me cansar dele, de sua boca na minha e seu corpo contra o meu.

— Uau, garota, você vai se dar bem hoje — diz uma convidada.

Nós nos separamos, sorrindo, culpados, e eu pigarreio e arrumo o vestido.

— Você está arrebatadora nesse vestido — sussurra Shang em meu ouvido.

A respiração dele faz minha pele formigar e, fácil assim, estou mordendo meu lábio com força. Eu me dou um chacoalhão por dentro. Apesar de não querer nada mais do que correr para casa com Shang e cair na cama com ele, meu trabalho aqui não terminou.

— Você está fazendo aquela cara — comenta Shang.

— Que cara?

— Aquela que você faz quando está prestes a fazer algo em que acha que não vai ser boa, mas vai dar tudo de si tentando, caramba.

— Eu faço essa cara? Que específico.

— É, você faz com frequência. Estava fazendo quando montou em Rebatedora, e antes de tirar as escamas do peixe, e antes de tosquiar aquela ovelha, e...

— Tá, obrigada pelo lembrete. Agora estou traumatizada. — Respiro fundo, virando para examinar o salão em busca de titio Hong e o resto dos Li. — Preciso falar com a sua família.

— Tudo bem. Vá na frente.

Ele pega minha mão e a aperta e, juntos, mergulhamos na multidão.

A expressão de tédio de James se transforma em uma careta quando ele me vê, expressão que eu tenho que me empenhar para não imitar, porque *idem, James.*

— O que ela está fazendo aqui? — Ele vê que estamos de mãos dadas e grunhe. — Sério, cara? Vocês dois ainda estão juntos, depois do que ela fez?

— O que nós somos não é da sua conta — retruca Shang. Ele transfere sua atenção para os parentes. — Titios, titias, Mulan tem algo a dizer para todos vocês.

Solto a mão de Shang e dou um passo à frente. Agora que os olhos dos Li estão fixos em mim, me sinto como uma criança prestes a entrar na sala do diretor da escola.

— Oi, gente, obrigada por terem vindo esta noite.

— Isso é ideia dela? — pergunta titio Hong, olhando ao redor, confuso.

— Foi ideia minha, sim.

— E minha — acrescenta titia Jiayi.

Todas as cabeças se voltam para ela, que levanta seu coquetel em um brinde.

— Eu estou, como dizem os jovens, começando minha era de vilã.

Os outros continuam encarando, sem entender, e a mãe de Shang franze a testa para mim.

— Mulan, eu falei errado?

— Não, você acertou. Hã, mas enfim, é, como titia Jiayi disse, isso foi ideia nossa.

— O que significa tudo isso? — dispara titio Hong. — Primeiro você nos tapeia, mente para nós, vai para o rancho da nossa família, depois nos engana de novo para nos fazer vir para cá?

Levanto as mãos.

— Eu lamento muito mesmo por tudo. Mas o negócio é que eu precisava que vocês viessem esta noite porque queria que vissem o que a Wutai Gold pode se tornar. Olhem à sua volta. A maioria dos convidados aqui são mulheres de todas as etnias com idade entre trinta e cinquenta anos. São um público muito mais jovem, muito mais diverso, e cada uma delas ama o seu uísque. — Pego meu telefone e envio um link para eles. Os Li olham para baixo quando seus celulares apitam. — Acabo de enviar um vídeo para vocês. Por favor, assistam, tem apenas um minuto de duração.

Faz-se silêncio enquanto eles pegam os aparelhos. O vídeo é reproduzido.

Ele começa com Malika Bridges, uma mulher negra dona de uma startup de tecnologia que desenvolve jogos para mulheres, levantando o copo e dizendo:

— Isso tem uísque Wutai Gold? Sério mesmo? — Ela toma um gole e suas pálpebras se fecham por um segundo. — Caramba, é muito bom. Não sabia que eles eram bons assim. Isso é ouro líquido!

O vídeo corta para Ann Kwok, uma singapurense com uma empresa ecologicamente consciente que usa fibra de bambu para fazer papel. Ela também está erguendo alto o copo. Rindo, ela diz:

— Nem pensar, o uísque Wutai Gold é tão antiquado e chato. — Em seguida, ela toma um gole e suas sobrancelhas vão parar na linha do couro cabeludo. — *O quêêêê?* Mulher, isso é bom pra caraca, vai tomar no copo...

Passa para outra mulher, e outra, e outra, todas elas tomando seus drinques e adorando. Termina com um close do uísque Wutai Gold, filmado lindamente pela empresa publicitária que eu adquiri, e as palavras *Todo mundo merece uísque bom.*

Espero que todos terminem de assistir, depois pigarreio.

— Eu filmei este vídeo esta noite. Essas reações foram todas reais. Nenhuma dessas mulheres teve que ser paga para dizer que adoraram o uísque. Elas simplesmente adoraram mesmo. Porque é verdade: ele é bom, e quando um produto tem esse nível de qualidade, as vendas não deveriam estar caindo. A única razão para estarem é porque as práticas de vocês estão ultrapassadas. Seu público-alvo está envelhecendo, encolhendo. Enquanto isso, em uma noite, eu viralizei um vídeo para o seu produto. Esse vídeo a que vocês acabaram de assistir tem mais de cem mil visualizações no Instagram, e o dobro disso no TikTok. Vocês precisam de sangue novo. De mim. Eu sou o seu sangue novo. Vou pegar o uísque e garantir que chegue nas mãos de cada aficionado pela bebida, de todas as raças e todos os gêneros. Vou continuar o seu legado. O nome Wutai Gold será mantido, será fortalecido, crescerá e continuará por gerações.

Há uma pausa pesada. Os titios e as titias parecem atordoados. Não tenho ideia de como eles vão receber minhas palavras. Com base em suas expressões, nada está definido. Mas seja lá qual for a reação, eu não ligo mais. Falei o que tinha a falar e mostrei o que posso oferecer. O resto fica por conta deles.

Como se ouvisse meus pensamentos, James bate a palma da mão na mesa.

— Vocês não podem dar ouvidos a ela. Ela mentiu para nós!

— Só mentiu sobre o nome dela, e mais nada — diz Shang.

— Também menti sobre ter crescido em uma fazenda na China — intervenho. — Nasci e cresci aqui. Hã, isso é tudo.

Diante da expressão no rosto de Shang, eu acrescento:

— Desculpe, só quero ser bem honesta daqui para a frente.

— Viram? — grita James. — Vocês ouviram. Ela não fez nada além de mentir desde que entrou nas nossas vidas, e...

— Você mesmo não está sendo totalmente verdadeiro — interrompo.

Olhos se arregalam. Sobrancelhas se levantam.

— Do que está falando? — zomba ele.

— Sua reunião com Richard Foreman, da Foreman & Byrde.

O rosto de James empalidece.

— Espera...

— Por acaso, eu estava no Flor de Gengibre. Ouvi o que vocês disseram.

— James, do que ela está falando? — indaga titio Hong.

— Nada, ela está inventando merda como sempre faz.

— James se encontrou com Richard Foreman em um bar chamado Flor de Gengibre, dois dias atrás — revelo. — Durante esse encontro, eles conversaram sobre a firma de Richard adquirir a Wutai Gold.

— É um bom contrato — sibila James.

— É, sim, pra você — retruco. Eu me viro para titio Hong. — Mas não para a empresa. Vocês não vão deter nenhum direito, nenhum voto criativo, nada. Porque Richard Foreman quer desmanchar seu negócio e vender as peças. E James quer topar porque ele recebe uma parcela do valor.

Titia Chuang arqueja e se vira para o filho.

— James, o que ela está falando? Isso é verdade?

— Não — responde ele, mas há um tremor em sua voz que o entrega, e embora esteja, sem dúvida, lutando para inventar uma mentira para salvar a própria pele, está tão obviamente em pânico e espantado que logo fica claro para todos que ele foi exposto.

A expressão de titio Hong se entristece e ele parece muito mais velho do que seus setenta anos.

— Er zi — diz ele. *Filho.* O sofrimento em seu tom é palpável e, apesar de eu desprezar James, dói ver titio Hong parecendo tão pequeno

e vulnerável. Ele olha para o filho como se o visse pela primeira vez.
— Uma firma que quer desmanchar nosso negócio?

James olha desesperadamente ao redor da mesa, procurando alguma ajuda. Quando fica evidente que nenhuma ajuda virá, sua expressão de pânico se endurece. Eu realmente vejo a mudança acontecer, como se ele fosse um animal encurralado que se dá conta de que não há escapatória e o que resta é uma luta até a morte. Seu lábio superior se curva em uma expressão de tanto desprezo que o pai se encolhe ao vê-la.

— Sim — sibila ele. — Porque eu quero sair. Mal posso esperar para me livrar dessa piada de empresa.

— Piada? — grasna titio Hong. — Como pode dizer isso, James? Isso é legado, isso...

— Foda-se o legado! — berra James. As pessoas nas mesas vizinhas param de conversar e se viram para encarar, mas ele continua. — Sabe como é crescer sendo um Li? Desde que me lembro, você e Ma dizem merdas do tipo "Quando você entrar para a empresa da família, quando você começar a trabalhar na empresa da família...". Já pararam para pensar que talvez eu não quisesse fazer parte disso?

Os pais dele parecem horrorizados.

— Por que não queria entrar para a empresa da família? — pergunta titia Chuang. — É isso o que nos deu nosso sustento, senão estaríamos...

— Sem teto, nas ruas, mendigando por comida — termina James. — É, vocês sempre martelaram isso na minha cabeça. — Ele bate na têmpora. — Eu tive algum poder de decisão no que estudaria na faculdade? Não. Vocês algum dia se incomodaram em me perguntar o que eu queria fazer de verdade?

Titio Hong solta uma risada baixa, chocada.

— Bom, é claro que você quer continuar trabalhando na empresa da família, como Shang.

— Não quero, não! — dispara James. — Nunca quis, tá? Eu queria ser um escritor. — A voz dele fica entrecortada. — Não sou que nem Shang, a porra do filho perfeito — dispara ele, lançando um olhar destilando veneno na direção do primo.

— Um escritor? — pergunta titia Chuang, como se o conceito de ser um escritor fosse algo totalmente alheio para ela.

O que é que está acontecendo aqui? Por que eu estou... meu Deus, estou mesmo sentindo pena de James, no meio de tanta gente?

E estou, sim. A angústia de James é palpável. Ele ainda é repulsivo, mas entendo a complicada maldição e bênção que uma empresa familiar carrega consigo. A pressão de dar continuidade aos negócios por seus pais, combinada com todas as expectativas deles. A consciência de todos os sacrifícios que nossos pais precisaram fazer para construir a marca do zero, e a expectativa de que nós vamos garantir sua longevidade. Agora me dou conta de que tenho sorte por ter uma afinidade natural por finanças. Não consigo nem imaginar se eu fosse como James e quisesse fazer algo totalmente diferente.

— É, Ma — diz James. — Um escritor. De livros.

Ele realmente imita os gestos de ler um livro, como se achasse que a mãe não sabe o que são.

— Nunca repararam o quanto eu amava ler quando era pequeno?

— Claro que reparamos — fala titia Chuang. — Dissemos para todo mundo como você era uma criança superdotada.

— Porque isso é tudo o que importa, não é? — prossegue James. — O que os outros pensam. Vocês nunca pararam para pensar: *Hum, meu filho gosta de ler, talvez também goste de escrever*. É claro que não pensaram. Tudo tinha a ver com a Wutai Gold. Nós... — Ele gesticula para os primos, que parecem divididos entre vergonha e compaixão — ... não passamos de projetos seus que vocês tiveram para poder nos moldar para ser exatamente o que queriam. Nada além de uma extensão de vocês.

James se recosta, parecendo satisfeito.

— Então, sim, eu quero ver a empresa acabar. Quero vê-la quebrada em muitos pedacinhos e suas partes, vendidas. Porque essa porra desse negócio arruinou a minha vida.

Ele tenta dar um sorriso arrogante, mas seu lábio treme como se mal estivesse contendo as lágrimas.

Minha respiração escapa em um sopro. Isso foi surpreendentemente pesado, vindo de James. E a julgar pela expressão de titio

Hong e titia Chuang, os dois também ficaram muito mexidos por essa confissão. Parecem prestes a cair no choro.

E então titia Jiayi diz:

— Ah, vê se cresce, James. — Ela olha feio para o sobrinho. — O que te impediu de ser escritor? Você tem uma boa casa. Tem um computador. Tem plano de saúde. O que é que você quer escrever? Livros?

James, parecendo em choque, assente de leve.

— Então por que não escreve? A sua mama e o seu baba estão fisicamente te prendendo no chão para você não poder escrever?

— Não, mas...

— A maioria dos escritores tem um emprego fixo — continua titia Jiayi. — Você também tem um, mas não tem esposa nem filhos pequenos para cuidar, então por que não escreve depois do trabalho? Ou acorda cedo para escrever? O que está fazendo no seu tempo livre?

— O qu... — Os olhos dele saltam de lá para cá, frenéticos. — Quer dizer, eu tenho muitas coisas rolando. Vou para a academia, tenho que limpar a casa, passo um tempo com meus amigos...

— Exatamente — fala titia Jiayi. — Você tem muitas coisas rolando. E nem uma delas é escrever. Porque você não coloca escrever como sua prioridade. Aiya, James. Sim, concordo com você, empresa de família é complicado, é as duas coisas, bom e ruim. Mas olha o que ela te deu. Uma educação. Inglês perfeito, não como o nosso, todo quebrado e feio. Pode usar esse inglês perfeito para escrever um livro, mas não usa. Você escolhe sair com amigos, beber e farrear, e daí volta aqui e culpa os seus pais por terem uma empresa de família.

— Eu... — James começa, e então parece murchar, desabando de volta na cadeira. Ele abaixa a cabeça e não diz mais nada.

Outra vez, me flagro me sentindo mal por ele. Não importa o quanto seja desagradável, nunca é um prazer assistir a alguém levar uma bronca dessas. Mas, Deus do céu, estou impressionada com titia Jiayi. Ela acertou em cheio. Eu a encaro e, quando nossos olhares se encontram, ela me dá uma piscadinha.

E então titia Jiayi se levanta, movendo-se com tanta imponência que os olhos de todos são atraídos para ela.

— Já vi o bastante — afirma. — Vejo uma jovem muito brilhante e talentosa aqui. — Ela gesticula para mim. — Vejo mudança, e algo muito assustador é mudar. Vejo algo diferente. Mas também vejo crescimento. Eu voto para vender a Wutai Gold para a Facai Capital.

— Você? — indaga titio Jing. — Está convocando uma votação?

Há tanto desprezo na voz dele que me faz encolher, mas titia Jiayi não parece nem um pouco abalada.

— Estou, sim. Eu sou uma acionista.

— Você é uma mulher — chia titio Xiaotian.

— Sim, estou ciente. E são mulheres que vão salvar esse negócio — declara titia Jiayi, esperta. — Mas se preferir manter o curso atual e levar a empresa para o fundo do poço, tudo bem. Fico feliz em assistir.

— Eu voto com minha mãe — diz Shang.

— Eu também — fala titia Lulu.

O marido dela, titio Xiaotian, olha chocado para a esposa, e ela dá de ombros.

— Eu gosto dessa garota, a Mulan.

— Sim, eu voto também — acrescenta titia Jamie.

Ela cutuca titia Chuang, que respira fundo e então diz:

— Sim.

— Vocês são todas parentes por casamento! — dispara titio Xiaotian. — Não têm poder de voto.

Christopher lentamente levanta as mãos.

— Hã, nós, da G-2, temos, e eu voto para vender para a Facai Capital.

Ryan anui.

— É, eu também.

— Idem — fala Thomas.

Eu os encaro boquiaberta, incrédula, mas eles olham para mim e sorriem, e meu coração acelera. Está acontecendo. Está acontecendo mesmo. E então a última pessoa que imaginei que fosse se pronunciar ergue a voz.

— Eu também voto sim — anuncia titio Hong, baixinho.

Os irmãos dele exibem uma expressão como se ele tivesse acabado de matar o cachorrinho deles, mas titio Hong os ignora. Mantendo o olhar em mim, ele continua:

— Quando vim para este país, tinha só um desejo: o sonho americano. Esse sonho é o que move este país. Ele é construído por imigrantes, por todos nós que deixamos nossos países para trás. Nossos filhos não sabem falar nossa língua natal. Tudo pelo sonho americano. Pensei que, para poder alcançar o sucesso, você tinha que vender para os americanos, e por americanos eu entendo homens caucasianos, grandes e másculos. Eu me esqueci de meus companheiros, os imigrantes.

Ele olha para o salão de bailes ao nosso redor, lotado de mulheres racializadas, agora dançando na pista. Um sorriso nostálgico surge em seu rosto.

— As famílias imigrantes, minhas companheiras — repete ele, agora com mais suavidade. Então murmura para a multidão em geral: — Vocês são todas tão fortes... Eu me esqueci do que é a força real. Isso — ele gesticula para o salão cheio de mulheres — é força real. É isso que a Wutai Gold representa. Então, sim, eu voto para vender para a Facai Capital.

Leva um tempo para as palavras dele fazerem sentido, mas quando finalmente fazem, minha boca fica seca.

— Isso compõe a maioria — digo baixinho.

— Sim — concorda Shang.

Minha voz treme quando encontro o olhar de titio Hong.

— Então temos um acordo?

Ele assente com a cabeça.

— Temos um acordo.

Eu solto um gritinho. Corro até ele e o envolvo em um abraço apertado, enquanto todos ao nosso redor aplaudem. Em meio às palmas e comemorações, ouço-o murmurar no meu ouvido:

— Por favor, cuide dela.

— Vou cuidar — respondo. — Prometo.

E estou falando muito sério.

EPÍLOGO

Há um café da manhã quentinho me esperando quando saio do quarto, o cabelo ainda despenteado. Na verdade, chamar de *um* café da manhã parece errado, considerando que há tantos pratos na mesa que parece mais uns cinco cafés diferentes. Temos panquecas de abóbora, alguns pratos típicos da culinária chinesa, como *shao mai* e *har gao*, *jian bing* — crepes chineses com ovos, cebolinha e frango desfiado — e macarrão de gergelim frio e apimentado.

— Ai, meu Deus — exclamo, boquiaberta diante de tanta comida.

— Bom dia — diz Shang, entrando na sala de jantar carregando duas canecas de café. Ele me entrega uma e se abaixa para me beijar.

— Como? Por quê? — questiono.

Ele sorri e puxa uma cadeira para mim.

— Você tem um sono pesado.

— Ou você é o cozinheiro mais silencioso do mundo.

— Eu voto em sono pesado.

Não consigo tirar os olhos dele enquanto me sento.

— Mas por quê? Tem tanta comida aqui.

— É o seu primeiro dia como sócia na sua firma. Não queria que você fosse para o escritório com fome. Mas, de qualquer forma, podemos guardar um pouco para os seus pais. Foi a sua mãe quem me contou quais eram todos os seus pratos preferidos para o café da manhã.

Eu pisco.

— Minha mãe?

— É. Tem um grupo de mensagens.

— Um grupo? Quem está nesse grupo?

— Nossas mães. E eu — fala Shang, com um sorriso malicioso. — O grupo se chama Amantes da Gastronomia.

Minha boca se abre em ultraje fingido.

— Você nem pensou em me convidar para esse grupo?

— Você é uma amante da gastronomia?

— Eu como comida!

— Esse grupo é exclusivo para cozinheiros e entusiastas da boa comida — declara ele.

— Seu safado convencido. — Eu como um bocado do macarrão frio de gergelim e meus olhos se fecham. Como tudo o mais que Shang prepara, está delicioso. — Obrigada por fazer isso. E por criar o grupo de mensagem. Aposto que a minha mãe adora.

— Adora mesmo. Toda manhã eu acordo e encontro tipo uma dúzia de mensagens por lá. Nossas mães acordam bem cedinho.

Dou risada, meneando a cabeça.

— Inacreditável.

Esse homem. Eu me debruço, sorrindo, olhos brilhando. Este é o melhor momento de todos. Meu sorriso aumenta. Durante o último mês, desde o banquete da premiação, eu me pego pensando: *Este é o melhor momento de todos, eu quero guardar na memória.* Só que há muitos desses. Meus dias agora são momentos como esses, brilhantes e efervescentes, todos coladinhos uns aos outros.

— Ei — digo. — Eu amo você.

— Ainda bem, porque também amo você.

Shang me encontra no meio do caminho, me beijando exatamente do jeito que eu gosto, suave e devagar.

No escritório, bato na porta de meu pai. Quando entro, levanto um pote.

— Ba, eu trouxe *jian bing* aqui para você.

O rosto dele irrompe em um sorriso.

— Ah, *jian bing*! Meu favorito.

— Shang que fez.

— Excelente — diz ele. — Venha se sentar, Mulan.

Eu me sento à mesa de frente para o meu pai, que me observa com afeto.

— Olha só você. A mais nova sócia da Facai Capital. Eu não poderia estar mais orgulhoso.

Tudo o que posso fazer é murmurar:

— Ba.

— Posso te dar um conselho?

Assinto com a cabeça.

— Não seja a primeira a chegar e a última a sair do escritório — diz meu pai.

— O quê? Por quê? Não é isso o que os sócios fazem?

— Às vezes, sim. Mas eu também quero que você tenha uma vida fora daqui. Não vim para este país para que minha filha sacrificasse sua juventude por trabalho.

— Tá bem, Ba. Não farei isso.

— Bom. Agora vamos tratar de negócios.

Ao meio-dia, saio para meu horário de almoço. Caminho depressa, ansiosa para chegar ao bistrô da esquina. Mushu já está lá e ela pegou nossa mesa de sempre junto da janela. Abro um sorriso quando a vejo. Tem sido estranho não ter mais minha prima no escritório, e eu aprecio nossos almoços juntas.

— Pedi o de sempre para você — conta ela quando me sento em meu lugar.

— Obrigada. Como foi seu fim de semana?

Mushu sopra ar pelos lábios, fazendo um *brrrr.*

— Exaustivo. Brooke Tanaka é um demônio. Tivemos três eventos, um depois do outro.

— Sim, eu vi as fotos! Você estava incrível em todas elas.

— Ah, isso nem precisa dizer.

— Todos Posy Lee originais?

Minha prima assente com a cabeça, depois me dá um sorriso malicioso.

— Sabe, ela mencionou que vai começar uma linha para noivas.

— Shang e eu estamos em um relacionamento há menos de dois meses — afirmo, sem expressão.

— Estou só dizendo, quando vocês dois inevitavelmente ficarem noivos, sabe quem é uma planejadora de eventos fodona?

— Eu nem sonharia em procurar ninguém além da melhor planejadora de eventos que a Bay Area tem a oferecer — falo.

— Só para esclarecer, essa seria eu, né?

— Sim, Mushu! — Eu rio. — É claro que seria você.

— Bom, porque conversei sobre isso com a sua mãe e ela concordou em te deserdar se você escolhesse outra pessoa.

— Por um acaso todas as pessoas desse mundo andam conversando com a minha mãe pelas minhas costas?

— Sim — diz Mushu simplesmente.

Eu balanço a cabeça, ainda sorrindo. Minha expressão se suaviza quando olho com atenção para minha prima. Há tantas diferenças sutis nela agora. Até o jeito como se senta está diferente. Relaxada, feliz, confiante.

— Fico muito feliz por você estar nesse trabalho.

Mushu encontra meu olhar e nós nos fitamos com o tipo de compreensão que apenas duas mulheres que cresceram juntas podem ter.

— Obrigada por me incentivar a fazer isso.

— Obrigada por me ajudar a salvar minha carreira.

— Sempre.

Depois do expediente, Baba e eu vamos até o Lamian Paradise. Todos estão lá dentro, e é um caos quando chegamos. Vejo abraços e apertos de mão para todos os lados, e titio Hong diz:

— Sente-se do meu lado, Zhou. Zhou grandão, digo — acrescenta ele com uma piscadela para mim.

Reviro os olhos, pegando um lugar ao lado de Shang, que beija a lateral da minha cabeça.

Titio Hong serve um pouco de chá para meu pai, passando brevemente para mandarim.

— Estamos muito felizes com o desempenho da companhia.

— Mulan tem se saído bem com ela — responde Ba.

Titio Hong concorda.

— É uma jovem brilhante, você deve estar muito orgulhoso dela. Todos nós estamos muito contentes com os números, não estamos?

Ele olha ao redor da mesa, e titio Jing e titio Xiaotian assentem, embora um tanto a contragosto.

— Ela é minha futura nora, é claro que é uma jovem brilhante — opina titia Jiayi.

Shang fica vermelho como um tomate.

— Ma!

— Quieto, futuro genro — fala minha mãe.

Agora é a minha vez de corar.

— Ma!

A geração mais jovem está mais entusiasmada do que os titios — exceto por James, que só resmunga algo para o próprio chá. Eu não ligo. Os números não mentem, e a Wutai Gold está se saindo melhor do que nunca. Shang, como CEO, ainda tem o controle criativo, mas ele e sua equipe têm sido surpreendentemente fáceis de trabalhar em conjunto, e eu sempre fico ansiosa por nossas reuniões de checagem.

— Certo, chega de conversa de trabalho — diz titia Chuang. Ela se vira para Shang. — Quando você vai pedir Mulan em casamento?

— Vamos voltar para a conversa de trabalho — peço.

Todo mundo ri. A conversa segue para o assunto do final de ano, que não está muito longe agora. Enquanto discutimos com bom humor sobre quem de nós deveria ser o anfitrião, Shang se estica e coloca a mão quente e calejada na minha.

Eu levanto a cabeça e o encontro olhando para mim com ternura, e penso, pela milionésima vez: *Este momento. Este aqui é o melhor momento de todos.*

É claro, considerando o fato de que mais tarde encontrarei mais um milhão de momentos em que pensarei: *não, este é ainda melhor*, estou errada sobre este ser o melhor de todos, mas não fico brava por isso.

AGRADECIMENTOS

Que sonho e que honra é poder escrever uma releitura de *Mulan* para a série Meant to Be. Eu assisti a *Mulan*, da Disney, pela primeira vez quando era pequena em Singapura, e ainda consigo lembrar o quanto esse filme foi crucial para mim e minhas amigas. Tínhamos, é claro, aprendido sobre Mulan em nossas aulas de história chinesa, mas vê-la como princesa da Disney na telona foi — e não estou exagerando aqui — transformador. Ela era linda, engraçada pra caramba, inteligente, corajosa e, o mais importante, parecia com a gente. Minhas amigas e eu aplaudimos e choramos na cena em que ela consegue subir naquele tronco e pegar a flecha, e até hoje, sempre que vejo aquela cena, fico com lágrimas nos olhos.

Quando a maravilhosa Jocelyn Davies entrou em contato com minha agente para perguntar se eu estaria interessada em escrever a história de Mulan para a série Meant to Be, falei para minha agente: "DIGA QUE SIM! EU FAÇO QUALQUER COISA! Eu faço por meia banana!". Por sorte, minha agente não falou para Jocelyn sobre a meia banana, embora tenha transmitido meu entusiasmo e, assim, esta história nasceu. Meu obrigada a Jocelyn, que foi uma editora tão incrível de trabalhar em conjunto, e cuja visão ajudou a deixar esta história um milhão de vezes melhor do que eu imaginei no começo.

Quero compartilhar um pouco sobre o meu passado e por que este livro significa tanto para mim. Todos os meus avós vieram da China para a Indonésia com idades diferentes. Meu avô do lado materno, na verdade, foi vendido quando tinha cinco anos e trazido como um trabalhador escravizado no mercado de peixe. Eles literalmente o venderam por peso, e o preço a que chegaram foi baixo, por ele ser tão magrinho. A família que o comprou o criou como servo/companhia para o filho deles, e ele com frequência era surrado por qualquer pequena infração. Apesar da criação difícil, meu avô conseguiu juntar dinheiro suficiente para começar um pequeno comércio e, mais tarde, o transformou em uma grande empresa.

Meus outros avós tiveram mais sorte. Eles se mudaram para a Indonésia com as famílias, mas não quer dizer que não passaram por dificuldades na vida. Para evitar a xenofobia, todos tiveram que mudar seus nomes chineses e adotar novos nomes indonésios. Chen virou Sutanto, e Ho virou Wijaya. Embora todos quisessem se integrar em seu novo país, sempre se mantiveram firmes na crença de que seus descendentes nunca deveriam se esquecer de onde vieram. Minha família ainda celebra a maioria dos feriados chineses, como o Ano Novo Lunar, o Festival do Meio Outono e o Festival do Barco do Dragão. Também temos nomes chineses além dos nossos nomes legais indonésios. Quando minhas filhas nasceram, escolhi seus nomes chineses com cuidado e orgulho: Ruyi, que significa *como pretendido,* e Shiyang, que significa *pedra do sol.*

Parte meu coração que nenhum de meus avós esteja vivo para me ver escrever este livro, pois sei que isso teria significado muito para eles. Quando contei a meus pais que consegui este contrato, minha mãe chorou e me disse que eles ficariam muito orgulhosos em saber que sua neta estava escrevendo uma releitura da guerreira mais famosa da China. Não há palavras para expressar minha gratidão pela chance de escrever esta história, e eu espero ter lidado com ela com o cuidado e amor que ela merece.